Madam Wen
W. D. Owen

Sir Fôn, y ddeunawfed ganrif. Mae'r grŵp o ladron penffordd yn ymosod ar yr Yswain ifanc Morys William a dwyn swm nid bach o arian oddi arno. Caiff wybod mai pennaeth y lladron lleol yw Madam Wen, cymeriad y mae dirgelwch yn ei chanlyn i bobman. Yn y cyfamser, wrth ymweld ag ystâd y Penrhyn mae Morys yn cwrdd ag Einir Wyn, merch brydferth sydd wedi tyngu llw y bydd yn adennill y tiroedd a ddygwyd oddi ar ei thad.

Pwy yw Madam Wen? Menyw, neu ddrychiolaeth? Lleidr, neu arwres? Person o gig a gwaed, neu'n ddim byd ond sibrwd ar goll yn sŵn y tonnau?

Nofel W. D. Owen am ladron penffordd, dirgelwch, cleddyfa, smyglwyr, gwisgoedd ffug, Jacobiniaid, môr-ladron a serch yw nofel antur Gymraeg orau ei oes ac yn Madam Wen ei hun cawn un o gymeriadau mwyaf hynaws llenyddiaeth Gymraeg. Addaswyd y nofel yn ffilm ar S4C yn 1982. Mae'r argraffiad newydd hwn, y cyntaf ers 99 o flynyddoedd, yn cyflwyno'r antur i ddarllenwyr o'r newydd mewn orgraff ddiwygiedig.

William David Owen

Madam Wen

Llyfrgell Gymraeg Melin Bapur
Golygydd Cyffredinol: Adam Pearce

Cynnwys

Rhagair i Argraffiad Melin Bapur

Teg yw dweud nad yw'r byd llenyddol Cymraeg dros y degawdau wedi gosod llawer o fri ar nofelau antur. Tueddwyd i ddefnyddio'r term 'rhamant' fel ffordd, mewn gwirionedd, o ddibrisio gwerth celfyddydol y gweithiau hyn drwy eu gosod ar wahân i'r "Nofel", er mai eithaf aneglur mewn gwirionedd oedd y gwahaniaeth rhyngddynt. Pan fo beirniaid yr ugeinfed ganrif yn olrhain hanes y nofel Gymraeg, os ydynt yn crybwyll nofelau antur o gwbl tueddir i wneud hynny mewn pwt byr ar ddiwedd ysgrif, bron fel atodiad. Nid ydynt yn tueddu eu collfarnu: yn wir, gallent fod ganddynt eiriau caredig iawn amdanynt, ond tueddir i drin nofelau fel *Madam Wen* fel petaent y tu allan i brif ffrwd llenyddiaeth. Y tueddiad arall yw sòn amdanynt fel llyfrau sy'n addas iawn i blant: dyma ganmoliaeth y mae *Madam Wen* wedi ei brofi nifer fawr o weithiau. Hwyrach fod deunydd plot y nofel yn fwy tebygol o apelio at bobl ifanc na rhywbeth fel *Profedigaethau Enoc Huws*; fodd bynnag nid yw *Madam Wen* yn nofel fyrrach na llawer i nofel a fwriadwyd ar gyfer oedolion, na chwaith yw ei harddull yn symlach; nid oes dim rheswm, mewn geiriau eraill, i feddwl y bwriadwyd y nofel ar gyfer plant. O farnu'r nofel yn ei hawl ei hun, am yr hyn y mae, yn hytrach na'r hyn nad yw, fe welwn ar unwaith mae nofel yw hon sy'n llawn haeddu ei chynnwys fel rhan o unrhyw Lyfrgell Gymraeg.

Seiliodd William David Owen, cyfreithiwr o'r un rhan o Sir Fôn sy'n gefndir i'r nofel, ei nofel *Madam Wen* ar draddodiad lleol am fenyw o dras fonheddig yn arwain mintai o ladron; anodd yw dweud bellach pa o elfennau o'r traddodiad oedd ar lafar gwlad cyn ysgrifennu'r nofel a pha elfennau a ddyfeisiodd Owen ei hun. Mae'n debyg mai menyw go iawn oedd Madam Wen o'r enw Margaret Williams, a oedd yn bennaeth ar grŵp o smyglwyr yn yr ardal adeg gwrthryfeloedd y Jacobitiaid. Yn wahanol i Einir Wyn y stori, roedd Williams yn wraig briod; hwyrach hefyd nad oedd yn rhannu syniadau moesegol Madam Wen y nofel, ac mae dihiryn go iawn oedd hi. Gŵr go iawn oedd Abel Owen hefyd: bu'n rhan o griw Kidd, a thystiodd yn ei erbyn yn y llys.

Wrth baratoi'r nofel ar gyfer yr argraffiad newydd hwn, fel gyda'r llyfrau eraill yn y *Llyfrgell Gymraeg* rydym wedi diweddaru'r sillafu a'r orgraff, fel y gwnaeth W. D. Owen yntau rhwng cyhoeddi'r stori gyfres yn 1914-1917 a chyhoeddiad y nofel ar ffurf cyfrol yn 1925, wythnosau'n unig cyn ei farwolaeth.

MADAM WEN

Cyflwynedig i
Gwen

Rhagair yr Awdur i Argraffiad 1925

Lled brin ydoedd yr hyn oedd gan draddodiad i'w ddweud am yrfa Madam Wen: camarweiniol iawn hefyd. Ac oni bai am ddarganfyddiad a wnaed beth amser yn ôl ni fuasai'n bosibl ysgrifennu'r penodau sy'n dilyn.

I chwilio am gartref Madam Wen rhaid mynd i ddeorllewin Môn, i ardal y gellid ei galw yn Ardal y Llynnoedd. Y mae yno dri llyn o faintioli sylweddol, a'r mwyaf o'r tri yw Llyn Traffwll. Lle go anghysbell ydyw ardal y llynnoedd, ac ychydig a ŵyr y byd am ei thawelwch rhamantus. Ac os oes coel i'w roi ar yr hyn a sibrydir yn y fro o berthynas i ymweliadau lledrithiol y foneddiges â hen fangre'r harwriaeth, diau mai boddhad digymysg i'w hysbryd annibynnol hi ydyw gweld yr hen lyn a'i amgylchoedd yn dal i gadw'i ddirgeledd cyntefig yn ddihalog.

O du'r de i'r llyn, ac yn hanner ei amgylchu, ceir parciau Traffwll. Yma, flynyddoedd yn ôl, tyfai'r eithin yn goed uchel a phraff gan ffurfio coedwig dewfrig. Ac yng nghysgodion y goedwig dywyll honno y llechai ogof Madam Wen ar fin y dŵr. Lle digon salw oedd yr ogof— fel y dangosid hi pan oeddem blant—i fod yn gêlfan nac yn guddfan i neb. Nid oedd i'w weld ond darn anferth o graig, dalgref ac onglog, yn sefyll yn sgwâr megis yn y drws, ar gyfer dau wyneb llyfn y graig fwy, o'r hon yr hyrddiwyd y darn ryw dro. Rhwng hwn ag wynebau syth y graig y mae dwy fynedfa gul yn cyfarfod yn y pen draw. Y mynedfeydd hyn a ddangosid am oesoedd fel "Ogof Madam Wen."

Un hwyrddydd haf eisteddai gŵr o'r fro ar bonc yn ymyl yr ogof gan edrych ar wyneb ariannaidd y llyn. Gall i'w fyfyrdodau grwydro'n ôl i dymor bore oes, i'r amser pan fyddai'r sôn am Madam Wen yn peri i ryw hudoliaeth hofran uwchben yr ogof a'i hamgylchoedd. Sut bynnag, daeth rhyw gymhelliad drosto i fynd a chwilio'r ogof. Cofiai am yr atseiniau gweigion—dychrynllyd y pryd hynny—a godai pan gurem ein traed yn y llawr yno, pan oeddem blant, a'i syniad ef yn awr oedd bod rhaid fod yno wagle o ryw fath o dan y llawr. Sŵn gwagle oedd y sŵn.

Dywed mai'n llechwraidd braidd, a chan ofni i neb ei weld, y cymerodd gaib a rhaw ac yr aeth i'r ogof, ac y dechreuodd gloddio yn y pen draw i'r mynedfeydd. Ond nid oedd yn syndod yn y byd iddo pan aeth blaen y gaib drwodd gan ddatguddio'r wir fynedfa i guddfan danddaearol Madam Wen. Wedi dwyawr o weithio caled, gwelodd bod yno astell lefn o graig yn taflu drosodd gan ffurfio math ar gapan i ddrws y fynedfa i waered.

Wedi hynny archwiliwyd yr ogof yn llwyr, ond gan fod disgrifiad ohoni wedi ei roi mewn lle arall, ni raid gwneud hynny yma. Digon ydyw dweud y bu agos i gyfrinion yr ogof fynd i ebargofiant oherwydd lleithder y lle. Cymerwyd gofal neilltuol o'r hyn a gaed yno, yn enwedig y darn dyddlyfr. Ymddengys hwnnw—ar ddalennau rhydd—fel ffrwyth llawer o oriau hamdden, nid hwyrach oriau prudd pan eisteddai Madam Wen yn unigrwydd ei chell dywyll a chanddi amser i ystyried mor amddifad ydoedd yn y byd. Diau mai'r pryd hynny y dywedai ei chyfrinion wrth y dalennau.

Wedi gweld am yr ysgarmes a fu rhyngddi ag Abel Owen, y môr-leidr, gwnaed ymchwiliad pellach mewn mannau eraill, a chaed bod hanes ei yrfa ystormus ef ar gael a chadw. Diweddodd yr yrfa annheilwng honno o dan fwyall y dienyddiad yn *Execution Dock* yn Llundain yn y flwyddyn 1711.

Llawer o gloddio a fu yn y parciau o dro i dro mewn ymchwil am drysor cuddiedig Wil Llanfihangel. Odid na fu pob cenhedlaeth o blant y cylch agosaf, byth er hynny, yn cloddio yn eu tro wedi clywed yr hanes. Ond nid oes sôn i neb erioed ddyfod ar draws y llestr pridd.

Y mae yn yr hanes sy'n dilyn lawer o fanylion a gaed o dro i dro gan deuluoedd a'u cafodd drwy draddodiad eu hynafiaid. Ond ni wyddid yn y byd i ba gyfnod y perthynai'r gwahanol ystorïau nes i ddydd—lyfr Madam Wen ddyfod fel dolen gydiol—trwy gyfrwng yr enwau—i wneud cyfanwaith ohonynt.

I.
Tafarn y Cwch

Yr ail wythnos yn Hydref oedd wythnos y- wythnosau i Siôn Ifan Tafarn y Cwch, a'r degfed dydd o'r mis hwnnw oedd pegwn y flwyddyn iddo. Er bod nosweithiau'r cwch yn adegau pwysig, aent i'r cysgodion yn ymyl diwrnod yr ŵyl mabsant. Pan ddeuai Hen Ŵyl Fihangel, a- y tyrrai pobl yn lluoedd ar faes y Llan, llifai'r cwrw fel afonydd yn Nhafarn y Cwch, er mantais neilltuol i Siôn Ifan.

Y mae Tafarn y Cwch eto'n aros, ond nid fel maelfa ddiodydd. Saif ar dair croeslon yn agos i eglwys Llanfihangel-yn-Nhowyn. Perthyn yn amlwg i gyfnod a fu; tŷ a welodd well—neu hwyrach waeth—dyddiau. Yn amser Siôn Ifan yr oedd megis ym mlodau ei ddyddiau yn fan cyfarfod amaethwyr y cylch. Yno y prynid ac y gwerthid ŷd, ac yno y byddid yn derbyn tâl ar ôl llwytho'r llong. Digon tebyg mai i agosrwydd y dafarn y rhaid priodoli'r poblogrwydd diamau a berthynai i ŵyl mabsant Llanfihangel.

Dyn yn medru "trin pobol" yn gampus oedd Siôn Ifan. Meddai feddwl cyflym, a dull deheuig a fyddai bob amser wedi ei gyd-dymheru â'r graddau hynny o sobrwydd, neu feddwdod, a welai yn osgo cwsmer. Gwyddai i'r funud pa bryd i godi ei lais, a pha bryd i wasgu'r glust Adwaenai ei gwsmeriaid cyson drwodd draw, ac yr oedd ganddo grap lled dda ar fesur dyn dieithr. Cawsai lawer o ymarfer, a gwerthai ei wybodaeth a'i synnwyr da, yr un modd a'i gwrw, am geiniogau rhai llai eu dawn.

Yr oedd i Siôn Ifan a Chatrin Parri, ei wraig, dri o feibion, Dic ac Ifan a Meic. Pan fyddai masnach yn bybyr—fel ar ddiwrnod y "glapsant" [*]—cynorthwyai'r tri y tafarnwr rhwng y casgenni cwrw a'r cwsmeriaid sychedig. Ond ar adegau eraill diflannent yn rhyfedd, ac ni fyddai boban ohonynt ar gyffiniau'r dafarn. Ni wyddai neb i sicrwydd beth a ddeuai o'r tri llanc ar adegau felly. Hwyrach mai i'r môr yr aent. Weithiau âi wythnosau heibio heb i'r un o'r tri ymddangos yn eu hen gynefin.

Ond cyn sicred ag y byddai Hen Ŵyl Fihangel ar warthaf yr ardal, deuai llanciau Tafarn y Cwch i'r golwg o rywle. A chyn sicred â hynny byddai sôn yn fuan am ryw ysgarmes yma neu acw, a Dic Tafarn y Cwch, neu Ifan ei frawd, neu Meic, ar ben yr ystori; rhywun wedi cael llygad du, neu dorri ei drwyn, rhywun a fyddai mor ffôl â mynd i ymgecru â llanciau'r Dafarn a'u cymdeithion.

Diwrnod y "glapsant" oedd y diwrnod dan sylw yma. Yr oedd cae'r Llan yn llawn o bobl ers oriau, a'r olygfa yno y gymysgfa ryfeddaf a welwyd yn unman o'r difyr a'r anghynnes: y dwndwr yn fyddarol, a'r iaith heb fod yn goeth o lawer.

Yn rhes gyda'r clawdd y tu mewn i'r cae roedd troliau fawr a mân, wedi dyfod yno o dan eu llwythau o afalau ac eirin, cyflaith a mêl, cnau a siwgr candi; "siop wen" yn llawn o nwyddau lliain a sidan; siop wlân a'i hosanau a'i chrysau a'i dillad gwlanen cartref. Y gwerthwyr yn cystadlu am yr uchaf gyhoeddi rhagoriaethau eu nwyddau. Ac o gylch y rhain ymgasglai'r plant a'u mamau

Mewn pabell ar un cwr o'r cae yr oedd dau o fechgyn heini o sir arall yn derbyn arian am ddangos i lanciau Môn rai o gyfrinion celfyddyd dyrnodio. Ac nid oedd ar gae'r "glapsant" lecyn mwy poblogaidd na'r caban cwffio. Mawr fyddai'r chwerthin pan anturiai llarp esgyrnog o was ffarm i'r cylch i roddi prawf ar nerth ei gyhyrau. Dawnsiai un o fechgyn y babell o'i gwmpas yn chwareus, er mwyn rhoddi

---

[*] H.y. y Gŵyl Mabsant yn y dafodiaith leol.

gwerth ei arian iddo. Ond cyn bo hir, wedi ysmalio digon, âi at y gwaith o ddifri. Ac yna druan o arwr y brwes bara ceirch! Nid oedd iddo siawns yn y byd yn erbyn y llencyn dieithr ysgafndroed. Fel y gwawdiai'r edrychwyr wrth weld ei lorio mor ddidrafferth â lladd ysgall!

Nid oedd cymaint galw am "nwyddau'r" crythor a geisiai roddi difyrrwch o natur wahanol mewn cwr arall. Ond yn awr ac yn y man gwelid mintai fwy neu lai o'i gylch yntau, a cheid dawns, a gwenai ffawd am ennyd ar y crythor. Ond pan ddechreuid ymryson neidio, neu ymaflyd codwm, gan fintai arall, buan y diflannai Bleidwyr oriog cerdd a dawns.

Fel y darfyddai'r dydd ac y dynesai cysgodion nos, ac fel y gwaceid y naill gasgen gwrw ar ôl y llall yn y Dafarn, symudai lle'r diddordeb. Âi y dorf yn fwy penrhydd a thyrfus, rhegfeydd y gwehilion ynddi yn amlach a mwy rhyfygus. Â chae'r "glapsant" yn gwacáu, symudai canolbwynt y twrw i lawr yr allt i'r groeslon o flaen Tafarn y Cwch.

Llwyrymwrthodwr perffaith—â diod gadarn—fyddai Siôn Ifan ar ddiwrnod y "glapsant." Rhyw hanner mesur a gymerai ar noson y cwch. Adegau felly teimlai'n ddigon annibynnol i wrthod cymhellion y mwyaf taer ar iddo "gymryd llymad." Y noswaith yma yr oedd yn ddyn sobr yng nghanol meddwon, er mantais fawr i'r drysorfa. Yr oedd yn rhy brysur i sylwi llawer ar ysmaldod lled uchel dau neu dri o'i gwsmeriaid oedd wedi cymryd meddiant o gongl y set hir. Yr oedd un o'r rhain yn uwch ei gloch na neb yn y lle. Rhyw asglodyn hirfain oedd hwn, ystwyth a gewynnog, siaradus a gwawdlyd. Eisteddai yn y gornel yn ymyl y simdde fawr, ac wrth ei ochr ŵr arall mwy ei faintioli ond arafach ei dafod. Rhoddai teulu'r setl y lle blaenaf i Wil Llanfihangel, a lle blaenllaw i'w gydymaith coeffol Robin y Pandy. Rhyw helynt a ddigwyddodd yn y cae oedd pwnc yr ymddiddan. Sonnid am Twm Bach Pen y Bont mewn gwawd, ac adroddid eilwaith sut y bu. Deuai enwau eraill gerbron, ac yn eu plith enw Dic Tafarn y Cwch.

Pan ddaeth Sion Ifan heibio nesaf gofynnodd Wil, "Ble mae Dic, Siôn Ifan?"

"Gad di lonydd i Dic tra bydd o'n llonydd!" atebodd y tafarnwr yn chwyrn, gan frasgamu heibio, mewn brys i gyrraedd pen ei daith cyn i'r ewyn dorri dros ymylon y llestri cwrw, dri neu bedwar, oedd yn ei ddwylo hyfedr. Aeth wedyn ar daith i gyfeiriad y drws, a phan ddychwelodd, dygai yn ei law nifer syn o lestri gweigion oedd fel petaent yn tincian pa mor sychedig oedd tyrfa fawr y gororau hynny.

"Aeth Dic allan, Siôn Ifan?" gofynnodd Wil wedyn ymhen ychydig.

"Wn i ddim amdano. Gad lonydd iddo," atebodd yr hen ŵr yn wgus.

"Wyt ti'n meddwl y byddai'n ddiogel i Robin a minnau fynd allan, â Thwm bach o gwmpas?" gwawdiai Wil. Ond ar hynny tynnodd sylw rhyw lanc cyhyrog a bleidiai Twm, a bu agos iddi fynd yn ymgiprys yn y tŷ. Doethineb Siôn Ifan a ostegodd yr ystorm.

"Paid â gwrando arno, 'machgen i," meddai'r tafarnwr yn llariaidd wrth y llanc, "mae o wedi cael mwy na digon ers meitin."

"Tyrd â chegiad eto!" meddai Wil.

"Dim dafn!" meddai'r hen ŵr. "Mae'n amser iti fynd. Robin, rwyt tithau wedi cael llawn digon. Codwch, mechgyn i, rhowch le i rywun arall.'

Cododd Robin yn sorllyd, ond dechreuodd Wil ddadlau. Yr oedd ei gloch yn mynd braidd yn uchel pan dawodd yn sydyn. Nid ofn nac edifeirwch a barodd iddo'r tro yma dorri ei stori mor fyr, ond ymddangosiad gŵr dieithr ryw deirllath yn nes i'r drws.

Nid pob math ar ddyn dieithr chwaith fuasai'n gwneud y tro i roddi taw mor sydyn ar Wil, fel y gwyddai pawb o'i gydnabod. Ond yr oedd hwn yn ddyn i syllu arno. Yn un peth yr oedd yn tynnu at saith troedfedd o daldra, gan wneud corrach hyd yn oed o Robin y Pandy, a pheri i nen Tafarn y Cwch edrych yn isel.

Yr oedd yn gorffol hefyd, ryfeddol, yn creu argraff o gawr ymhlith dynion. Buasai ei ddull a'i ddiwyg yn unig yn ddigon i dynnu sylw ato yn y fath gwmpeini ag oedd yn y dafarn. Nid bob dydd y gwelid yno got o bali du drudfawr, a'i hymylon yn dangos lleiniad hardd o sider aur, na gwasgod ledr wedi ei haddurno â'r fath gywreinwaith o sidan. Hyn, ynghyd â wig daclus a chostus y gŵr dieithr, a barodd i Wil a'r lleill edrych arno am ennyd mewn mudandod.

Ond ni pharhaodd y syndod cyntaf, mwy na'r distawrwydd, yn hir. Yr oedd gormod o gwrw wedi llifo— lefelydd y dosbarthiadau wedi bod ar waith yn gwerino awyrgylch Tafarn y Cwch yn tynnu'r cloddiau i lawr rhwng gwreng a bonedd. Er diflastod amlwg i Siôn Ifan dechreuodd Wil gellwair a gwawdio ar draul y gŵr dieithr, ac ar bwys ei faintioli anghyffredin, heb arbed y dull na'r wisg oedd yn ei nodi fel un a berthynai i raddfa uwch cymdeithas.

Gresynai Wil os oedd y tafarnwr truan am ymgymryd â llenwi'r fath wagle y noson honno, gan awgrymu amgylchedd enfawr gwasgod y gŵr bonheddig. Chwarddai'r cwmni o'i gylch yn braf, a gwgai Siôn Ifan.

"Mynd â fo i'r llyn yn ddiymdroi fyddai orau iti, Siôn Ifan!" meddai Wil.

Daeth yr hen ŵr gam yn nes, ac meddai yng nghlust Wil, yn llym ond yn ddistaw, "Paid â bod yn gymaint ynfytyn. Bydd yn edifar gennyt yfory. Beth ŵyr neb pwy na all y gŵr fod? Mae'n rhywun o bwys."

Effeithiodd y geiriau ychydig ar Wil, ac ni fu'n hir wedi hynny cyn mynd o'r tŷ, a'i gyfeillion y naill un ar ôl y llall yn ei ddilyn.

Ac erbyn hyn yr oedd ar y groeslon o flaen y tŷ dyrfa fawr, ac o'i chanol deuai uchel sŵn ymrafael, canys yr oedd yr ymladd arferol wedi dechrau. Ar bennau'r cloddiau pridd o amgylch sathrai ugeiniau draed ei gilydd mewn ymryson am le i weld sut y digwyddai gyda'r ymladdwyr. Aeth Wil ar draws y ffordd a dringodd i ben clawdd, a'r rhai yr ymwthiai yn eu herbyn yn ei regi yn enbyd. Buan y canfu, yng ngolau'r lleuad, mai Dic Tafarn y Cwch oedd un o'r rhai blaenllaw yn y canol, ac yn ôl pob tebyg mai setlo'r cweryl yr oedd efo Twm Pen y Bont. Wrth weld hyn, ymwthiodd Wil drwy'r dyrfa nes dyfod i'r fan.

Rhywfaint o dan bum troedfedd oedd hyd Twm, ond gan fod ei led heb fod ymhell o hynny, nid hollol deg oedd ei alw yn Dwm bach. Yr oedd ei gefn, o ysgwydd i ysgwydd, yn llydan fel drws ysgubor, a'i freichiau yn hynod o hirion, ac yn cyrraedd at bennau ei liniau. Yr oedd ganddo galon llew, a gewynnau arth. Yr oedd y gwaed a orchuddiai un ochr i'w wyneb yn braw fod dyrnau meibion Siôn Ifan wedi bod hyd-ddo droeon. Ond safai Twm fel craig, yn bwyllog ac ystyfnig. Er bod amryw o'r edrychwyr yn gweiddi am chwarae teg iddo, yr oedd Meic yn cynorthwyo Dic gymaint ag a allai, a Thwm yn gorfod wynebu dau.

"Tâl iddo fo, Dic!" gwaeddai Wil. "Lladd o i'w g———". Anaml y siaradai Wil heb lw fel clo ar ei ymadrodd.

"Cau di dy geg!" meddai hwsmon Tre Hwfa, pen ymladdwr Bodedern, gan droi at Wil fel llew, a bygwth ei larpio. Ond gafaelodd dau neu dri o'i gymdeithion ynddo yntau, yn benderfynol o'i atal, os gallent, rhag mynd i helynt llanciau'r Dafarn. Nid gwaith hawdd fuasai hynny chwaith oni bai i Wil wrthgilio'n fuan o afael y bygythiwr.

Glawiai dyrnodiau celyd ar fron Twm bach mor ddieffaith a phetai honno yn blât o bres. Daliai ei freichiau hirion yntau i droi fel esgyll melin wynt. Anturiodd Meic gam yn rhy agos, a daeth i wrthdrawiad brwnt ag un o ddyrnau Twm, a chlywyd ef yn tuchan, ac mewn eiliad ysgubai droedfeddi o'r llawr. Rhuthrodd Dic i'r adwy, ond cafodd yntau ddyrnod a ddaeth a thywyllwch dudew i'w wybren heblaw sŵn dyfroedd lawer i'w glustiau. Curwyd dwylo yn y dorf. Yr oedd Twm bach yn dal ei dir.

Ond dadebrodd Dic, a chododd Meic, wedi ymgynddeiriogi. Aeth y gweiddi o'u cylch yn fyddarol. Neidiodd Meic am Twm fel cath i'w hysglyfaeth, a gwelwyd Dic a Wil Llanfihangel yn ei helpu. Rhwng y tri caed Twm i'r llawr, a phlannodd Meic ei ddannedd yn ei glust, tra ffustiai y ddau arall.

Aeth y twrw o amgylch hwsmon Tre Hwfa yn fwy nag erioed; hwnnw, â llwon bygythiol, am fynnu ymyrryd; am fynnu cadw chwarae teg i'r bychan fel mater o egwyddor, ei gyfeillion yr un mor benderfynol o'i gadw allan o'r twrw, egwyddor neu beidio. Clywyd y dwndwr o'r tŷ, a rhuthrodd pawb allan ond Siôn Ifan.

"Codwch o! Chwarae teg! Maent yn ei ladd yn siŵr! Tri yn erbyn un! Chwarae teg! Codwch o!" Dyna a glywid o ddegau o enau ar unwaith. Ond nid oedd neb a ymyrrai.

Ar hyn daeth gŵr dieithr Siôn Ifan i'r fan, gan dorri'r dyrfa'n ddwy yng ngrym ei bwysau enfawr. Clywyd ei lais uwchlaw'r dadwrdd a'r oernadau, ac wrth weld ei ysgwyddau eang yn uwch na phennau pawb arall, aeth rhai hanner meddw i ofni mai rhyw ddialydd goruwch-naturiol oedd wedi dyfod.

Gafaelodd yn y pentwr dynionach a chododd hwynt oddi ar y llawr fel y cyfyd dyn gowlaid o raffau gwellt. Ysgydwodd hwynt i'w gwahanu fel y chwâl dyn ysgub o ŷd. Ciliodd y dyrfa ofergoelus yn ôl, mewn dychryn ac ofn. Daliodd yntau afael ar Twm Pen y Bont, a gosododd ef ar ei draed. Yr oeddynt wedi baeddu llawer ar y bychan. Nid oedd arlliw o'i wyneb i'w weld gan waed a llwch, ac yr oedd ei ddwylo yn resynus. Prin y gallai symud gan gloffni.

Safai Dic a Meic fel dau ddaeargi yn barod i ail— ymosod, ac yn gwylio eu cyfle. Ac wedi i Wil ei hel ei hun at ei gilydd dechreuodd yntau roddi tafod, yn ôl ei arfer, i'r dyn mawr.

"Pwy wyt ti?" meddai hwnnw'n ddigyffro. "Dos di adre'n ddistaw rhag digwydd a fyddo gwaeth i ti."

Chwarddodd y dorf o glywed hyn, a ffromodd Wil o'i weld ei hun yn destun chwerthin. Gwnaeth ystum i daro. Ond gosododd yr un mawr un grafanc anferth yn ei war, a'r llall rywle yng nghymdogaeth ei feingefn, a chododd Wil ar hyd ei freichiau, fel codi cath, yng nghanol chwerthin byddarol y dyrfa oriog. Gwingai Wil rhwng daear ac awyr, a rhegai'n ddigywilydd. Symudodd y gŵr dieithr yn nes i'r clawdd, a'r dyrfa'n rhuthro'n frysiog oddi ar ei ffordd. Gwelwyd ei freichiau nerthol yn cyhwfan, a Wil Llanfihangel yn ehedeg dros y gwrych i'r cae mor drwsgl â hwyaden.

Caed ef yn griddfan, wedi torri asen neu ddwy, ond yn dal i dywallt melltithion dychrynllyd ar ben y gŵr a gynlluniodd ei daith ddrychinebus. Safai Siôn Ifan yn nrws y tŷ yn dyst o ddiwedd disymwth yr ymladdfa, ac erbyn hyn yr oedd wedi dyfod i wybod pwy oedd y gŵr bonheddig, ond ni ddywedodd air am hynny wrth ei feibion.

II.
Yr Yswain a'i Farch

Yr oedd darn o ystâd Morys Williams, Cymunod, ym mhlwyf Trefdraeth, a'r rhent yn ddyledus. Un o deulu'r Chwaen oedd Morys o du ei dad, ac o du ei fam perthynai i deulu Cwchwillan. Ond dyn dieithr oedd ym Môn, newydd ddyfod i feddiant o'r tir, ac un o'r pethau cyntaf a wnaeth wedi dyfod i Gymunod oedd ymweld, fel y gwelwyd, â gwyl mabsant Llanfihangel. Yno, yn ddiarwybod, digiodd ddau neu dri o lanciau a gyfrifid ymhlith dilynwyr Madam Wen.

Y diwrnod ar ôl yr ŵyl haerai calon dyner Morys wrtho iddo ymddwyn braidd yn llym tuag at y dyn a aeth dros y gwrych i'r cae mor ddiswta. Gan deimlo felly cyfrwyodd ei farch ac ymaith ag ef eilwaith am dŷ Siôn Ifan.

"Dydd da i chwi, syr," meddai Siôn Ifan yn wyliadwrus. Beth wyddai neb ar ba neges y daethai'r gŵr mawr?

"Dydd da," meddai yswain Cymunod, a heb gwmpasu: "Carwn weld y gŵr ifanc hwnnw... y... syrthiodd dros y clawdd neithiwr. A wyddoch chwi pwy oedd y dyn?"

Un o nodweddion Siôn Ifan oedd medr ar lenwi bylchau ymddiddan tra byddai'n cymryd hamdden i ystyried. Daethai'r gofyniad braidd yn ddirybudd, a doeth fyddai cael ennyd i ystyried cyn ateb.

"Clywais rai o'r bechgyn yn sôn neithiwr," meddai, "ond mae'n bwnc gennyf a ddwedwyd pwy oedd o. Aroswch chwi, syr, yr oedd Wil Prisiart y Bryn yn sôn am y peth y bore yma. Ie, Wil Prisiart, nid neb arall, os wy'n cofio'n iawn, oedd yn sôn. Ie, syr, mab y Bryn ddywedodd wrthai'r bore pan oeddwn i'n bwydo'r moch. Roedd o'n mynd â llwyth o ŷd i'r felin. Rhyw lefnyn o Roscolyn ddywedodd o, os wy'n cofio'n iawn—"

"Nid llefnyn mohono," meddai Morys ar ei draws. "Roedd o'n ddyn deg ar hugain oed neu fwy." Dwy flwydd yn hŷn oedd Morys ei hunan.

"Tybed wir, syr? Wel, gallai fod. Nid wyf am ddweud i'ch erbyn, syr. Ond sut bynnag, yr oedd yno fwy o dwrw nag o daro yn ôl a glywais i. Aeth y llanc adre'n burion, syr, heb na chric na chrac, meddent hwy i mi..."

Anwiredd oedd hynny, ond hwyrach mai arnynt "hwy" yr oedd y bai, ac nid ar Siôn Ifan. Byddai gan y tafarnwr glawdd o'r fath rhyngddo â chyfrifoldeb bob amser.

"Yr oedd o'n eistedd yn y fan yma,"—gan estyn ei fys i gyfeiriad y gornel—"neithiwr, pan ddeuthum i i mewn," meddai Morys.

Ysgydwodd y tafarnwr ei ben yn foesgar, ond yn anghrediniol. "Na—digon o waith, syr. Digon o waith ei fod yn eistedd yn y tŷ. Gallai fod rywle tua'r drws. Yr oedd yma gwmni clên iawn neithiwr. Ond am ryw lafnau fel hwn, digon o waith iddo ddyfod i'r tŷ ac eistedd. Byddant yn dyfod—llafnau tebyg i hwn—i'r 'glapsant' o bob cyfeiriad. Wn i ddim sut y mae bechgyn mor ffôl â cherdded ar draws gwlad fel yna. Y llynedd yr oedd yma haid ohonynt wedi dyfod o Amlwch a Llanerchymedd draw..."

Yr oedd Siôn Ifan erbyn hyn wedi cael gafael ar ben stori nad oedd perygl iddi ddyfod i derfyn sydyn heb ryw ddamwain. Ac fel y nyddai'r naill ddychymyg ar ôl y llall i mewn i'r patrwm, teimlai yn fwyfwy tawel ei feddwl. A chan fod Morys yntau wedi ei fodloni wrth ddeall na dderbyniasai'r ymladdwr fawr o niwed yn ei godwm, doedd waeth mo'r llawer pwy oedd y llanc—neu'r dyn—nac o ba le y deuai. Afraid fyddai olrhain ymhellach, gan hynny. Ac uwchben llestraid o gwrw Siôn Ifan, meddyliodd yr yswain yr hoffai gael stori newydd. Dyna pam y gofynnodd: "Pwy ydyw'r Madam Wen y mae cymaint o sôn amdani yn y cyrrau yma?"

Ni fuasai ond dyn hynod o ddieithr yn gofyn y cwestiwn. Aeth llygaid Siôn Ifan yn fychain, fychain, wrth graffu ar ei ymwelydd cyn ateb, "Wn i ddim, syr. Mi fyddaf yn meddwl mai ffrwyth dychymyg pobl ydyw hi, a dim arall."

"Ond hi biau Draffwll, onid e?" meddai Morys yn fyr. Syndod didwyll oedd yn ei lais. Nid oedd yn gynefin â dull Siôn Ifan o fynd trwy'r byd.

"Yn wir, syr, mae'n eglur y gwyddoch fwy nag a wn i. Dyn cynnil iawn o'i gyfrinach ydyw Dafydd Jos Traffwll."

Yr oedd hyn yn wir, ac oherwydd hynny yn gymorth i Siôn Ifan i ddweud ei feddwl yn onest, a hynny gyda phwyslais argyhoeddiad, am dro. ni fyddai felly arno'n fynych. Ond gwir oedd mai digon o waith y gwyddai Dafydd Jos ei hunan yn berffaith sut y safai o berthynas i'w ddaliad.

Faint bynnag a wyddai'r tafarnwr am Madam Wen— oedd erbyn hyn â'i henw o leiaf yn wybyddus o fôr i fôr a thu hwnt i'r mynyddoedd—ni fu Morys Williams elwach o'r wybodaeth honno. Aeth adref heb fod dim doethach ar y pen hwnnw. Cymerwyd mis neu fwy i ddwyn pethau i drefn yng Nghymunod. Daethai yr yswain newydd a'i brif weinidogion gydag ef o Ddyffryn Conwy yn sir ei enedigaeth, ond cyflogodd ddau neu dri o weision yn yr ardal newydd. Cafodd forwyn hefyd ym mherson Nanni Allwyn Ddu.

Aeth Nanni i Gymunod gan ddweud iddi glywed fod eisiau morwyn ar yr yswain.

"Ym mhle mae eich cartre chwi?" gofynnodd yntau.

"Yn Allwyn Ddu," atebodd hithau, "ar y ffordd fawr, a heb fod ymhell o derfynau Cymunod."

"Purion," meddai yntau, a chyflogwyd hi heb fwy o eiriau. Ni wyddai Morys yr adeg honno y gallasai ei forwyn newydd, pe buasai'n dewis, ddweud llawer o hanes ardal y

llynnoedd a Madam Wen. Ond digon o waith, hefyd, y
buasai Nanni'n dewis.

Nodir y pethau dibwys hyn—os dibwys hefyd—er
mwyn egluro'r amgylchiadau a fu am amser yn lluddias
Morys Williams rhag mynd i ymofyn ei ardreth i ochrau
Trefdraeth. Yr oedd siwrnai arall o'i flaen hefyd, taith ac
ymweliad wrth ei fodd.

Gwahoddwyd ef i'r Penrhyn, ger Bangor, hen gartref y
Gruffyddiaid. Yno disgwyliai gyfarfod â lliaws o'i gydnabod
a chael egwyl o fwyniant ymhlith ei gydradd.

Un bore, cyn codi haul, cychwynnodd ar daith ar gefn ei
geffyl du, ag ysgrepan ledr yn rhwym wrth y cyfrwy er
derbyn a diogelu arian y rhent.

Creadur ardderchog oedd Lewys, ceffyl du Morys
Williams. Rhodd ydoedd i'r yswain ieuanc gan ei gâr
dysgedig o lys y Brenin. Nid yn fynych y gwelid ei gymar
mewn maint a nerth a hoywder. Teilwng gydymaith i Morys
fawr ei hun oedd Lewys Ddu, a byddai gweld y ddau'n
dynesu, y cawr a'r cawrfil, yn olygfa i'w chofio. Buasai
Morys Williams yn rhoddi ei fywyd i lawr dros Lewys
unrhyw ddydd, ac y mae lle i gredu na fuasai Lewys yn
gomedd yr unrhyw aberth dros ei feistr.

Yr oedd llenni nos wedi disgyn ers oriau cyn bod yr
yswain yn barod i gychwyn adref, a'r ysgrepan ledr yn drom
o arian rhent amaethwyr Trefdraeth. Yr oedd y ffordd yn
faith, ac mewn mannau yn ddigon anhygyrch, ac iddi
gymeriad drwg, ond nid oedd ofn ar restr nwydau Morys, ac
ni theimlai angen cydymaith lle byddai Lewys Ddu. Daethant
i derfynau Bettws-y-Grog heb hap na rhwystr. Nid oedd y
nos yn dywyll. Ond yno, mewn trofa sydyn yn y ffordd,
daeth Morys wyneb yn wyneb â thri o ddynion ar geffylau,
yn sefyll ochr yn ochr, megis yn gwarchod y llwybr cul.

"Noswaith dda," meddai, gan aros am gyfleustra i fynd
heibio iddynt, a heb eto ddychmygu beth oedd eu hamcan.
Yr atebiad cyntaf a gafodd oedd tri llaw-ddryll yn cael eu

hanelu at ei ben. Rhoddodd yr yswain ei law ar yr eiddo yntau, oedd yn erfyn gwerthfawr, a'i newydd-deb yn ddisglair. Wrth syllu yn graffach ar y tri dyn gwelodd fod pob un ohonynt yn gwisgo mwgwd du.

Y gŵr oedd yn y canol a siaradodd gyntaf, ac wrth glywed ei lais daeth i feddwl yr yswain iddo ei gyfarfod o'r blaen. "Os rhoddwch chwi'r ysgrepan ledr yna i ni yn ddi-dwrw, cewch chwithau fynd ymlaen heb niwed."

"Oho!" meddai'r yswain, oedd wedi arfer di-brisio perygl. Yn ddi-dwrw, ai e? Pwy ddywedodd wrthyt ti fod gennyf ysgrepan ledr o gwbl?"

"Gwyddom yn dda amdani," atebodd y lleidr. "Gwyddom beth sydd ynddi. Waeth heb wastraffu mwy o amser."

Chwarddodd Morys, â'i lais mawr yn diasbedain yn nhawelwch yr hwyr. "Beth a ddwedi di, Lewys?" meddai'n chwareus, ond heb dynnu golwg oddi ar y lladron. Gweryrodd y ceffyl yn gynhyrfus, a dechreuodd symud ei draed yn awyddus. Sylwodd Morys bod un o'r lladron yn ddyn mawr corffol, ym marchogaeth merlyn mwy nag eiddo'r lleill.

Nesaodd y lladron at ei gilydd. Tynhaodd yntau ei afael yn yr afwyn. Trosai a throai'r march du yn ddiamynedd.

"Yr ydym yn disgwyl," meddai'r gŵr canol. "Waeth i chwi yn awr nac eto. Mae rhywun arall yn eich aros ymhellach ymlaen. Fydd yn y fan honno ddim gwastraffu geiriau. Cymerwch fy ngair."

"Ai felly?" meddai yntau, â'i waed yn dechrau twymo. "Mae hi'n gwella, Lewys."

"Paid â hel dail efo fo," meddai'r mwyaf o'r tri lleidr, yn fochynnaidd, ac ar y gair cofiodd Morys iddo weld y gŵr hwnnw wrth simdde fawr Tafarn y Cwch noson yr wyl mabsant.

"Ie," meddai, "gorchwyl diflas yw hel dail." Ac ar hynny teimlodd Lewys yr ysbardun, a neidiodd ymlaen, fel pe na

fuasai merlynnod y lladron ond pryfetach yr haf yn ei lwybr.
Ac yn y cythrwfl aeth un o'r merlynnod i lawr, a thaflwyd y
tri i anhrefn, ac meddai Wil Llanfihangel mewn ffwdan a
siom, "Tân arno fo, Robin!"

Clywodd Morys sŵn ergyd megis wrth ei sawdl, a
charlamodd Lewys Ddu i lawr y ffordd fel carw o flaen cŵn,
â'i bedolau mawr yn taro tân o'r cerrig fel gwreichion oddi ar
eingion gof. Ac yn y pellter o'i ôl clywid trwst yr ymlidwyr.

Cyn hir gwelodd llygad craff y march fintai arall o wŷr
ar geffylau, digon mewn nifer i lenwi'r ffordd fel nad oedd
modd mynd rhagddo. Ac ni welai Morys y perygl. Arafodd
Lewys ei gamre a gweryrodd yn gynhyrfus, fel pe dywedai
nad oedd popeth yn iawn. Ac fel y nesâi, edrychai ar dde ac
ar aswy am lwybr o ddihangfa. A deallodd ei feistr fod
tramgwydd o'u blaenau. Nid oedd amser i'w golli chwaith.
Yr oeddynt wedi eu dal fel adar mewn rhwyd a'r lladron o'r
ddeutu ar eu gwarthaf. Gollyngodd Morys yr afwynau.
"Cymer y ffordd a fynni di, Lewys," meddai.

Ar y dde yr oedd wal gerrig a rhes o goed drain duon,
ond ar yr aswy yr oedd clawdd pridd ac arno wrych, pum
troedfedd o naid. Dewisodd Lewys y clawdd, â'r lladron ar
ei sodlau. Gall mai'r cyffro a'i drysodd, neu hwyrach mai
culni'r ffordd oedd yr achos. Trawodd garn ymhen y
clawdd a syrthiodd bendramwnwgl i'r ffos yr ochr draw, a
Morys yn ymdaenu ar wyneb y maes.

Ond ni fu'r yswain yn hir cyn codi. Neidiodd i fyny a
safodd yn ymyl ei farch, a'i ddryll yn ei law, a'i waed yn
boeth. Ffroenai frwydr, ac nid oedd ofn arno, ond pryderai
wrth weld Lewys yn oedi codi.

Pan welodd y lladron faint yr helynt, teimlent yn hy. Ac
nid oedd brys ar Wil ar ôl cael y llaw uchaf fel y tybiai.
Coegai ar draul yr yswain, gan ddannod iddo mai ceisio
dianc ar draws y meysydd a amcanai. Parhâi'r march du i
orwedd yn y fan y syrthiasai, ac aeth Morys i deimlo pryder
dirfawr.

Wedi ychydig ystyriaeth, a'r lladron hwythau yn ymgynghori pa fodd y gweithredent, cymerodd Morys gyllell, ac ar amrantiad yr oedd yr ysgrepan ledr yn rhydd yn ei law. "Hwda, leidr!" meddai, gan ei thaflu dros y gwrych i ganol y ffordd.

Prin y coeliai'r lladron fod yr arian yn eu gafael, a llai na hynny oedd eu dirnadaeth o'r rheswm a wnaeth i'r yswain ymostwng mor rhwydd. Yr oedd Wil wedi dechrau diolch yn goeglyd pan dorrodd Morys ar ei draws: "Gwna di'r gorau ohonynt, a chyn bo hir dof finnau heibio i chwilio am eu gwerth."

"Croeso," meddai Wil, a buasai'n dweud mwy oni bai i Robin y Pandy ofyn iddo gyda llw beth a dalai mân siarad â'r arian yn eu dwylo. Ac ar hynny aeth y fintai ymaith ar garlam.

Beth oedd waeth am yr arian ond cael Lewys Ddu ar ei draed? Yr oedd pum munud o hamdden i weinyddu arno, ac i godi ei galon, yn werth deng mlynedd o rent. Aeth Morys at y gorchwyl yn ddiymdroi, â'i bryder yn fawr.

Onibai am freichiau Heraclaidd ei feistr, yno yn y ffos mewn poenau, a'i goes ymhlyg oddi tano, y buasai Lewys wedi treulio'r noson honno. Ond gydag amynedd mawr ac ymroddiad, a'r ddau yn deall ei gilydd, daeth rhyddhad o'r diwedd.

Buont oriau lawer yn ymlwybro'n flin tuag adre oherwydd cloffni Lewys. Ond o'r diwedd daethant yno, ac meddai'r meistr, "Mi dalwn ni'n llawn am hyn, Lewys."

A chyda'i lygaid mawr synhwyrol atebodd yntau, "Gwnawn, os byddwn byw ac iach."

III.
Adduned Einir Wyn

Daeth Cwmni urddasol o fonedd Gwynedd i'r Penrhyn i brif ddawns y flwyddyn. Er nad oedd ef ei hunan yn dwyn yr enw Gruffydd, tarddai barwnig y Penrhyn o'r hen foncyff godidog hwnnw, ac yr oedd yn ŵr a hawliai flaenoriaeth ymysg mawrion y wlad. Er mai cangen israddol o deulu'r Penrhyn oedd teulu Cwchwillan, yr oedd un ohonynt ym mherson yr Archesgob Williams wedi codi'r gangen honno i fri, ac yn Syr Robert Williams y Penrhyn gwelai'r wlad olynydd teilwng i Piers Gruffydd yn ogystal â châr agos i'r Arglwydd Geidwad enwog ei hun.[*]

Aethai blynyddoedd heibio er pan fu Morys ar ymweliad o'r blaen â chartref ei hynafiaid; blynyddoedd a dreuliodd ymhell o'i wlad. Er dyddiau ei febyd nid oedd wedi bod y tu mewn i'w furiau cedyrn, oedd wedi goroesi'r canrifoedd yng nghanol ei dderwydd hen.

Ag yntau'n Gymro calon-gynnes, carai Morys Wlad y Bryniau â chariad anniwall. Uwchben Menai ar ei daith â'i wyneb tua mynyddoedd mawreddog Arfon, gwleddai ei olygon ar brydferthwch yr harddaf o'r siroedd.

Croesawodd Syr Robert ei gâr ieuanc yn gynnes, ac er amlygu diddordeb cyfeiriodd yr ymddiddan at gartref newydd Morys ym Môn. "Clywais am yr ardal," meddai'r barwnig gyda gwên, "lle gwyllt a rhyfedd, onid e? Ac yn llawn o beryglon rhyfedd, os gwir pob sôn."

---

[*] Ni ddaeth ystâd y Penrhyn i feddiant teulu Pennant tan ddiwedd yr 18fed ganrif, ganrif ar ôl adeg y stori; nhw adeiladodd y castell enfawr sydd i'w weld yno heddiw. Cyn hynny bu'r safle yn meddiant teulu Gruffydd, y cyntaf i adeiladu tŷ yno.

"Felly y dywedir," atebodd Morys. "A chredaf i mi gyfarfod rhai o'r lladron un noson."

"Ai e? Nid rhai llwfr mohonynt os darfu iddynt ryfygu ymyrraeth â chwi," chwarddodd y barwnig, gan fwrw golwg ar berson cadarn y gŵr ifanc.

"Do, bu Lewys a minnau yng nghanol yr haid un noson, ac y mae ef druan ar hyn o bryd gartref yn gwella o'i glwyfau."

Yr oedd yn ddrwg gan Syr Robert glywed am anffawd y ceffyl du. Ac wedi holi ymhellach, a chael hanes yr ymgiprys, dywedodd mewn hanner cellwair, "Ond ni thalodd eich cymdoges deg ymweliad â chwi yng Nghymunod hyd yma?"

"Na wnaeth. Ac fel eraill, yr wyf wedi mynd i ddechrau credu mai enw yn unig yw Madam Wen."

Chwarddodd y barwnig yn iach. "Oni bai," meddai, "eich bod wedi treulio blynyddoedd allan o'ch gwlad, buasai'ch ffydd yn gryfach bod Madam Wen yn fwy nag enw'n unig. Hir y cadwo hi chwi heb y prawf." Tybiai Morys y clywai ryw atsain o ddifrifoldeb yng ngeiriau Syr Robert, er fod ei ddull yn ysgafn. Dyna wnaeth iddo ofyn i'r barwnig adrodd iddo sut yr oedd hi wedi ennill cymaint o anfri.

"Mae'n hysbys i bawb ei bod hi'n ddychryn i wŷr y brenin," meddai'r barwnig, "a'r casgliad ydyw nad ydyw yn elyn i ladron môr a mynydd, nac i gêl-fasnachwyr glannau'r môr." Wrth glywed hynny daeth Tafarn y Cwch ac wyneb cyfrwys-gall Siôn Ifan yn fyw i feddwl Morys. Ond gofynnodd i'w gydymaith fynd ymlaen efo'r hanes.

"Os wy'n cofio'n iawn, mae ganddi ryw gweryl personol a'i gwna'n wrthryfelydd digymod yn erbyn deddf a rheol. Dywedir amdani mai merch lân o berson ydyw, y tu hwnt i'r cyffredin mewn dysg a gwybodaeth. Clywais ddweud mai ei harfer yw ysbeilio'r cyfoethog er difyrrwch, ac yna helpu'r tlawd o'r ysbail."

"Hwyrach mai dyna'r esboniad sydd i'w roddi ar ddistawrwydd syn rhai o'r bobl acw o berthynas iddi hi a'i gweithredoedd," meddai Morys.

"Digon tebyg. Mae tu hwnt i amheuaeth y bydd yr haid sydd yn ei dilyn yn cymryd gwibdaith dros yr afon ar adegau. Clywais sôn amdanynt cyn belled â chyrrau eithaf Llŷn, a byddant yn fynych yn Arfon ac Eifionydd. Cenawon beiddgar ydynt, ufudd i'w gorchymyn lleiaf, a hynny, meddir, nid yn hollol er mwyn elw iddynt eu hunain, ond oherwydd y dylanwad rhyfedd sydd ganddi arnynt."

"Rhyfedd iawn," meddai Morys, "amheus hefyd."

"Gall mai ie," atebodd Syr Robert. "Tebyg nad ydyw'r dihirod heb elwa ar eu ffyddlondeb iddi, achos cyfrifir iddi, ymysg pethau eraill anghyffredin, ryw uniondeb rhyfedd er gwaethaf pob camwri arall ynddi. Dywedir amdani y bydd yn dal clorian deg rhwng y *smugglers* a'u cwsmeriaid, a gwae fydd i hwnnw, boed was boed estron, a amcano dwyllo yn ei henw hi."

Ar hyn daeth y ddau i'r neuadd eang, lle yr oedd llawer o'r gwahoddedigion eisoes wedi ymgynnull ar gyfer y ddawns. Tynnai person ac arddull Morys sylw llawer, ac am ysbaid bu'r barwnig yn brysur yn cyflwyno'r gŵr ieuanc i rai nad oeddynt yn ei adnabod. Yr oedd yno eraill oedd yn hen gydnabyddion iddo, er bod amser wedi cyfnewid llawer arno ef ac arnynt hwythau.

Difyr oedd cymdeithas o'r fath, a boddhad oedd gweld gwisgoedd amryliw'r dynion a chlywed siffrwd sidanau gorwych y merched. Saesneg oedd ar bob gwefus o'r bron, ac nid oedd ryfedd i Morys droi yn chwim wrth glywed rhywun yn ei ymyl yn siarad Cymraeg diledïaith, mewn llais dymunol.

Gwelodd ddau lygad chwareus y tu ôl i wyntyll o ifori, a syllodd ar eu perchen mewn edmygedd mud; syllodd mor hir nes ofni ei fod yn ddifoes wrth wneud hynny. Ond ni fu'n hir wedyn heb gael yswain y Penrhyn i'w gyflwyno i'r ferch harddaf a welsai erioed.

"Morys Williams o Gymunod ym Môn," meddai Syr Robert, a gwenodd hithau wrth ymgrymu.

Ac wrth Morys, "Eich cares, Einir Wyn—"

"O le yn y byd!" ychwanegodd hithau ar ei draws yn ddireidus.

"O bob man, yn hytrach," meddai'r barwnig, mewn ysmaldod pellach.

"Pob man ond Môn, hwyrach," awgrymodd Morys yn swil.

"Ond y mae Môn am gyfnewid bellach," meddai hithau, gan chwerthin, mewn dull a barai i Morys feddwl bod rhyw arlliw o chwerwder yng nghanol yr ysmaldod.

Wedi i yswain y Penrhyn droi ei gefn a mynd i weini ar rywrai eraill, teimlai Morys braidd yn chwithig, a heb eiriau parod i ymddiddan â hi fel y dymunai. Yr oedd ei thegwch a rhywbeth yn ei dull a'i hedrychiad megis wedi dwyn pob gair cymwys oddi arno. Ond pan welodd hi mai prin oedd ei ymadrodd, a'i deall yn gyflym ac yn graff, gwyddai ar unwaith y rheswm am ei ddistawrwydd, ac ni fu diffyg ar ei lleferydd hi wedi hynny, na bwlch yn eu hymddiddan.

Torrwyd ar ddedwyddyd byr yr yswain ieuanc gan sŵn y delyn yn galw dawns. Daeth gŵr arall i ymofyn Einir, a'r funud nesaf llithrodd y ddau ymaith ar flaenau traed cyfarwydd gan adael Morys ei hunan. Nid oedd awydd dawnsio arno ef. Eisteddodd yn dawel gan wylio symudiadau'r dawnswyr, yn enwedig symudiad cain y ferch oedd newydd ei adael. Yn sŵn y tannau aeth i fyfyrio ar yr hyn erioed a glywsai am Einir Wyn a'i hanes

Merch amddifad un o Wyniaid urddasol Gwynedd, a châr o bell i'w lletywr, yn ogystal ag iddo yntau ei hun. Tybiodd iddo glywed gan rywun ryw dro mai geneth oedd hi a fynnodd fynd ei ffordd ei hun yn gynnar. Aeth i deithio i wledydd pellennig am ysbaid—yn ôl y sôn—heb iddi le yn y byd y galwai ef yn gartref. Nid oedd yn sicr a glywsai fod tir unwaith yn eiddo'i thad, ond iddo ei golli. Fodd bynnag, rhyddid aderyn y mynydd oedd y rhyddid a fynnai hi.

Arweiniai y naill atgof i'r llall. Cofiai iddo glywed am ei dysg a'i gwybodaeth. Ond—a hawdd oedd credu hyn wrth weld yn awr y golau a loywai ei llygaid, ac wrth syllu ar y gwrid yn ymdaenu dros ei gruddiau fel y dawnsiai—clywsai amdani, fwy nag unwaith, fod elfennau rhyfedd yn ei natur a barai iddi yn fynych ymofyn perygl, a rhedeg i ryfyg pan oedd yn eneth lawn nwyf, amdani hi y clywsai...

Distawodd y delyn, a darfu'r ddawns. Gwelodd Morys ei chydymaith yn arwain Einir i'w gyfeiriad ef. Ai tybed y dymunai hi ei gymdeithas ef drachefn? Curodd ei galon yn gynt pan welodd mai felly yr oedd. Daeth ato â chyfeillgarwch diymhongar yn ei hedrychiad, yr hyn a barodd i'r cawr llednais ddyfod allan am dro o encilion yswildod. "Buasech yn addurno neuadd St. James ei hun," meddai wrthi, gan fwriadu gwrogaeth i'w medrusrwydd amlwg hi yn y ddawns.

"Cefais y fraint o fod yno fwy nag unwaith," atebodd hithau'n syml, "ar fraich urddasol Syr William ei hun." Ac wrth edrych arni gwelodd Morys unwaith eto y wên anesboniadwy honno a welsai o'r blaen yn gwibio ar draws ei hwynepryd dengar, rhyw adliw o boen yn ymlid difyrrwch. Ychwanegodd hithau yn ddireidus: "Rwy'n dechrau ofni nad ydych chwi am ofyn imi o gwbl."

"Yn wir," meddai yntau, bron yn wylaidd, â gwrid yn ei wyneb didwyll, "o'r braidd y mae gennyf yr hyder i ofyn. Ond gofynnaf yn awr."

Edrychodd arni, a gwyddai ei bod ar fin ei ateb gyda'i hysmaldod arferol, pan ddaeth rhyw olau newydd i'w hwyneb gan ei drawsffurfio'n rhyfedd. Bron na thybiai Morys ei gweld yn gweddnewid o flaen ei lygaid, nes iddo golli'r ferch ffasiynol a fu, yn ôl yr hanes, yn dawnsio yn llys y brenin Iago, a chael yn ei lle un o rianedd y coed, a'i hawddgarwch fel eiddo duwies anian.

Yr oedd hithau'n myfyrio, ond wedi disgwyl ennyd clywodd ei sibrwd hi, a gwelodd fwy na geiriau yn ei llygaid llawn ymadrodd. "Yr hyn a hoffwn i," meddai, "fyddai mynd am wibdaith ar ein ceffylau—yng ngolau'r lloer—i'r bryniau!"

Er nad oedd ei dull yn dangos cynnwrf, gwelai Morys fod y syniad dieithr yn gafael yn dyn ynddi, ac yn peri iddi fod yn eiddgar i adael neuadd y ddawns a dianc i ryddid y mynydd.

"Mae'r lleuad yn llawn heno. Ni welir ein colli o blith y rhai gwareiddiedig yma. Gawn ni fynd? Hanner nos?"

"Cawn," meddai yntau'n fyr.

Er distawed oedd, curai ei galon yn gyflym Teimlai fod rhyw elfen newydd wedi dyfod i'w fywyd y noson honno, rhyw ymwybod a ddwedai wrtho nad oedd wedi gwir fyw erioed o'r blaen. Ac wedi iddi ymadael, a phan eisteddai yntau'n unig yn y neuadd lawn nwyf, llithrai ei feddwl yn ôl ati hi, ac yn lle'r dawnswyr o'i gylch ni welai ond ei llygaid mawr glas-ddu hi, ac ni chofiai ond ei thegwch digymar. Nid oedd dim yn y neuadd a'i diddorai mwyach, dim ond yr atgof amdani, a chyn hir dihangodd yntau o'r lle mor ddirgel ag y gallai, a phrysurodd i'w ystafell i newid ei wisg ac i baratoi ar gyfer y daith. Wedi mynd allan, archodd gyfrwyo dau farch erbyn hanner nos, ei eiddo'i hun a'r un a farchogid yn gyffredin gan y rhiain Wyn. Wedi trefnu hynny, aeth yn ôl i'w ystafell i dreulio'r gweddill o'r amser.

O'r diwedd daeth yr awr. Aeth yntau i'r fan yn brydlon. Ond nid cynt y daeth i olwg y meirch nag y gwelodd rywun yn brysio o encilion y mur ac yn neidio'n heini ar un o'r meirch. Neidiodd yntau i'w gyfrwy, a heb yngan gair ymaith â'r ddau i lawr y rhodfa lydan rhwng y derwydd, a'r llawn loer uwch eu pennau wedi sefyll yn llonydd mewn nen ddigwmwl.

Ni ddwedwyd gair tra carlament ar hyd y gwastadedd â'u hwynebau tua'r dwyrain, ac nid arafwyd nes dyfod i bentref bychan Abergwyngregyn, rhwng godre'r mynydd a'r môr. Ond meddai Einir yno, "Y mae yma hen ŵr a'i wraig yn byw mewn bwthyn yn agos i'r ffordd y carwn eu gweld am funud. maent yn disgwyl amdanaf, ac ni fyddaf yn hir."

Ni ddywedodd wrtho beth oedd natur ei neges yno, ac ni soniodd air am ei gofal caredig ei hun am yr hen Huw Dafis, oedd yn wael ei iechyd ers wythnosau. Cyfrinach rhyngddi hi â theulu'r bwthyn oedd y ffaith mai cwpwrdd gwag a fuasai yno oni bai i ragluniaeth ei dwyn hi i'r Penrhyn mewn pryd. Ac oni bai fod angen am Morys i wylio y meirch, buasai yntau wedi gweld ei gares amryddawn mewn cymeriad newydd wrth dân mawn y bwthyn. Yr oedd yr offrwm ar y bwrdd, a Beti Dafis yn ceisio diolch, ond heb fedru datgan mewn geiriau hanner yr hyn a deimlai. Bron nad addolai yr hen deulu diolchgar eu cymwynasydd, gan faint dylanwad y tynerwch oedd yn ei gwedd, a'r caredigrwydd oedd yn ei llais a'i chalon.

Ond byr fu ei harosiad gyda hwy y tro hwn, ac wrth groesi hiniog bwthyn Beti Dafis camodd ar yr un pryd i fyd tra gwahanol. Ciliodd y tynerwch o'i hwyneb, ac yn ei le daeth yr edrychiad hwnnw a welsai Morys fwy nag unwaith o'r blaen, ac a wnâi iddo feddwl am ryfelfarch yn dyheu am frwydr, ond ar yr un pryd a osodai bob cynneddf yn ei natur ef dan wrogaeth iddi.

I'r daith eto. Ac nid oedd ryfedd mai distaw oeddynt. Teimlai'r ddau mai yng nghynteddau aruchel teml anian fawr ei hun yr oedd eu tramwyfa, wrth olau myrdd o lampau. A'r mynyddoedd mawr fel cewri gwarcheidiol, yn eu mudandod urddasol, yn edrych arnynt. Su pell y môr ar draeth y Lafan oedd yr unig sŵn a ddeuai i'w clyw.

"Mae hyn yn well na dawns a chanhwyllau," meddai Morys.

"Mil gwell."

Wrth odre'r Penmaen Mawr dywedodd Einir wrtho, "Mae'r llwybr yn un drwg. A anturiwn ni?"

Nid Morys fedrai wrthod y fath gynnig, ac meddai wrthi, â sawyr anturiaeth yn ei ffroenau, "Cawn droi'n ôl pan êl yn rhy gyfyng."

Yr oedd rhywbeth yn heintus yn y chwerthiniad iach, difater, a ddaeth fel atebiad, ac yn sŵn eu deuawd hapus dechreuasant ddringo'r rhiw ochr yn ochr.

"Un peth sy'n achos gofid i mi," meddai Morys, wrth weld mor gyfyng ac anwastad oedd y ffordd, "Mae Derlwyn yn geffyl campus, ond mae gennyf geffyl du gartref sydd yn werth pump ohono."

"Clywais sôn a chanmol Lewys Ddu," meddai hithau. "Ac yr oeddwn yn hiraethu am ei weld."

Gwridodd Morys o bleser. Ai gair cynnes am Lewys i'w galon bob amser, a hynny hyd yn oed pan na fyddai'r siaradwr ond un cyffredin. Ond dyma Einir yn canmol!

"Daeth Lewys a minnau ar draws haid o ladron un noson, ac mewn ymgais i'n hachub ein dau cafodd ef godwm brwnt a fu agos a'i ddifetha. Meddyliais unwaith nad oedd obaith iddo, ond trwy ddyfalbarhad cafwyd dihangfa heb dorri asgwrn. Buom ar hyd y nos yn cerdded adref, ond mae Lewys yn gwella."

Gwrandawai Einir yn astud, â'i llygaid fel lampau rhyw ddewin, yn melltennu digofaint, tosturi a llawenydd, pob un yn ei dro, fel y datblygai'r hanes. "Pwy oedd y dihirod?" gofynnodd yn ffrom, nes peri i Morys yn ei dro deimlo rhyw fath o dosturi dros Wil Llanfihangel rhag ofn i'r adyn ryw bryd ddyfod i'w gafael hi.

"Rhyw haid sy'n poeni'r cwr acw o'r wlad ers ysbaid hir—a chyrrau eraill o ran hynny—o dan arweiniad rhywun a alwant yn Madam Wen—yn ôl y chwedl."

Culhâi'r llwybr, a bu raid iddynt ei dramwy un ac un. Cymerodd Einir y lle blaenaf cyn i Morys ddeall ei bwriad, ac meddai wrtho dros ei hysgwydd:

"A oedd Madam Wen yn y fintai?"

"Nac oedd. Ac yn wir ni allaf gredu fy hun nad chwedl ddi-sail yw'r sôn amdani. Byddaf yn tybied weithiau mai'r lladron eu hunain sydd wedi dyfeisio a lledaenu'r stori amdani er mwyn creu arswyd yn y rhai a ysbeiliant."

"A fu'r lladron elwach y noson honno?" gofynnodd hithau.

"Cawsant bwrs o ddeugain gini. Wedi cwymp Lewys, nid oedd gennyf galon i ymgecru ymhellach â hwynt, a theflais y gôd iddynt er mwyn cael llonydd." Yr oeddynt wedi dringo'n uchel erbyn hyn, a'r llwybr yn gul a charegog. Edrychodd Morys i lawr i'r dyfnder ar ei aswy, lle y gorweddai sawdl garw'r graig yn y tywod, ac o'r bron nad arswydai dros ei gydymaith wrth ystyried peryglon eu llwybr.

"Oni fyddai'n well i ni dywys y ceffylau?" gofynnodd iddi unwaith wrth weld yn y pellter fod y llwybr eiddil bron wedi diflannu yn gyfangwbl.

Ond syrthiodd ei chwerthiniad nwyfus hi ar ei glust fel her iddo ef yn ogystal ag i waethaf môr a mynydd a dannedd creulon y graig. "Mae gennyf innau gaseg annwyl," meddai, "a fuasai'n dysgu Lewys Ddu sut i ddringo'r Penmaen ac i ehedeg dros y bylchau fel aderyn y môr."

Yr oedd cymaint o wres yn y geiriau nes peri i Morys deimlo'n eiddigus o'r gaseg a ganmolid, a diolch yn ddistaw nad oedd hi yno ar y pryd. Ac ychwanegodd Einir, "Rhaid i ni wneud y gorau o'r ddau sydd gennym."

O'u blaenau yr oedd rhaeadr anferth o gerrig mân symudol, oedd a'i waelodion yn yr eigion erch islaw. Haen oedd yno o wendid yn y graig fawr, a'r llwybr wedi ei wisgo ymaith ymron, ac oddi ar wlybaniaeth myrdd o gerrig mân wyneb y rhaeadr adlewyrchid pelydr oerlas y lleuad, gan doi y lle â chwmwl o oleuni fel glas-olau'r fellten.

"Gwell fyddai i ni ddisgyn, a thywys y meirch neu droi'n ôl," meddai Morys, gan dynnu yn yr afwyn. "Amheuaf a oes yma lwybr o gwbl."

Ond ei hatebiad hi oedd gair yng nghlust ei cheffyl heini, ac ar yr astell gynnil honno, uwch y perygl, dechreuodd y march ddawnsio cyn rhuthro ymlaen tuag at y bwlch. Fel y nesaent at y fan, bron na theimlai'r cawr ei wallt yn codi gan arswyd am ei thynged hi. Anghofiodd ef ei hun a'i farch, â'i lygaid yn hoeledig arni hi, a sŵn y garlam feiddgar yn codi atseiniau o'i gylch yn nhawelwch y nos. Gwelodd gwmwl o lwch, a chlywodd sŵn fel sŵn ystorm yn y pellter, ac fel petai'n casglu nerth wrth ddynesu, nes llenwi'r holl awyr â tharanau, fel y llithrai'r cerrig i lawr y llethr.

Ar gwr yr adwy ofnodd Derlwyn a disgynnodd Morys mewn pryd, a'r funud nesaf, y tu hwnt i'r perygl, chwifiai Einir gadach gwyn fel arwydd diogelwch. Cafodd Morys ei anadl ato eilwaith, ac aeth ymlaen ar hyd y llwybr brau, gan arwain Derlwyn yn araf a gofalus gan wybod y buasai un cam gwallus yn hyrddio'r ddau ar unwaith i'r dyfnder oedd yn ddigon erchyll i ddychryn y glewaf.

I'r cyfrwy unwaith eto, ac i lawr yr ael tua'r Penmaen Bach ar lwybr oedd cynddrwg â'r llall. Yr oedd Morys yn farchog profiadol, a'i ddawn yn fawr, ond er hynny da oedd ganddo glywed mai ar hyd ffordd arall y bwriadai ei gydymaith ddychwelyd.

"Mae yma lwybr yn arwain i'r traeth," meddai wrtho. "Beth a feddyliech chwi o fynd yn ôl ar y tywod?"

"Gwell o lawer na'r clogwyni!" atebodd yntau o'i galon.

"O—ho!" chwarddodd hithau. "Gwron y llwybr diogel a hawdd, ai e?"

"Fy nghares deg," meddai yntau'n bwyllog, heb gymryd sylw o'r ysmaldod, "boed ynteu fy enw Wron y Llwybr Hawdd, ond, â gwneud cyffes lawn, er nad oes antur ar wyneb daear na wynebwn hi yn llawen ar eich gorchymyn lleiaf chwi, ni hoffwn er dim eich gweld eto yn rhyfygu fel y gwnaethoch."

Yr oedd y pwyslais lleiaf yn y byd ar y gair "chwi," ac ni allai hi osgoi yr awgrym. "Maddeuwch imi fy nghellwair ffôl," meddai. "Yr wyf yn dewis y llwybr hwn, ac ni fynnwn yr un ffordd arall heno. Mae unwaith dros y Penmaen yn llawn digon mewn un noson."

"Yr oeddwn wedi bwriadu eich ceryddu," meddai yntau, "am ryfygu cymaint, ond bod arnaf eisiau edmygu yn gyntaf. Yr wyf yn cofio i mi pan oeddwn yn fachgen weld eich tad, a chofiaf fel yr edmygwn ei ddull yn y cyfrwy..."

"Fy nhad!

Dywedai rhywbeth yn ei llais ei fod wedi cyffwrdd tant tyner. Teithient ochr yn ochr, a thybiodd iddo'i gweld hi'n sychu deigryn ymaith. Daeth hynny â theimlad dwys i'w fynwes yntau, ond cyn iddo gael gair ymhellach trodd Einir ato, a dywedodd, ychydig yn gyffrous, "Rhyfedd i chwi gyfeirio at fy nhad, druan. Mae wedi bod yn fy meddwl— wn i ddim pam—amryw weithiau heno."

Siaradai yn gyflym ac isel, a gwrandawai yntau heb ddweud dim, gan deimlo mai dyna a ddymunai hi. Ni wn i ddim pam y daeth i'm meddwl mor fynych heno. Ond yr wyf wedi bod yn meddwl fel y bu ef yn disgwyl—disgwyl— disgwyl am i'w wybren oleuo, disgwyl am flynyddoedd, nes y torrodd ei galon. Gall na chlywsoch chwi ddim fel yr anrheithiwyd eiddo fy nhaid gan y Pengryniaid atgas. Y cwbl a adawyd i'm tad oedd ei enw—a'i falchder."

Eisteddai'n syth ar y cyfrwy, â'i phen yn uchel, ond treiglai dagrau i lawr ei gruddiau. Ni fedrai yntau dewi yn hwy. Teimlai raid arno i ddweud wrthi yma ac ar unwaith fel y carai hi—mai hi oedd yr un y bu ei galon yn breuddwydio amdani; iddo wybod hynny y munud cyntaf y clywodd ei llais yng nghastell y Penrhyn.

Amser rhyfedd ac amgylchiadau rhyfedd i ŵr eu dewis i adrodd ei serch, ond er na wyddai ef hynny, ni fuasai Einir ei hun yn gallu dewis ffordd a fuasai'n fwy cydnaws â'i natur ryfedd hi ei hun. Am ysbaid ni ddywedodd hi air mewn ateb, ac ymsaethodd syniad anesmwyth drwy ei feddwl yntau. Tybed a oedd ef wedi peidio â'i digio hi â'i addefiad byrbwyll? Heb ond ychydig o oriau er pan ddaethai i'w hadnabod, a oedd hi yn peidio â gweld amarch yn ei eiriau parod?

"Ofnaf imi eich digio..." meddai. Ond nid aeth ymhellach Gwelodd wên o dynerwch ac o serch yn ei hwyneb.

"Myfyrio yr oeddwn. Meddwl yr oeddwn mor hawdd fyddai i minnau ddysgu caru Morys Williams pe bawn yn rhydd i wneud hynny. Ond..."

Teimlai Morys fod y goleuni'n ymadael, a nos yn dyfod i'w fywyd ar drawiad llygad. "Yr ydych wedi eich dyweddïo?" meddai, yn fwy wrtho'i hun nac wrthi hi.

"Wedi fy nyweddïo, fy nghâr, nid i ddyn ond i adduned. Pan oedd fy annwyl dad yn marw mewn tlodi, gwneuthum adduned y buaswn yn mynnu ennill yn ôl y tir a ladratawyd oddi arnom gan ein gelynion, ac nid ydyw'r adduned eto wedi ei chyflawni."

Dynesent at y tŷ, ac nid oedd amser i glywed mwy. "Carwn wybod llawer mwy am hyn," meddai wrthi. "Pa fodd y gallwch chwi heb gymorth adennill y tir? Yn wir, hoffwn yn fawr gael gwybod mwy."

"Ryw dro—fe allai!" meddai hithau.

Wedi rhoddi'r meirch mewn diddosrwydd, aeth Morys i'r tŷ, ond er chwilio ymhobman am Einir ni chafodd hi. Aeth yntau i'w ystafell i fyfyrio uwchben adduned ryfedd y ferch a garai, gan fwriadu ail-ofyn am fanylion yn y bore.

IV.
Awdurdod yr Ogof

Yr oedd yn noson dywyll; glaw mân a niwl wedi gordoi Llyn Traffwll a'r cylch. Ffolineb i neb ond rhai cyfarwydd fuasai anturio i barciau Traffwll ar y fath noson, ond gwyddai Nanni Allwyn Ddu ei ffordd yn dda drwy'r goedwig eithin, ac ymlwybrai dros ffos a thrwy gors gyda hyder un oedd gynefin. Cyn hir daeth at fwthyn tlodaidd a safai ar godiad tir ar gwr y parciau ac yn ymyl y gors.

Cai'r bwthyn yma y gair o fod yn breswylfod Wil Llanfihangel, ond ychydig o arwyddion oedd arno ei fod yn drigfa i neb. Yr oedd digon o arswyd ei amgylchoedd gwyllt ar ddieithriaid i'w cadw draw, a diau na chymerai cydnabod Wil lawer o hyfdra. Ac o ganlyniad yr oedd y bwthyn, er eiddiled ei furiau hen, lawn cystal â chastell i Wil.

Yr oedd Nanni o fewn pumllath i'r drws cyn y medrai weld golau egwan y gannwyll frwyn, gan mor niwlog oedd y nos. Curodd ar y drws yn ysgafn. Ond ni agorwyd ef. Clywodd Nanni drwst rhoddi pethau yn eu lle yn frysiog. A chan nad hwn oedd y tro cyntaf iddi gael profiad tebyg, daeth i'r casgliad cywir mai cist ddu Wil oedd ar ganol y llawr, ag angen ei symud o'r neilltu a'i chuddio cyn agor y drws i neb.

Ni fuasai neb yn credu gymaint o gybydd oedd Wil, heb ei weld uwchben ei gelc yn y gist ddu. Gwyddai ei gydnabod am ei wendid, a gwyddai Nanni. Ar noson fel hon, tynnid y gist allan o'i chuddfan, ac eisteddai'r lleidr ar ei hymyl, i gyfrif ei drysor, gan ei osod yn ôl yn ofalus wedi gorffen. Ar adegau tynnai gynnwys y gist allan ddwywaith neu dair, a'i droi a'i drosi, a'i gyfrif a'i ail-gyfrif. Dyna oedd difyrrwch Wil yn ei oriau hamdden.

Pan ddarfu twrw'r symud, curodd Nanni eilwaith, ac agorodd Wil y drws yn ofalus. "Pwy sydd yna?" meddai, gan syllu i'r tywyllwch dudew.

"Fi sydd yma," atebai Nanni. "Yr wyf yn curo ers meitin, a bron â blino'n disgwyl."

"Nanni! Tyrd i'r tŷ. Chlywais i ddim o dy sŵn di hyd y munud yma," oedd celwydd parod Wil. "Beth bar i ti fod ar grwydr ar noson fel hon, dywed? Tyrd i mewn."

Aeth hithau i mewn, ac o ddireidi dywedodd, "Yn enw'r tad, beth wyt ti wedi bod yn 'i wneud; mae gennyt le blêr iawn yma? Mae'r llawr yma yr un fath â phetai og bigau* wedi bod ar hyd-ddo?"

"Dim gwraig sydd yma, weldi!" meddai Wil, a chanfu Nanni fod ei direidi wedi ei harwain i dir na fwriadai. Yr oedd dychymyg chwim Wil wedi bod yn drech na hi.

Dywedai pawb fod awydd cael Nanni'n wraig ar Wil. Ac yr oedd yn amlwg ar bob adeg bod ganddo fwy i'w ddweud wrthi hi nag wrth neb arall. Ond gwrthrych mawr ei serch oedd y gist drysor, ac ail lle yn ei galon oedd i bopeth arall. Hwyrach y safai Nanni yn nesaf i'r gist ddu yn ei fryd. Yr oedd lawer tro wedi dangos iddi sut y tueddai. Ond ni fynnai hi ddim o hynny. Heblaw bod i Ddic Tafarn y Cwch le cynnes yn ei chalon, Wil fuasai'r diwethaf yn y byd y buasai hi'n ei ddewis.

Dyna pam y teimlai'n awr yn ddig wrthi ei hun am yr hyn a ddywedodd. Troi'r stori oedd yr unig ffordd i ddyfod allan o'r dryswch. "Mae ar Madam Wen eisiau dy weld di ar unwaith," meddai wrtho.

Sobrodd Wil yn sydyn. Newidiodd ei ddull ar unwaith. "Pryd daeth hi'n ôl?" gofynnodd.

"Neithiwr, yn hwyr iawn."

"Sut y gwyddet ti ei bod hi wedi dychwelyd?" gofynnodd yntau, â'r arwydd lleiaf erioed o wawd yn ei lais.

---

* *Og bigau*: offeryn amaethyddol i dorri neu droi pridd (Saes. *harrow*).

Yr oedd Wil wedi mynd yn amheus o berthynas yr ogof â Chymunod ers ysbaid.

"'Waeth i ti sut y gwyddwn i. Yr wyt ti wedi cael dy neges."

"Do," meddai yntau'n fyr.

Wedi ailfeddwl, ychwanegodd hithau, "Digwydd mynd i Dafarn y Cwch ddarfu imi, a gair adawyd yno ganddi hi."

"Paid â dweud celwydd," meddai Wil, ac aeth ymlaen mewn gwawd mwy agored. "Beth ddwedai yswain mawr Cymunod petai o'n gwybod sut y mae ei forwyn ffyddlon yn ymddwyn? Ac yntau'n ustus heddwch, ei forynion yn cynllwyn fel hyn â lladron pen-ffordd."

Nid oedd amcan yn y byd mewn dweud hyn, heblaw gwneud iddi hi deimlo'n anghyfforddus. Hoffai Wil wneud hynny â phawb. Ond teimlodd Nanni ryw fath o euogrwydd fel petasai Wil trwy ryw ddewiniaeth yn hysbys o'r ymddiddan a fu rhyngddi hi â Madam Wen ryw awr ynghynt. Ond wrth reswm, fel y cysurodd hi ei hun, nid oedd dichon iddo wybod.

Cododd Nanni i ymadael. "Mae Madam Wen mewn tymer afrywiog heno," meddai. "Mae cwmwl du iawn o gylch ei haeliau hi, ac arwydd ystorm."

"Pam hynny? Beth ddywedodd hi?"

Ddywedodd hi ddim, ond bod arni hi eisiau dy weld. Ac nid wyf yn meddwl mai hiraeth am weld Wil Llanfihangel sy'n peri iddi fod mewn cymaint o frys." Tipyn o falais Nanni oedd hyn, a thalu'r pwyth i Wil cyn ymadael.

Ychydig amser a gymerodd yntau i ymlwybro drwy'r coed eithin nes dyfod i enau'r ogof. Safodd funud cyn mynd i lawr drwy'r agen hanner-cudd i gell agosaf allan yr ogof. Yr oedd yn dywyll iawn, ond gwyddai ef yn dda am y lle, er na wyddai ef na'r un arall o'r fintai ond ychydig am du mewn y gell arall oedd y pen draw i lwybr cul a throellog yng nghalon y graig. Rhoddodd Wil yr arwydd, sŵn a glywir hyd heddiw yng ngororau'r llyn—cri corsiar yn yr hesg.

Yn y man gwelodd olau yn yr agen, a daeth Madam Wen i'r golwg a chanddi lamp yn ei llaw. Gwisgai fantell lwyd, liw'r graig, yn llaes at ei sodlau, a barai iddi edrych yn dalach nag oedd hi.

"Wyt ti wedi gwella, Wil?" meddai hi, wrth osod y lamp ar y fainc garreg sydd yr ochr chwith i'r gell.

Yr oedd Wil ar ofyn gwella o ba beth, pan welodd ei llygaid treiddgar hi megis yn darllen ei fyfyrdodau. Nid oedd arswyd dyn yn y byd arno, ond tawelai yn rhyfedd yn ei gŵydd hi, a bron na ellid dweud yr ofnai hefyd. Cawsai ddigon o brofiad o'i hewyllys haearnaidd hi, a gwelsai ei dewrder di-ail ar lawer achlysur; buasai'n dyst o'i phenderfyniad di-droi-yn-ôl gymaint o weithiau nes creu ynddo'r parch mwyaf iddi fel arweinydd i'w hofni ac i dalu ufudd-dod iddi. Hwyrach hefyd y cofiai Wil bob amser fod ei dynged ef ei hun megis ar gledr ei llaw hi, un oedd mor ddysgedig a gwybodus, a'i dylanwad yn fawr. Barnodd mai doeth tewi nes clywed beth arall oedd ganddi hi i'w ofyn.

"Nid oes golwg torri esgyrn arnat," aeth hithau ymlaen, "ond diflas imi oedd clywed amdanoch, llanciau Siôn Ifan a thithau, yn ffraeo ac yn ymladd noson yr ŵyl mabsant, ac yn gwneud sôn amdanoch. Y diwedd fydd, ryw dro,"— dwedodd hyn yn bwyllog a chyda phwys— "fel y dywedais ddengwaith o'r blaen, y daw swyddog y siryf o hyd i ti. Ac yna daw dy hanes allan i gyd o bant i dalar, ac ni fydd neb a all gadw dy ben ar d'ysgwyddau pan ddaw diwrnod crogi ym Miwmares."

Byddai arswyd crogi ym Miwmares yn hunllef ar Wil. Cymerodd y cerydd yn ddistaw fel plentyn drwg wedi ei ddal mewn trosedd; ni ddywedodd air. Yn unig meddyliodd mor anodd oedd gwneud y peth lleiaf heb i hynny ddyfod i glyw meistres yr ogof.

Treuliwyd hanner awr i drafod materion ynglŷn â'r llong a'r gêl-fasnach. Wil yn adrodd ac yn rhoddi cyfrif, a hithau'n holi. Yr oedd yn rhaid cael cyfrif manwl o enillion y llong, pob manylion am a gafwyd ac am a dalwyd i bob aelod o'r fintai hefyd. "A ydyw pob un wedi ei fodloni?" gofynnodd iddo ar y diwedd, a chydag ychydig wawd. "A fodlonwyd Robin y Pandy y tro yma?"

"Do, am wn i," atebodd Wil. "Mae pawb yn dawel cyn belled ag y gwn i."

"A fuoch chwi allan ar geffylau un noson?" gofynnodd iddo'n ddirybudd.

"Bu Dic a minnau am dro i'r Borth," atebodd yntau'n amwys. Ond y munud nesaf yr oedd yn hanner edifar ganddo am yr ymgais i'w chamarwain. Gwelodd wg yn tywyllu ei hwyneb, ac aeth i ddyfalu yn frysiog pa un o wib-deithiau ysbeilgar y fintai oedd wedi dyfod i'w chlyw.

"A fu mintai gref ohonoch allan un noson?" ail-ofynnodd yn bwyllog ac yn oeraidd.

"Wel do!" atebodd yntau mewn lled-addefiad, gan bryderu pa un o'r teithiau y byddai orau iddo ei dadlennu.

"A chawsoch ysbail lled fawr?"

Yr oedd hi'n ddyrys arno. Pa un ai helynt y Sais o'r 'Mwythig, ai yntau'r cyfarfod â Morys Williams, yntau'r ymweliad â Phlas Llwyn Derw oedd mewn golwg? Nid oedd Wil wedi bwriadu sôn am yr un o'r tri, oni byddai raid. Ac yn awr wrth addef un trosedd, hwyrach y deuai un arall i'r golwg. Yr oedd yn anodd gwybod pa beth i'w ddweud, â hithau'n disgwyl. Atebodd yn gloff, "Dim rhyw lawer iawn."

"Cawsoch ddeugain gini neu well?"

Llamodd ei galon. Yr oedd wedi cael gollyngdod. Yr oedd yn eglur yn awr mai at helynt yswain Cymunod y cyfeiriai. Dyna oedd y swm. Ac felly ni wyddai hi ddim am y daith i Blas Llwyn Derw, nac am bwrs aur y Sais o'r 'Mwythig. "Yr oedd yno ychydig sylltau dros ddeugain gini," atebodd yn barod.

Ond ni pharhaodd ei dawelwch yn hir, na'i hunanfeddiant. Yr oedd arglwyddes yr ogof mewn tymer flin. Ac i un nad arferai deimlo'n gartrefol dan drem ei llygaid llym hyd yn oed pan fyddai pethau'n hwylus, dychryn oedd gweld y llygaid hynny yn melltennu dicter.

"Faint o ffordd a ddwedi di sydd oddi yma i Gymunod?" gofynnodd iddo.

"Dwy filltir prin," meddai yntau, fel bachgennyn yn adrodd gwers.

"Fuaset ti'n ystyried ti'n ystyried perchen Cymunod yn gymydog?"

Teimlai Wil ei bod hi'n chwarae ag ef fel y chwery dyn â'i gi, ond sut ar y ddaear y gallai osgoi ei hateb hi. "Wel, buaswn, am wn i."

"Am wn innau, hefyd, weldi! Ond dywed i mi, ai yn enw Madam Wen yr aethoch chwi allan mor wrol i ymosod ar gymydog, ac i'w ysbeilio?" Y fath sarhad y medrai hi ei roddi mewn brawddeg! Synnai Wil fod modd gwneud hynny mor effeithiol heb na llw na rheg o fath yn y byd.

"Y dihirod digywilydd i chwi! Dwsin neu ddau ohonoch i ymosod ar un gŵr, a hwnnw'n gymydog tawel! Pa le mae'r rheolau a roddais i chwi pan ymgymerais â'ch noddi? Y cnafon trachwantus i chwi! Hoffwn wybod pa faint o ddaioni a wnaethoch yng nghorff y deufis a aeth heibio; pa sawl cymwynas a wnaed â'r tlawd; sawl tro caredig â neb mewn eisiau?"

Ni ddywedodd y lleidr air.

"Yr wyf yn dechrau blino ar y castiau gwirion yma," meddai hi. "Yr ynfydion i chwi, efo'ch mân ladrata a'ch ymgiprys ymysg meddwon. Gwrando! Y tro nesaf y clywaf am ynfydrwydd o'r fath, bydd yna ben ar y fintai a'r fasnach, ac ni wnaf ymhél yn rhagor â chwi. Mi wyddost yn eithaf da mai wedi dy grogi y buaset ti cyn hyn oni bai amdanaf fi."

Gwyddai Wil yn dda mai ar ei doethineb a'i gwybodaeth hi y dibynnai'r gêl-fasnach a llwydd y fintai, ac ofnai rhag i'r trychineb a fygythiai hi ddigwydd iddo. Gwyddai hefyd fod ei ddiogelwch ef ei hun yn fwy sicr ond ei chael hi wrth gefn. A gwyddai pawb ohonynt nad oedd un aelod o'r fintai a fuasai'n dilyn Wil hanner cam er ei fwyn ei hun, ond bod eu hymddiried ynddi hi yn drwyadl. Yr oedd ei hawdurdod hi yn bendant, ac nid oedd dim i'w wneud yn awr ond derbyn y cerydd a'r dannod yn ddistaw, a thalu ufudd-dod.

"Pa le mae'r arian?" gofynnodd iddo.

"Rhannwyd hwynt yn deg y noson honno."

Chwarddodd hithau mewn gwawd.

"Yn deg, ai do? Anrhydedd lladron, ai e? Gwrando! Bwriadaf i'r gŵr a'u piau eu cael yn ôl bob hatling."

Syrthiodd wynepryd Wil wrth glywed hynny, a dechreuodd hel esgusion. Ond ni wrandawai hi.

"Rhaid eu cael, ac am hynny dos di ar unwaith i'th gêlfan dy hun, a thyrd â deugain gini i mi, a gofala mai yn ysgrepan ledr yr yswain y dodi hwynt. Yfory, cei ymweld â'th lanciau ufudd, a gweld pa faint o anrhydedd lladron sydd yn aros ynddynt. Cawn weld a fydd Robin y Pandy yn fodlon i ymwadu er dy fwyn, a rhoi yn ôl y gyfran a dderbyniodd ef."

Daeth golwg hyll i wyneb Wil, ond rhaid oedd mynd a gwneud fel y gorchmynnid. Aeth tua'r bwthyn gan regi'n enbyd.

*   *   *

Bychan a wyddai yswain Cymunod bod cymaint o sôn amdano mewn lle mor anhebyg a'r ogof y noson honno, a phell o'i feddwl ar y pryd oedd yr ysgrepan golledig a lladron Madam Wen. Yr oedd ei feddwl yn llawn o bethau tra gwahanol. Y bore wedi'r daith dros y Penmaen yng nghwmni Einir Wyn, cododd Morys yn gynnar, â'i awydd am ei gweld yn fawr, a'i serch ar dân. Yr oedd wedi myfyrio llawer am yr addefiad rhyfedd a wnaethai hi, ac wedi penderfynu ceisio'i pherswadio i anghofio'i hadduned, a mynd i Fôn gydag ef i fwynhau tawelwch cartref cysurus.

Cododd yn gynnar, gan weld pob munud yn awr. Ond er cynhared oedd, yr oedd yn rhy ddiweddar. Yr oedd Einir wedi codi cyn dydd, a chyn syflyd o'r un ymwelydd arall, wedi cychwyn i'w thaith heb ddweud wrth neb i ble.

"Peidiwch â synnu dim," meddai Syr Robert. "Dyna'i hanes hi erioed. Yma heddiw, ac yfory ni ŵyr neb ym mha le. Dichon na chawn air amdani eto am ddeufis neu dri. Yna daw yn ôl o'i chrwydradau, mor llawn ag erioed o nwyf a hawddgarwch, a phawb yn ymryson rhoddi croeso iddi."

Melys iawn i glust Morys oedd clywed geiriau cynnes amdani, ond ychydig o fwyniant pellach oedd iddo yn y Penrhyn wedi ei cholli. Gwnaeth esgus drannoeth i ddychwelyd adref.

Da oedd ganddo gael tawelwch ei ystafell gysurus i ailfyw, mewn dychymyg, y noswaith flaenorol; i atgoffa yr hyn a ddywedodd hi, ac i ail-bwyso pob awgrymiad o'i heiddo. Ar hyn y rhedai ei feddwl pan gurodd Nanni yn y drws, gan ofyn i'w meistr a oedd arno eisiau rhywbeth yn ychwaneg cyn i'r morynion ymneilltuo. Gwelodd yntau ei bod wedi hwyrhau. Cododd ar unwaith a goleuodd gannwyll, ac aeth i fyny'r grisiau culion.

Ystafell isel, hir, oedd ei ystafell wely, ac iddi ddau ddrws, un ym mhob pen. Pan agorodd Morys un drws, â channwyll yn ei law, dychmygodd weld yn sefyll yn y drws arall rywun ar lun merch landeg luniaidd, mewn gwisg wen o'i phen i'w thraed. Rhwbiodd ei lygaid ac ail edrychodd, ond erbyn hynny ni welai ddim ond drws caeedig.

Yr oedd yn anodd ganddo gredu mai dychmygu a wnaeth. Haws oedd credu mai drychiolaeth a welsai. Daeth ofn arno, rhyw fath o ofn yr annaearol, ac mewn tipyn o gryndod y cerddodd at y drws ac y agorodd ef yn araf.

Er clustfeinio a syllu'n hir ni chlywodd ac ni welodd ddim ymhellach. Yr oedd y morynion i gyd i lawr y grisiau; a heblaw hynny, fel y dywedodd wrtho'i hun, nad oedd yn eu plith neb mor landeg na hanner mor lluniaidd â'r hon a welsai ef. Os gwelodd hefyd.

Daeth yn ôl i'r ystafell wedi cau'r drysau, â'i feddwl yn parhau'n gythryblus. Wrth edrych o'i gylch disgynnodd ei olwg ar obennydd ei wely. Beth oedd yma?

Mewn syndod dirfawr gafaelodd yn yr ysgrepan ledr golledig. Syllodd arni mewn mwy o syndod. Yr oedd ôl ei gyllell ef ei hun ar y strapiau. Yr oedd hi'n llwythog hefyd. Â dwylo crynedig agorodd hi, a thywalltodd ei chynnwys, yn aur ac arian, ar y gwely. Dechreuodd gyfrif. Yr oedd y swm yno'n gyflawn, heb geiniog ar ôl.

Ehedodd ei feddwl ar unwaith at Madam Wen, a daeth i'w gof y pethau rhyfedd a glywsai amdani o dro i dro, a dechreuodd fyfyrio.

V.
Cêl-Fasnach

Gadawodd ei ymweliad a'r Penrhyn argraff ddofn ar feddwl Morys Williams. Ni allai amser ddileu'r argraff honno. Meddyliodd lawer am Einir a'i hadduned. Methai yn lân weld sut yr oedd modd iddi hi, heb gymorth o rywle, lwyddo yn yr hyn a amcanai. Gwnaeth lw hefyd, os mynnai Rhagluniaeth, y rhoddai ef ei hun bob cynorthwy a fedrai iddi.

Yr oedd ei gariad ati yn fawr. Gwingai o anesmwythyd wrth weld y dyddiau a'r wythnosau yn mynd heibio, ac yntau heb air o'i hanes hi. Holodd a chwiliodd allan pa diroedd ym Môn ac yn Arfon a fu'n eiddo'i thad, a chafodd fwynhad wrth wneud hynny. Yr oedd unrhyw waith a ddygai ar gof iddo ei henw hi yn wir fwynhad.

Parhau yn ddirgelwch iddo a wnaeth y tro rhyfedd hwnnw pan adferwyd iddo'r arian a ladratawyd. Ofer fu pob ymchwiliad ac ymholiad. Ni wyddai'r gwasanaethyddion ddim. Ac o berthynas i ymddangosiad rhyfedd y ferch mewn dillad gwynion, aeth Morys ei hun o dipyn i beth i amau fwy-fwy a welsai rywun mewn gwirionedd ai peidio.

Yr oedd llawer o ysfa bod ar grwydr ynddo y dyddiau hynny. Ni allai aros gartref. Yn un peth dechreuodd bro Madam Wen, o'r llyn i'r môr, ei atynnu'n rhyfedd a'i hudo i grwydro i'r fan lle'r oedd siawns gweld anturiaeth. Marchogai'n fynych ar draws y gwyllt-leoedd i gyfeiriad y môr heb neges yn y byd. Ac ambell dro troai i Dafarn y Cwch i weld Siôn Ifan. Byddai'r hen ŵr ar gael bob amser, yn batrwm o dafarnwr cartrefol a chroesawus, yn ŵr heddychlon ac yn parchu deddfau Duw a dyn.

"Pwy biau'r llong a welais i yn yr afon y pnawn yma?" gofynnodd Morys un diwrnod wrth ddychwelyd o draeth Cymyran.

"Oes yno long?" gofynnodd Siôn Ifan, gan honni anwybodaeth, ond yn barod yr un pryd i ddangos moesgarwch ac i deimlo diddordeb.

Rhoddodd yr yswain ddisgrifiad lled gywir o'r llong, ac meddai Siôn Ifan, "Wel, syr, yn ôl fel y disgrifiwch hi, credaf mai llong a berthyn i ŵr o Fryste ydyw hi."

Dyfeisio yr oedd. Gwyddai'n dda mai llong Madam Wen oedd hi a'i bod yno ers tri llanw. Ond hwyrach fod mynych arfer y ffigur am y gŵr o Fryste wedi peri i Siôn Ifan feddwl am Madam Wen a'r gŵr hwnnw fel yr un a'r unrhyw.

"Arfera ddyfod yma, felly?" gofynnodd Morys.

"Wel, wn i ddim am arfer dyfod," meddai yr hen ŵr, rhag ofn dweud gormod, "ond y mae hi wedi bod yma amryw droeon. Bydd yn mynd yn ôl â llwyth o wenith neu haidd; weithiau geirch, neu'r pytatos yma sydd wedi dyfod yn bethau mor gyffredin yn y wlad." Gwnaeth stori mor hir ohoni, a chrwydrodd mor bell oddi wrth y pwnc fel mai ychydig o hanes llong "y gŵr o Fryste" a gaed, er y caed cyfrolau am bethau eraill amherthnasol.

Y noson ddilynol, â hithau'n hwyr, a Morys fel arfer ar grwydr, daeth i bentref Crigyll, ar fin y môr, a'i ffordd adref oddi yno yn un arw ac anhygyrch. Wedi rhydio'r afon, yn lle cymryd y llwybr unionaf adref, cyfeiriodd am afon Cymyran, lle gorweddai'r llong ryw ddwy filltir yn fwy i'r gorllewin.

Marchogai'n hamddenol heb feddwl fawr fod neb ond ef ei hunan yn ddigon segur i fod mewn lle o'r fath ar gyfer hanner nos. Ond yng nghyrrau Llanfair Triffwll, lle roedd y llwybr wylltaf, cafodd ddeffroad chwyrn o'i freuddwyd cysurus. Yn ddiarwybod, daeth ar draws ymguddfan rhai eraill. Wrth olau prin y lleuad mewn wybren gymylog, gwelodd ddau neu dri o wŷr yn neidio o'u llechian yng nghysgod llwyn.

Mewn pant y gorweddent, ac yr oedd Lewys Ddu ar y llethr yn mynd i lawr cyn i Morys weld y dynion. Rhuthrasant i'w gyfarfod, gan neidio i'r ffrwyn heb air o gyfarch na rhybudd. Gerllaw yn rhwym wrth goeden eithin safai tri o feirch. Disgynnodd Morys ar frys, yn barod i ymladd am ei ryddid os oedd rhaid, a chan dybied ar y cyntaf mai deiliaid Wil Llanfihangel oedd yno, yn teimlo'n falch o'r cyfarfyddiad. Gosododd law drom ar ysgwydd un o'r gwŷr, a theimlodd hwnnw fel Blentyn drwg ar dderbyn cerydd.

"Pwy sydd yma, a pha beth a fynnwch chwi â mi?" gofynnodd Morys.

Wrth glywed ei gyfarchiad, a sylwi ar ei ddull a'i ddiwyg, y naill fel y llall yn wahanol i'r hyn a ddisgwylient, gwelodd y gwŷr eu camgymeriad.

Sibrydodd un, "Gwŷr y brenin ydym ni, a chredaf mai gŵr ydych chwithau sydd yn parchu deddf?"

'Hyd y gallaf," atebodd yntau, gan ollwng ei afael ar ysgwydd y dyn. " Beth sydd ar ddigwydd yn y fro aflonydd yma heno?"

Edrychodd y swyddog ar faintioli anghyffredin yr yswain gyda gwên o foddhad. "Ai nid gŵr dieithr ydych chwi yn y cylch yma, syr?" gofynnodd.

"Lled newydd yma," meddai yntau.

"Ac felly heb fod yn gwybod am y gêl-fasnach sydd ar hyd y glannau yma?"

"Heb wybod ond ychydig iawn amdani."

Mewn ymddiddan pellach, â phawb yn sibrwd, caeth yr yswain i ddeall beth oedd neges y gwŷr dieithr yn y lle ar awr mor hwyr. Daeth i ddeall hefyd mai ar ysgwyddau Madam Wen y rhoddid y cyfrifoldeb am hyn yn ogystal ag am lawer o ysbeilio ac anrheithio ar hyd a lled y wlad.

"Mae'r lle mor ffafriol i'w chynllwynion, a chyfrwysdra'r lladron mor fawr," eglurai'r swyddog, "fel y maent yn medru herio gwaethaf yr awdurdodau ers blynyddoedd."

"Hawdd gweld hynny," meddai Morys, "ond beth yn arbennig sydd ar ddigwydd heno?"

"Mae gennym reswm dros gredu y bydd yma ymgais heno i redeg nwyddau," oedd yr atebiad.

"Yr oeddem yn disgwyl mwy o'n dynion i'n cynorthwyo, ond un ai maent wedi colli eu ffordd neu wedi cyfarfod rhwystr."

"Y mae fy ngwasanaeth i at eich galwad," medda Morys, a diolchodd y swyddog iddo.

Ymhen rhyw hanner awr clywsant drwst un yn dynesu yn frysiog drwy'r prysglwyni gerllaw. Rhoddwyd arwydd, ac atebwyd. Un o'r cwmni oedd hwn, wedi bod yn ysbio ar symudiadau'r smyglwyr tua glan y môr.

Yr oedd wedi rhedeg, ac meddai cyn llawn gyrraedd y fan, "Y maent ar gychwyn. Gwelais olau o gwmpas y Pandy..."

Tawodd wrth weld dyn dieithr yn eu mysg. Ond meddai un o'r lleill, "Cyfaill ydyw'r gŵr yma, ac yn barod i'n cynorthwyo."

Ar hynny ychwanegodd yntau, "Ni allant fod ymhell erbyn hyn."

"Cwmni mawr?" gofynnodd un.

"Ni wn i faint mewn nifer. Ond tybiaf fod yno ddeuddeg o ferlynnod."

Yn frysiog trefnwyd pa fodd i gyfarfod y smyglwyr. Ymwasgarodd mintai fechan deddf a threfn, ac aethant un yma ac un acw i aros dyfodiad y lladron. Yr oedd gan y pedwar swyddog geffylau oedd wedi eu dysgu i'r gwaith, ac yr oedd Lewys Ddu yntau yn barod i wneud unrhyw beth ar orchymyn ei feistr. Gorwedd yn llonydd oedd yr unig wasanaeth ofynnid ar hyn o bryd. O fewn ychydig amser diflannodd pob un i'w guddfan, heb yr arwydd lleiaf yn aros fod yno neb ar y cyffiniau. Hwyl wrth fodd Morys Williams ydoedd, a theimlai ryw gosfa yn ei freichiau wrth feddwl am gael Wil Llanfihangel i'w afael unwaith eto, a thalu dyled codwm Lewys yn y fargen.

Ni fu rhaid disgwyl yn hir. Mor ddistaw â llygod, mângamai'r merlynnod i fyny ac i lawr ar wyneb anwastad y tywyn, pob merlyn dan ei faich. Ar gefn pob un yr oedd dwy sach, yn hanner llawn o wellt, un ar bob ochr. Ar y sachau gorweddai dwy gasgen fechan, un o bobtu, yn llawn gwirod neu win, a rhaff yn cydio'r naill yn y llall. Ymhlith y merlynnod cerddai naw neu ddeg o ddynion, tra y gwyliai tri neu bedwar eraill yma a thraw. Ac yr oedd yno reol bendant nad oedd neb i yngan gair.

Llawer taith fel hon a wnaeth Wil Llanfihangel o dro i dro yn ddiogel o lan y môr i Dafarn y Cwch, a llawer o arian a ddaeth i goffrau'r fintai mewn canlyniad. Yr oedd mor ddeheuig wrth y gorchwyl, fel mai wedi i bopeth fynd drosodd y deuai'r swyddogion i'r fan fel rheol. Ond y tro hwn cafodd Wil ddychryn.

Yr oedd rhai o'r gwylwyr ymhell ar y blaen, a rhai yn ôl yn gwylio y traeth. Nid oedd gan y lladron y ddrwgdybiaeth leiaf nes gweld yn codi yn ddisymwth, megis o'r ddaear, wŷr ar geffylau, gan ruthro i ganol y merlynnod dychrynedig. Yn eu ffwdan cyntaf ni wyddai'r lladron ar ba law i droi, na pha beth i'w wneud, a chyn iddynt gael hamdden i wrthwynebu, yr oedd y swyddogion wedi dadlwytho ar drawiad fwy na hanner y merlynnod. Yn eu dychryn, wedi cael ymwared o'u beichiau, dechreuodd y rhai hynny garlamu ymaith.

Ond yn fuan gwelodd y lladron mai deg yn erbyn pump oedd yno, ac ymwrolwyd, ac aeth yn ymrafael. Tynnwyd dau o wŷr y cyllid oddi ar eu meirch, a disgynnodd y lleill ar unwaith. Dyrnau noethion oedd yr unig arfau, a gwnaed defnydd campus o'r rheini o'r ddeutu.

"Ar y fan, Wil," gwaeddodd un o feibion Siôn Ifan, "mae'r mawr Cymunod yma!"

Bu agos i hynny â thorri calon Wil cyn dechrau. Ond nid felly lanciau'r Dafarn. Aeth y tri rhag blaen i ymosod ar Morys fel un gwerth eu sylw.

Trawodd Wil un o'r swyddogion nes oedd yn llonydd ar y ddaear, a gadawyd ef yno yn tuchan. Cafodd un arall ergyd yn ei lygad gan Robin y Pandy a'i gwnaeth yn analluog i roddi llawer mwy o help y noson honno.

Yr oedd Morys yn dal ei dir. Fel y poethai'r frwydr, tawelaf yn y byd y teimlai. Blinodd bechgyn y Dafarn ar ymgyrch mor unochrog, a phan ddaeth Robin y Pandy ymlaen, llithrodd un neu ddau ohonynt oddi ar y ffordd i roddi cyfle i Robin i drin yr yswain. Ond am Wil y disgwyliai Morys, ac o'r diwedd daeth y cyfle.

Yr oedd Robin yn ddyn mawr corffol, y mwyaf yn y fintai o ddigon, a phan droes at yr yswain daeth Wil yn ei ysgil. Derbyniodd Morys ddyrnod gyntaf Robin yn ddigon di-daro, a'r funud nesaf ymsaethodd ei fraich yntau allan fel hwrdd-beiriant nerthol, ac aeth Wil i lawr fel boncyff o bren. Felly yr ad-dalwyd codwm Lewys Ddu, meddyliai Morys. Yna daeth tro Robin y Pandy, ac wrth weld y ddau yn mynd at y gwaith o ddifri, safodd y lleill i weld sut y troai'r fantol rhwng dau mor gyhyrog. Ond ar ddechrau'r ymdrech daeth rhywbeth i rwystro. Gwelodd Morys y lladron yn cilio'n ôl, ac ef oedd y diwethaf i ddeall y rheswm am hynny. Wedi troi ei ben gwelodd ar ei gyfer un yn mynd heibio'n chwim gan farchogaeth yn ysgafn ar geffyl gwyn.

Gwaith munud oedd yr hyn a ddilynodd. Ond bu yn ddigon i analluogi yr unig ddau o'r swyddogion oedd ar eu traed. Prin y gwelsant y ceffyl gwyn na'i farchoges deg, heb sôn am y cadach gwyn bradwrus a osodwyd yn ddeheuig am amrantiad dan eu ffroenau. Taflwyd hwynt ar unwaith i ffitiau creulon o duchan a thisian a phesychu, ac ni fedrent weld yr un golwg.

Clywodd Morys chwerthiniad ariannaidd perchennog y ceffyl gwyn, cyn clywed sŵn ei enw ei hun ar ei gwefus.

"Os myn Morys Williams ddifetha'r fintai, dalied yr arweinydd!" meddai, gan symud ymaith.

"Myn anrhydedd dyn! Mi wnaf hynny!" meddai yntau, a neidiodd i'r cyfrwy.

Symudai Lewys Ddu gydag aidd, a Morys yn benderfynol o redeg Madam Wen i lawr. Ond ciliai'r ceffyl gwyn o'u blaenau fel lledrith. Drwy y grug gan brin gyffwrdd yr wyneb, drwy lwyni dyrys a thros bonciau, fel adar yn ehedeg. Ond daliai'r ceffyl gwyn i arwain o hyd. I derfynau Maelog, ac yn ôl drwy gorsydd Crigyll a gwaelodion Traffwll, a Lewys Ddu yn diferu o chwys, a Morys ar golli ei dymer. Ond dal i garlamu'n iach a rhwydd a wnâi'r ceffyl gwyn, ac meddai awel y nos mewn gwawd melodaidd, "Mae mwy o ddal ar Madam Wen nag a fuasai neb yn ei feddwl!"

Rhedasant filltiroedd, ac yntau'n hwyrfrydig i ildio. Pan ddaethant i olwg y llyn gwnaeth ymdrech fwy nag o gwbl; a gwyddai Lewys fod galwad o bwys arno. Ond truan o'r ceffyl du, yr oedd wedi mynd i gredu ers meitin mai ymlid y gwynt yr oedd. O'r braidd na chredai ei feistr hefyd mai hunllef oedd yn ei boeni yntau. Daethant at ffermdy bychan Glan y Llyn, ac wrth neidio gwal o gerrig, ryw ddeugain llath ar y blaen, aeth y ceffyl gwyn a'i farchoges o'r golwg ar drawiad.

Neidiodd Lewys y wal fel aderyn, hwyrach gan ddisgwyl gweld y ceffyl gwyn ar ei arrau yr ochr draw. Ond er mai cae agored oedd yno, nid oedd boban o Madam Wen na'i cheffyl i'w weld yn unman. Edrychodd Morys ar bob llaw. Aeth at y tŷ, ac er mai trymedd nos oedd, chwiliodd bob cornel a thwll ar y cyffiniau. Cododd deulu'r tŷ o'u gwelyau, a mynnodd ddatgan ei syndod iddynt.

"Mae llawer wedi cael yr un driniaeth wrth geisio ymlid Madam Wen," meddai gwraig y tŷ.

"Gadael llonydd iddi hi fyddai'r gorau," meddai'r gŵr.

Trodd Morys ei wyneb mewn siom tuag adref, gan benderfynu gadael swyddogion y brenin, ddwy filltir yn nes

i'r môr, i ymdaro trostynt eu hunain orau y gallent. Daeth
i'r ffordd mewn lle y rhed afonig fechan dros geunant, ac
wrth y pistyll clywodd chwerthiniad nwyfus merch yr ochr
draw i'r ffrwd, a thybiodd glywed llais persain yn dweud
nos dawch.

VI.
Helynt Pant y Gwehydd

Cael eu hunain yn unig a diymgeledd a ddarfu i swyddogion dolurus y cyllid ar ddiwedd eu hysgarmes gyda chêl-fasnachwyr Llanfihangel. Da oedd ganddynt gael mynd adref heb ragor o dwrw. Ni fuasai waeth iddynt geisio olrhain gwynt y nos i'w orffwysfa na cheisio dilyn Wil a'i wŷr i'w cuddfan hwythau. Pan ymddangosodd Madam Wen mor ddisymwth daeth yr ornest i ben, a doedd waeth heb na gwingo.

Aeth Morys hefyd i ddechrau teimlo mai gwaith di-fudd oedd erlid arwres yr ogof. Penderfynodd mai doethach fyddai gadael llonydd iddi. Ond ymddengys na fynnai ffawd mo hynny, beth bynnag a amcanai ef. Un bore daeth llanc ar geffyl i fuarth Cymunod, gan ddwyn llythyr oddi wrth ŵr pwysig a adwaenai'r yswain. Sŵn cynnwrf ysbryd ac ofn oedd yn y llythyr hwnnw oddi wrth Hywel Rhisiart, Pant-y-gwehydd. Ac nid oedd ryfedd.

Yr oedd Madam Wen—ac ni fu erioed y fath haerllugrwydd, haerai Hywel Rhisiart—wedi beiddio anfon rhybudd iddo ef, gŵr mawr Pant y Gwehydd, y byddai iddi hi a'i gosgorddlu ymweld ag ef yn ei gartref ryw noson cyn bo hir. Gwenodd Morys wrth feddwl am ei ohebydd yn ffroeni ac yn rhochian uwchben cenadwri'r ogof. Darllenodd ymlaen. "Ac y mae'r lladrones yn fy herio i'w dal neu ei hatal rhag gwneud yr hyn a fyddo da yn ei golwg."

Chwyrnai Hywel ymlaen drwy lythyr hir. A fu erioed y fath eofndra wynebgaled? Yr oedd y ddihires yn ddigon digywilydd i daflu, yn wir i ddweud, nad oedd ef, Hywel Rhisiart barchus, yn wir berchen yr hyn oedd yn ei feddiant. Ar y diwedd, y cais oedd ar i'r yswain ifanc fynd i Bant y

Gwehydd pan ddeuai'r adeg, er mwyn dal y giwaid ysbeilgar hyn a'u rhoddi yng ngafael cyfraith gwlad.

Ond ni chafodd Morys hamdden hir i feddwl am Hywel a'i helynt. Digwyddodd ddyfod cludydd llythyr arall at y tŷ, ag ôl taith bell yn y llwch oedd ar ei ddillad. Ac wedi deall o ble y deuai hwnnw, ac oddi wrth bwy, aeth pob ystyriaeth arall allan o ben a chalon Morys. O'r diwedd yr oedd Einir wedi anfon ato, a pha beth arall o dan haul a dalai feddwl amdano? Y fath groeso a gafodd y gennad!

Ysgrifennai hi o dref Caernarfon, a soniai am brynu dwy o ffermydd yn y cwr arall i'r sir, a deisyfai ei farn. Teimlai yntau ei ruddiau'n twymo o foddhad. Pan aeth y gennad i'w daith yn ôl, cludai lythyr oddi wrth yr yswain yn dweud ei fod yn mynd i Gaernarfon yn ddi-oed.

Yn fore drannoeth cyfrwywyd Lewys Ddu, ac aeth y ddau i'w taith am Dal y Foel. Ar y ffordd, pan oedd yn unig gyda'i fyfyrdodau, deuai i'w feddwl adduned Einir. Hiraethai am gyfle i wneud rhywbeth a fyddai'n gymorth i rwyddhau'r gwaith. Gwibiodd llawer syniad rhyfedd drwy ei feddwl pan oedd ar ei daith; syniadau gwylltion rai, ond pob un ohonynt a'i wraidd yn ei gariad ati hi.

Gadawyd Lewys mewn diddosrwydd yng nghanol llawnder yn Nhal y Foel, ac aeth ei berchen dros y dŵr ei hunan. Daeth heb drafferth o hyd i'r annedd-dŷ bychan y tu allan i'r dref, lle'r arhosai Einir. Nid oedd hi yn y tŷ, ond cyfarwyddodd gwraig y tŷ ef, ac aeth yntau i fyny'r bryn i chwilio amdani.

Yr oedd yn ddiwrnod hyfryd: natur o'i gylch yn odidog. Dringai lwybr igam-ogam yn uwch, uwch; a deuai rhyw fawredd newydd o'r Eryri ddihysbydd i'w olwg beunydd. Y fath swyn oedd mewn chwilio am gariad mewn lle fel hwn! Ac fel yr ymlwybrai, gan ddisgwyl ei gweld ym mhob trofa y tu hwnt i bob craig; ond yn ofni weithiau mai deffro a wnâi a chael mai breuddwydio yr oedd, syrthiodd cyfaredd anian arno yntau, gan wneud ei galon fel calon Blentyn.

O'r diwedd gwelodd olygfa a wnaeth iddo sefyll mewn edmygedd. Ar y glaswellt ar fin y llwybr yng nghysgod craig eisteddai Einir. O'i chylch chwaraeai adar lu, fel petaent yn cystadlu am ei sylw hi. Wrth ei thraed nid ofnai'r cwningod neidio mewn nwyf o dan wenau'r haul, pob calon fechan yn dawel mai ffrind oedd gerllaw.

Nid rhyfedd iddo ef deimlo'n amharod i dorri ar y fath ddedwyddwch. Syllodd arni o hirbell, a gwelodd hi yn mwynhau gwobrau'r dydd; merch Anian gartref, yn frenhines y chwaraele. Naturiol oedd iddo deimlo siom pan welodd bob aderyn yn cymryd aden, a'r cwningod yn ffoi i'w cuddfannau, wrth iddo ef ddynesu.

Dywedodd wrthi fel yr oedd wedi hiraethu amdani, gan ddannod iddi ddianc o'r Penrhyn a'i adael heb air o gysur ag yntau'n glaf o gariad.

"Ni chredaf oddi wrth ei olwg i'm câr pryderus dorri ei galon," atebodd hithau'n chwareus. "Ni chollwyd noson o gwsg o'm herwydd, af ar fy llw."

"Yn wir, nid oes awr o'r dydd, na dydd o'r mis, na fyddaf yn hiraethu amdanoch," meddai yntau.

Ond ni fynnai hi ormod o ddifrifwch. Gwnaeth ymgais fwy nag unwaith i greu difyrrwch, ond ni lwyddai yn hollol. Yr oedd ef wedi ei cholli unwaith, ac ofnai mai felly y byddai eto am gyfnod hir, os oedai. "Ni allaf fyw yn hwy heb eich cael gyda mi," meddai, yn ei ddull diamwys ei hun.

Aeth ei gruddiau'n rhuddgoch. Newidiodd ei gwedd, heb ateb dim. Syllodd yntau arni fel y gwnaethai dro o'r blaen mewn dryswch a phenbleth amlwg. Beth oedd ystyr yr edrychiad a ddaeth i'w llygaid, pa un ai boddhad ai gofid, pa un ai llawenydd ai tristwch, ai hiraeth ai ynte'r cwbl yn gymhleth? Ond rhyw fflachiad oedd hynny, a throsodd. Y funud nesaf daeth ei hateb hithau mewn ymbil hanner chwareus. "Peidiwch â phwyso arnaf heddiw. Nid wyf eto wedi blino ar fy rhyddid, ond does wybod yn y byd pa mor fuan y bydd hynny."

Teimlai Morys yn siomedig, ond nid oedd y drws wedi ei gau. Yr adduned oedd ar y ffordd, fe dybiai. A chan y tybiai hefyd fod gwell ffordd i gyfarfod â honno nag iddi hi ymdaro trosti ei hun, cymhellodd ei ffordd ef yn daer. Dangosodd iddi mor hawdd fyddai iddi orffen ei gwaith pan fyddai'n wraig yng Nghymunod, a'i gynhorthwy ef wrth law ar bob adeg.

Ond nid âi hi gam ymhellach ar lwybr difrifwch. Gwell oedd ganddi ei glywed ef yn adrodd sut y treuliai ei amser yn ei ardal fabwysiedig, a chlywed am helyntion. Madam Wen a'i mintai, a'i ymyrraeth yntau â hwynt. Ac i'r tir hwnnw y bu raid iddo ei dilyn.

"Wythnos yn ôl," meddai wrthi, "cafodd Lewys a minnau ein trechu'n lân gan arwres fedrus yr ogof, sydd a'i harswyd ar gymaint. Ac yn wir, y mae gweld Madam Wen ar gefn ei cheffyl yn wledd deilwng o lygad brenin. Wn i am ond un arall a ddeil ei chymharu â hi!"

Bradychodd fwy o frwdfrydedd nag a feddyliodd ef ei hun, a synnodd glywed Einir yn gofyn yn finiog, ac fel y tybiai, mewn eiddigedd, "O, ai felly? A phwy ydyw honno?"

"Rhywun a aeth gyda mi dros y Penmaen un tro, a'n gyddfau ein dau mewn perygl dirfawr," atebodd yntau gyda gwên a moes-ymgrymiad.

"Yr ydwyf er hynny yn eiddigus wrth glywed canmol cymaint ar Madam Wen," meddai hithau yn ysgafn. "Nid wyf am i'm câr ddyfod yma i adrodd geiriau serch wrthyf fi, ac yna mynd yn ôl i dalu gwrogaeth mor gynnes i'w gymdoges deg o'r ogof. Chwi addefwch ei thegwch, mi wn!"

"Ar f'anrhydedd, Einir, ni wn i ai teg ai beth ydyw gwedd fy nghymdoges—ni welais ei hwyneb erioed. Ond am ei dawn i drin ceffyl, nid yw'n ail i neb ond yr un wyf fi'n ei charu."

Chwarddodd Einir ei hatebiad: "Deuaf i Gymunod heb fy nisgwyl ryw ddiwrnod i weld sut y byddwch yn ymddwyn, os clywaf fwy o'i chanmol hi.'

"Âf innau," medd yntau mewn gwrth-ateb lawn mor chwim, "i'r goedwig eithin bob dydd gan hyderu y pair hynny ddyfod o Einir i Gymunod yn fuan."

Pan ddaeth dirgelwch yr ysgrepan ledr i gof Morys, adroddodd yr hanes. "Mi gredaf byth," meddai, "imi weld rhywun wrth ddrws fy ystafell y noson honno, er y myn y morynion mai drychiolaeth a welais."

"Mae'n ddiau mai'r morynion sydd yn iawn," oedd barn Einir. "Ond pa fath ddrychiolaeth oedd, myn fy chwilfrydedd wybod?"

Yn araf, fel pe buasai'n casglu gweddillion atgof, atebodd yntau, "Brys-ddarlun o degwch—fel y dylai drychiolaeth mor ddyngarol fod—argraff o fonedd hefyd ond amrantiad oedd."

"Madam Wen heb os nac oni bai!" lled-wawdiai hithau. "Bwriadaf yn awr yn sicr ddyfod acw'r cyfle cyntaf a gaf er gweld y darlun fy hun."

"Daw hyn â rhywbeth arall i'm cof," meddai ef. "Mae Madam Wen wedi rhybuddio henwr a adwaen yn dda y bydd hi a'i mintai yn ymweld ag ef yr wythnos nesaf. Wrth hyn y golyga y bydd iddi fynd yno ac ysbeilio'r lle. Dyna i chwi gyfle i gyfarfod arwres yr ogof. Yr wyf fi wedi addo mynd yno i ddal breichiau Hywel Rhisiart i fyny."

Buan yr aeth yr amser heibio, a'r ddau yn rhodio yn ôl a blaen ar ochr y bryn. Ac o'r diwedd rhaid oedd ymadael.

Aeth Morys i'w westy y tu arall i'r afon, i dreulio'r nos yno, yng ngolwg goleuadau'r dref.

Cododd yn fore drannoeth. Wrth gychwyn i'w daith taflodd olwg dros y dŵr a gwelodd y bryniau megis yn araf ddihuno. Ddedwydd fryniau, meddyliai, wrth gofio y byddai sang ei throed ar eu llethrau gwyrddion cyn hanner dydd.

Er nad oedd prinder ceirch ar lan Menai, yr oedd yn dda gan Lewys Ddu gael mynd adref. Ac wedi i Morys deithio hanner y ffordd, ac i'r haul ddyfod i dywynnu ar y meysydd, daeth yntau i ddygymod â'i sefyllfa, ac i furmur cân. Erbyn ystyried yr oedd ganddo yntau galon lawen a llawn o obeithion.

Ar lan afon Crigyll, y tu draw i'r bont o felin Cymunod, safai bwthyn Twm Bach. Gelwid y lle yn Ben y Bont. Yno y preswyliai Twm ar ei ben ei hun. Pan ddaeth Morys at lidiart y llwybr sy'n arwain at y tŷ, trodd tuag yno. Pan fyddai'n mynd oddi cartref, ar Twm y gosodai'r cyfrifoldeb o daflu golwg dros bethau yng Nghymunod, ac ni fu erioed well goruchwyliwr. A throi yno a wnâi Morys yn awr i dderbyn cyfrif gan Twm o'i oruchwyliaeth.

Dyn oedd Twm y byddai'r wlad yn ymryson amdano adeg cynhaeaf. Yr oedd yn weithiwr diguro; yn gaewr cloddiau heb ei fath, ac yn döwr tas tan gamp; heblaw y medrai ymarfer ebol. Perthynai i raddfa uchaf llafur, ac yr oedd yn bur fel dur i'w gyflogydd. Nid hawdd oedd ennill ei wrogaeth, ac nid teyrnged fechan i Morys Williams oedd bod gan Twm bach feddwl y byd ohono. Yr oedd y ddau, er mor annhebyg, yn gyfeillion.

Dywedai cymdogion fod Twm ers ysbaid yn awr wedi mynd yn dra annibynnol. Yr oedd yn fwy cartrefol, a heb fawr gyfathrach rhyngddo â neb, heb amser ganddo nac i gau clawdd na hwylio pladur ar faes neb. Ni welid ef yn unman o'i diriogaeth ei hun, ond pan fyddai yng Nghymunod yn gweini ar yr yswain, a gwyddai pawb mai o gyfeillgarwch y tarddai hynny. Ond ni wyddai neb sut yr oedd Twm yn byw.

Ni fu erioed y fath warchod gofalus a disgwyl ac ofni ag oedd ym Mhant y Gwehydd wythnos rhybudd Madam Wen. Po fwyaf o ddarparu a wneid ar gyfer ei hymosodiad, mwyaf yn y byd o bryder a deimlai pob un wrth weld yr amser yn dynesu. Aeth yr hen yswain a'i wraig i fethu cysgu gan bryder, a'r gweinidogion i weld drychiolaethau ym mhob twll a chongl, gefn dydd fel canol nos.

Yr oedd un o feibion Presaddfed yn filwr, a gosodwyd arno ef gyfrifoldeb trefnu amddiffyniad Pant y Gwehydd. Teimlai pawb bwysigrwydd y sefyllfa honno.

Yn ei hamddiffynfa gadarn hithau ar lan y llyn chwarddai Madam Wen wrth glywed am y carpariaethau helaeth, ond cadwai ei chyfrinach yn ei mynwes ei hun, ac ni wyddai neb o'i mintai pa funud y byddai galwad arno, na pha gynllun a fyddai ei chynllun hi. Ond teimlai pob un mai ei ffordd hi fyddai'r ffordd orau pan ddeuai i'r amlwg.

Aeth tair noswaith o'r wythnos benodedig heibio heb unrhyw gyffro heblaw y cyffro ym mynwesau amddiffynwyr dewrfrydig Pant y Gwehydd Yr oedd y dirdyniad di-baid ar eu nerfau yn dechrau gwneud ei ôl ar y cryfaf, nes bron wneud llwfr o'r dewraf. Nos ar ôl nos, gan ddisgwyl, disgwyl; nos ar ôl nos heb gwsg nac iawn orffwys. Yr oedd yn anodd peidio â theimlo blinder yr hirbrawf.

Daliodd Morys i fynd yno'n ffyddlon am dridiau o'r wythnos bwysig, ond rywfodd daeth rhywbeth i'w luddias ar y pedwerydd dydd. A'r diwrnod hwnnw, gyda machlud haul, dechreuodd y deheuwynt chwythu; rhyw chwibaniad main drwy frigau'r coed o gylch Pant y Gwehydd oedd yn darogan drycin. Duai'r awyr tua'r môr gan awgrymu'n hyll fod noson fawr gerllaw. Rhuthrodd chwa o ddrygwynt drwy'r berllan afalau gan dorri'r brigau'n drystfawr. Cododd haid. o frain o'r coed, mewn cyngor croch pa un ai aros ai cilio ymaith a fyddai orau.

Ymledai'r cwmwl tua'r de nes peri dyfod nos cyn ei hamser. Nesaodd gwylwyr y buarth at ei gilydd am loches a chymdeithas, ac nid oedd llais eu harweinydd dewr i'w glywed mor fynych ymhlith ei wŷr. Goleuwyd cannwyll frwyn ym mhob ystafell, a symudodd Hywel Rhisiart ei gadair yn nes i'r tân mawn.

Yr un teimlad oedd ym mynwes hyd yn oed y gwas bach. Brysiai yntau gyda'i orchwylion er mwyn cael i ddiddosrwydd cyn dyfod nos ac ystorm. Yr oedd helynt

Madam Wen yn pwyso'n drwm ar feddwl y gwas bach, yn enwedig wedi i'r haul fynd i lawr. Dyna pam y gwelai fwgan ym mhob twmpath tywyll wrth fynd i'r cae oedd tu cefn i'r buarth i gyrchu tanwydd. Ond beth oedd y golau a welai drwy'r gwyll yng nghyfeiriad Tyddyn Wilym? Er maint ei ofn safodd i edrych, a gwelodd fflamau enbyd yn troelli o flaen yr awel gref.

Ydlan Robin Elis Tyddyn Wilym sydd ar dân, meddai'r gwas bach wrtho'i hun, a ffwrdd ag ef heb danwydd am y tŷ, â'i wynt yn ei ddwrn. Gwaith munud oedd lledaenu'r newydd brawychus trwy fuarth a thŷ.

Greddf yn ddiamau ydyw yr awydd mewn dyn achub ydlan yn anad dim. Taranai mab Presaddfed orchmynion celyd, fel pe byddai gadfridog ar faes brwydr, a'i wŷr rhyfel ar ffoi; ond ni fuasai waeth iddo chwibanu. Diangodd y dynion bob un o'i le apwyntiedig; yn gyntaf i ben y clawdd o'r tu cefn i'r buarth er gweld y tân. Oddi yno—heb na morwyn na gwas bach ar ôl—rhedodd pawb fel gyrr o ddefaid i lawr ar garlam tua Thyddyn Wilym; pawb ond Hywel Rhisiart a'i wraig, a milwr Presaddfed. Yr oedd anrhydedd yn galw arno ef i aros ar ôl a bod yn ffyddlon i'w swydd a'i sefyllfa. Tra yr oedd y frwydr gyda'r fflamau yn mynd ymlaen o gylch tas wair a dwy das wellt Robin Elis, safai Hywel Rhisiart a'r milwr ar ben y clawdd yn gwylio eu symudiadau, gan ymweld yn awr ac eilwaith â'r tŷ i weld fod Beti Rhisiart a phopeth arall yn ddiogel.

Golygfa hagr oedd gardd o wair a gwellt ar dân yng nghanol drycin. Yr oedd yn dda i Robin Elis fod cymorth mor agos ato. Diogelwyd un das wellt oedd ar wahân, ac achubwyd rhyw ychydig o'r gwair. Ond yr oedd colled y tyddynnwr truan yn fawr serch hynny. Dan gawodydd trymion, ac mewn gwynt yn gyrru fel byddinoedd yn ymosod, y gorffenwyd y gwaith. Gyda theimladau cymysg o ddiolchgarwch a thristwch yr aeth Robin Elis a'i wraig i'r tŷ ar ôl gwneud yr hyn a allent er diogelu eu buddiannau.

Dafydd y mab oedd y diwethaf i fynd i mewn. Yr oedd y cymdogion caredig wedi brysio adref bob un ar ôl gwneud eu gorau hwythau; pawb yn wlyb hyd at y croen.

Safodd Dafydd o flaen y simdde fawr, a'i lygaid ef oedd y cyntaf i ddisgyn ar rywbeth ar yr astell, rhywbeth nad oedd yn arfer bod yn y fan honno.

"Beth ydi hwn, deudwch? gofynnodd, gan afael mewn pwrs lliain, a darn o linyn yn clymu ei enau.

"Beth ydi beth?" meddai Margiad Elis yn groes, gan synnu bod gan Dafydd galon i ofyn cwestiynau segur ar adeg mor drallodus.

Yn hamddenol datododd Dafydd y cwlwm, a'r holl deulu erbyn hyn wrth ei benelin yn llawn chwilfrydedd. Yn y pwrs lliain yr oedd darnau arian, ac yn ei waelod ddernyn o bapur gwyn ac arno ryw ysgrifen. Mawr oedd y dyfalu pwy oedd biau'r pwrs ac o ba le y daethai. Ond nid oedd dehongliad. Fe allai mai rhywun oedd wedi ei roddi yno er diogelwch yng nghanol helynt y tân, ac yna wedi ei anghofio. Syniad Robin Elis oedd hwnnw. Ond wfftiai Margiad Elis at hynny. Gan bwy o'r cymdogion yr oedd cymaint o arian rhyddion ag y medrent fforddio mynd â hwy o gwmpas yr un fath a phe baent ddyrnaid o ffa? Heblaw hynny, beth oedd yr ysgrifen? Gresynai Robin Elis na fedrai air ar lyfr, heb sôn am ystumiau ar bapur. Ni fedrai Dafydd chwaith. Penderfynwyd mynd â'r pwrs fel yr oedd i Bant y Gwehydd, lle yr oedd ysgolheigion i'w cael, a chychwynnodd Robin Elis a'i fab heb ymdroi.

Erbyn hyn yr oedd pethau wedi dyfod i'w lle tua Phant y Gwehydd, a byddin milwr Presaddfed o dan lywodraeth eilwaith. Ond clywodd pob aelod o'r fyddin honno eiriau chwyrn gan y meistr cyn derbyn maddeuant am y trosedd. Ac wedi popeth yr oedd yno fwy o chwedleua am y tân a'r difrod a wnaeth nag oedd o warchod y lle.

Cafodd Robin a'i fab groeso parod oherwydd y golled; ac wedi derbyn cydymdeimlad Hywel Rhisiart aed at fater y pwrs lliain. Daliodd Robin ei afael yn yr arian—medrai yntau ddarllen y rhai hynny cystal â neb—ond rhoddodd y darn papur yn llaw'r yswain. Gwelwodd Hywel Rhisiart wrth ei ddarllen. Gwelwodd yn gyntaf, ac yna ffyrnigodd nes bod ei wyneb graenus mor goch â chrib ceiliog.

"Y faden fileinig!" meddai yn ffrom, " y lladrones ddrwg!" Agorodd Robin ei geg i wrando. Daeth y lleill yn gylch o gwmpas yr yswain. Ar bwy y cyfarthai yr hen ŵr, tybed?

"Ewch drwy'r tŷ ar unwaith!" gwaeddai Hywel, fel dyn yn dechrau colli ei synnwyr. "A thrwy'r beudai bob un!"

Ni wyddai neb beth i'w wneud yn wyneb y fath orchymyn. "Dyma ddywed hi!" llefai Hywel Rhisiart, "Mae'n ddrwg gan Madam Wen am eich colled chwi, ond y mae gwaeth wedi digwydd i'ch cymydog. A dyma i chwi swm bychan o iawn."

"Ble mae'r dynion?" gwaeddai Hywel, cyn bod y gwrandawyr wedi hanner deall ystyr cenadwri Madam Wen. "Brysiwch! Rhedwch!"

Dechreuwyd rhedeg yma a rhedeg acw, y naill ar draws y llall, i mewn ac allan, mewn ffwdan a thwrf, a meddyliodd y rhai mwyaf ofnus bod Madam Wen a'i mintai wrth y drws y munud hwnnw.

Ond cyn hir daeth Hywel Rhisiart a'i dylwyth i ddeall sut yr oedd pethau. Daethant i ddeall pa mor ddistaw ac mor llwyr yr oedd arglwyddes yr ogof wedi gwneud ei gwaith. Yr oedd y gwartheg bob un wedi mynd o'r beudai, a'r eidionau o'r cytiau pesgi; y ceffylau gorau wedi diflannu o'r ystablau, a'r glawogydd wedi dileu ôl eu traed ar y buarth. Wrth olau'r canhwyllau gwelid ôl ei dwylo hithau yma ac acw o fewn y tŷ. Prin nad oedd hi wedi chwerthin yn braf wrth weld y canhwyllau yn olau mor hwylus. Ond sut y daeth hi o hyd i gêlfan neilltuol Hywel Rhisiart ei hun? Nid swm bychan oedd i'w gael yn y fan honno, gellid bod yn siŵr. Arswydai Betsi Rhisiart wrth feddwl i Fadam Wen fod mor agos i'r ystafell lle'r eisteddai hi mewn unigedd a chryndod.

Yr oedd colled Hywel Rhisiart yn fawr, a chafodd ef a'r wraig a milwr Presaddfed oriau'r noson honno i'w hail-gyfrif ac i wrando ar yr un pryd ar sŵn y corwyntoedd yn dryllio canghennau coed o amgylch Pant y Gwehydd; ac yng nghreigiau'r Ynys Wyllt, heb fod ymhell iawn, yr oedd trychineb arall ar dro, oherwydd yr un corwyntoedd.

Ystorm arswydus a welwyd y noson honno. Nid oedd preswylwyr glannau'r môr yn cofio ei thebyg ers llawer blwyddyn. Gwynt nerthol, glaw a thywyllwch fel y fagddu, a'r môr yn lluchio trochion enfawr ymhell y tu hwnt i'w derfynau gosodedig. Ac ar y creigiau dwy o longau wedi eu dryllio.

Un cwch bychan, ac ynddo dri o ddynion, a gadwodd ar yr wyneb yn wyrthiol, nes ei daflu ar draeth Cymyran gan don enfawr. Hwy yn unig o holl ddwylo'r llongau a achubwyd, ac yr oedd y trueiniaid bron ar dranc pan waredwyd hwynt gan wŷr Llanfihangel. Cawsant hafan ddymunol dan gronglwyd Tafarn y Cwch.

Canfu Siôn Ifan ar unwaith nad morwyr cyffredin oedd y tri, ond gwŷr o sefyllfa gyfrifol. Yr oedd hyn yn eglur oddi wrth eu gwisgoedd, oedd yn crogi ar fachau o dan ofal Catrin Parri.

Ymysg meddiannau un o'r gwŷr yr oedd papurgod led anghyffredin. Sylwodd Siôn Ifan arni pan welodd hi gyntaf, a dyfalai beth allai fod ynddi. Syllodd Catrin Parri arni hefyd, â'i chwilfrydedd hithau'n fawr. Yr oedd yn amlwg yr ystyriai ei pherchen hi'n bwysig, canys ni roddai hi o'i law ond ar ei waethaf. Pan aeth i gysgu, gorweddai'r god o fewn ei gyrraedd, a hwyrach mai breuddwydio amcani a wnâi ei gwsg mor anesmwyth. Ond ymhen hir a hwyr wedi cau'r drws, daeth y god i law Catrin Parri. Cymerodd liain a sychodd hi yn rhodresgar, ac wedi cynefino â'i dal, a theimlo'n fwy hy, agorodd hi.

A thra'r oedd ei bysedd yng nghrombil y god, a hithau wedi gweld er ei siom mai papurau yn unig oedd ynddi yn lle'r trysorau y disgwyliai hi eu gweld, gosodwyd bys ysgafn ar glicied y drws, ac yn ddistaw daeth Madam Wen i mewn.

Yswiliai yr hen wraig o gael ei dal yn ymyrraeth ag eiddo arall, a newidiodd ei gwedd. Sychodd y god bapur fwy na mwy, a'i hunig awydd yn awr oedd am ryw esgus addas i ddianc o gyrraedd llygaid chwareus arglwyddes y llyn. Os gadawodd hi'r god yn ymyl yr ymwelydd pan aeth ar ryw orchwyl i ran arall o'r tŷ, mewn ffwdan y gwnaeth hynny, ac yr oedd y god yno yn ddiogel pan ddychwelodd, a phopeth yn iawn.

VII.
Y Gŵr o Fryste

Parodd ysbeiliad beiddgar Pant y Gwehydd gynnwrf dirfawr trwy'r holl ardaloedd cylchynol, er nad oedd y cydymdeimlad â Hywel Rhisiart agos mor ddwys, na hanner mor gyffredin â phetasai yr un golled wedi syrthio i ran ambell un. Nid y dirgelwch lleiaf ymysg llawer o bethau anesboniadwy ydoedd pa beth a ddaethai o'r gwartheg a'r ceffylau. Bu lliaws o gyfeillion cyfrwysaf Hywel yn dyfalu llawer uwchben y broblem, ond i ddim pwrpas. Y peth nesaf i reswm y daethant ar ei draws ymhlith y dryblith o ddamcaniaethau oedd y ffaith fod gan Madam Wen liaws o gyfeillion yn ymyl, a'u ffyddlondeb iddi yn ddiwyro.

Drannoeth wedi'r ystorm, dadebrodd lletywyr Siôn Ifan o'u cwsg a'u hanner llesmair, a gwelwyd hwynt yn rhodio yng nghyffiniau'r dafarn heb fawr o ôl ystorm arnynt. Drannoeth hefyd y daeth yr hen dafarnwr i ddeall bod ganddo ar ei aelwyd o leiaf un gŵr a'i hystyriai ei hun yn rhywun. Nid yn unig ystyriai'r Milwriad Sprigg ef ei hun yn rhywun o bwys, ond dangosai yn eglur i bawb ei fod yn disgwyl i eraill gydnabod y pwysigrwydd hwnnw, a thalu gwrogaeth gymesur iddo.

Un afrywiog ei dymer oedd y Milwriad*, a digiwyd Siôn Ifan droeon mewn amser byr, yn enwedig wrth orfod gwrando ar eiriau ffôl ac annheg o berthynas i ansawdd diodydd Tafarn y Cwch, nwyddau a ystyriai yr hen ŵr uwchlaw gwag gabledd. Dyn uchel ei gloch hefyd oedd y milwr, ac mor ddi-barch o'r rhai a ystyriai islaw iddo ag

---

* Saes. *Colonel*

ydoedd o wasaidd yng ngŵydd y rhai y gwyddai eu bod uwchlaw iddo.

Wedi hynny y gwelodd Siôn Ifan hyn. Yr oedd iddo un rhagoriaeth, fodd bynnag: yr oedd ganddo arian i dalu ei ffordd, ac am hynny barnodd Siôn Ifan mai ei ddyletswydd ef fel penteulu oedd gwasgu'r glust a bod yn amyneddgar.

Aeth deuddydd heibio heb unrhyw arwydd o ymadawiad y gwŷr dieithr. Yna aeth dau i'w taith, un i un cyfeiriad a'r llall i gyfeiriad arall, gan adael y Milwriad yn unig. Ac am ddeuddydd neu dri ymhellach cerddai yntau deirgwaith yn y dydd i lan y môr, a daeth i feddwl Siôn Ifan mai o'r cyfeiriad hwnnw y disgwyliai waredigaeth o'i gaethiwed.

Un bore daeth yn ôl o'i hynt tua'r traeth yn fwy sarrug ei dymer a brwnt ei dafod nag arfer. Saesneg a siaradai, ac er nad oedd Siôn Ifan yn rhyw gartrefol iawn yn yr iaith honno, gwyddai wrth reddf mai ychydig iawn o'r geiriau a fyrlymai dros wefus y Milwriad oedd i'w cael mewn unrhyw eirlyfr y gellid ei barchu. Wedi cawod felly o eiriau chwerwon am bawb a phopeth ymhobman, meddai'r Cyrnol, "Gan bwy y ffordd yma y mae llong un hwylbren wedi ei lliwio'n las?" ac yn ei lais a'i lygaid yr oedd bygythiad enbyd yn erbyn perchennog beiddgar y cyfryw lestr.

Gwnaeth Siôn Ifan lygaid main iawn cyn ateb: "Y mae slŵp las fydd yn arfer dyfod yma o Afon Hafren."

"Perthyn i bwy a ofynnais i," meddai'r Milwriad yn chwyrn a di-foes.

"Taid annwyl!" meddai Siôn Ifan, â chil ei lygad ar yr hen wraig a safai yn ymyl, "Perthyn i ryw ŵr o Fryste, yn ôl a glywais i."

"Sut un ydyw hi? Ymyl wen wrth linell y dŵr?" Llygadrythai'r Cyrnol fel pe byddai'r llinell wen, yn ymyl y dŵr, yn fai uniongyrchol a phersonol Siôn Ifan.

"Taid annwyl!" meddai'r hen ŵr wrtho'i hun. Ac mewn ateb i'r milwr, "Yn wir, syr, nid wyf fi yn ddigon cyfarwydd â hi i ddweud hynny." Yr hyn oedd yn gelwydd, petasai waeth.

Ar hynny dechreuodd y Milwriad dywallt melltithion o'i gylch, ac meddai Catrin Parri, oedd eisoes wedi colli mwy na dwsin o bwythau yn yr hosan yn ei dwylo, "Gofyn iddo fo, Siôn, a oes arno eisiau mynd yn y llong.'

"Taw a lolian, Catrin!" atebodd yr hen ŵr yn ddiamynedd.

Yr eglurhad ar ymddygiad y Milwriad, petasai yr hen bobl yn ddigon o ysgolheigion i'w ddeall, oedd ei fod wedi ceisio'i orau y bore hwnnw dynnu sylw gwŷr y llong, ac wedi methu. Ni chawsai fwy o ystyriaeth ganddynt na phetai blentyn yn chwarae ar y tywod. A char nad oedd yn awr neb o'r llong wrth law i fwrw llid ar hwnnw, rhaid oedd ei fwrw ar rywun arall.

Daeth ymwelydd arall at ddrws y dafarn yr un prynhawn, gŵr ieuanc glandeg a golygus. Ac er y ffroenai'r Milwriad fel petai'r dafarn yn bod er ei fantais neilltuol ef ei hun, ni rusiai'r gŵr ieuanc, ac ni thalai'r sylw lleiaf i rodres y milwr. Wedi galw am gwpaned o win eisteddodd yn dawel wrth fwrdd gerllaw, ac ni ddywedodd air, peth a ddigiodd y Cyrnol yn fwy fyth.

Dyn tawel ryfeddol oedd y gŵr ieuanc, neilltuol o hunanfeddiannol. Pe na fuasai am bresenoldeb y Milwriad buasai'r hen ddafarnwr wedi "tynnu sgwrs" arno ers meitin, petasai ond yn unig er mwyn torri ar ddistawrwydd hunanddigonol y llanc. Yr oedd yn llencyn glandeg ag eithrio ryw wall dibwys ar un llygad oedd un ai yn llai na'i gymar neu wedi cael damwain yn ddiweddar. Perthynai'n amlwg i fonedd byd. Pan godai ar ei draed yr oedd rhyw hoywder yn ei aelodau a barai i Siôn Ifan feddwl am lanciau'r caban cwffio adeg gwyl mabsant.

Y Milwriad a flinodd gyntaf ar y distawrwydd, a chynhigiodd heddwch mewn llestriad o *rum* Siôn Ifan. Cydsyniodd y llanc, â'i wefus wrth y cwpan gwin. A rhyfedd fel y meddalodd y Milwriad pan ddaeth i ddeall o dipyn i beth fod yno rywun gwell nag ef ei hun.

Pan gododd y gŵr ieuanc gan ddweud bod yn rhaid iddo fynd i'w daith, bu agos i'r Cyrnol a syrthio ar ei wddf ac ymbil ar iddo aros ychydig yn hwy mewn trugaredd. Ac yng nghwrs ei ymbiliad taer aeth i edliw diffygion Tafarn y Cwch a'r gororau yn gyffredinol, fel lle na welid ynddo ond ffyliaid a chnafon a hen wragedd o fore glas hyd hwyr." Ac yn awr, syr," meddai, â'i law yn estynedig, a'i gorff ychydig yn sigledig gan effaith y *rum*, "â phwy yr ydwyf wedi cael yr anrhydedd o ymddiddan?"

Yr adeg honno y canfu Siôn Ifan a'r Milwriad fod ychydig o atal dweud ar y gŵr ieuanc. "C— Capten Wh— White," meddai, "o F—Fryste!

Wrth glywed hyn methodd Siôn Ifan â dal heb fradychu syndod. Safodd yn llonydd ac edrychodd yn graff ar yr ymwelydd. Yna cofiodd mai gwestywr oedd, a bod ymddygiad o'r fath ar ei ran ef yn gywilyddus. Edrychodd y capten arno yntau a daeth rhyw gysgod o wên i'w wyneb dileferydd. Nid oedd y Milwriad Sprigg yn ddigon chwim ei feddwl a'i olwg i weld nac i wybod am fanylion dibwys o'r natur yma.

"Capten!" meddai, "Pa le yr arhoswch chwi heno? A wnewch chwi aros yma heno?"

"N—Nid wyf yn m—mynd ymhell," oedd yr ateb byr a thawel.

"Da iawn! Da iawn! Ac efallai y deuwch yn ôl? Da iawn!"

"M—mae gennyf long g—gerllaw," meddai'r capten. Aeth Siôn Ifan i chwilio am Catrin Parri, a'i feddyliau'n gymysgfa o syndod a difyrrwch. Ond wedi dyfod ati, rhaid mai newid ei feddwl a wnaeth, canys ni ddywedodd ddim wrthi ond "Taid annwyl!"

Ar y cyntaf datgan syndod a wnaeth y Milwriad o ddeall bod llong mewn lle fel hwn, ond ymhen ennyd cofiodd am ei brofiad ei hun y bore hwnnw, a dechreuodd ei aeliau laesu. Pan ddaeth yr atgof yn ôl yn ei lawn rym, anghofiodd frawdgarwch yr ennyd flaenorol, a gofynnodd yn ddigllon, "Ai slŵp ydyw hi wedi ei lliwio'n las?"

Crymodd y gŵr ifanc ei ben yn ddidaro i ddweud mai e. Ac ar hynny dechreuodd y llall ddweud beth a debygai ef o ymddygiadau di-foes pob un a berthynai i'r llestr dirmygedig. Ond nid oedd modd cweryla â'r gŵr o Fryste. Yr oedd yn batrwm o amynedd. Daliodd i wenu nes i'r ystorm gilio o fynwes y Milwriad ac i'r cymylau godi oddi ar ei aeliau. Yna dywedodd yn foesgar bod yn rhaid iddo fynd i'w daith, ond na fyddai yn hir cyn dychwelyd.

Wedi iddo droi ei gefn aeth y Milwriad am dro i'r meysydd. Daeth yn ôl â'i ben yn gliriach a'i gerddediad yn unionach. Ymolchodd ac ymdrwsiodd ar gyfer dychweliad y llall, ac yna eisteddodd i'w ddisgwyl. A thra disgwyliai clywodd Siôn Ifan ef yn sisial wrtho'i hun yn gyffrous, *"Got it! Got it!"* A chan daro'r bwrdd ar y gair diwethaf, *"Got it! Just the—man!"*

Yr oedd Siôn Ifan mewn dryswch. Wrth edrych ar y gŵr ifanc, a'i glywed yn siarad, daethai rhyw syniad rhyfedd i feddwl yr hen ŵr, na fynnai, erbyn ystyried, ei ddatguddio hyd yn oed i Catrin Parri. Meddyliodd y gallai mai camgymryd a wnâi, ond yn siŵr amheuai yn fawr nad adwaenai'r gŵr ifanc hwnnw, er mor feiddgar ei ystrywiau. Ac yr oedd Siôn Ifan mewn mwy o benbleth na hynny hefyd. Yr oedd y gŵr ifanc—i ryw bwrpas tywyll i'r tafarnwr—wedi dweud mai ef oedd piau'r llong, mai ef, mewn gair, oedd y gŵr o Fryste. "Nid bod a wnelo hynny ddim â mi," meddai'r hen ddyn wrtho ei hun, "ond beth sydd ar droed, tybed? A dyma hwn eto mewn cyffro yn curo'r bwrdd nes mae'r llestri'n dawnsio, yn siarad ag ef ei hun ac yn gweiddi, 'Got it!' fel petai wedi cal chwannen. Mae drwg yng nghaws rhywun yn rhywle!" Ysgydwodd Siôn Ifan ei ben yn arwyddocaol.

Yn fuan cerddodd y gŵr ifanc i'r ystafell eilwaith, mor dawel a hunan-feddiannol â phetasai wedi tyfu yn Nhafarn y Cwch, a heb erioed fod oddi yno. Gwrandawodd yn ddigyffro ar ystori a chynllun y Milwriad, oedd yn ei absenoldeb wedi dyfod ar draws syniad oedd yn addo bod o fantais i'r Milwriad ei hun. Clustfeiniai Siôn Ifan o hir bell.

"M—mae'r llong i'w chael am b—bris," meddai'r gŵr ifanc wedi i'r llall o'r diwedd dewi am funud. "Ond mae'n rhaid i mi gael gwybod beth yw ein neges a thros bwy yr ydym yn gweithio."

Ar hyn bu agos i'r Cyrnol Sprigg golli ei wynt. Cododd a cherddodd at y drws yn bwysig, a chaeodd ef. Ciliodd Siôn Ifan o'i ffordd yn frysiog. Wedi ei fodloni ei hun nad oedd neb arall a allai glywed, daeth y Milwriad i ymyl y gŵr ifanc a sibrydodd: "Gwasanaeth ein hardderchocaf frenin Iago ydyw." Estynnodd ei law am y llestr diod. "Llwydd iddo! Aflwydd i'w holl elynion! Yn enwedig i'r ellyll hwnnw o'r Isalmaen, Gwilym Ddistaw!"

Cododd y gŵr o Fryste gwpan at ei enau. "Hir oes i'r Brenin Iago!" meddai, a hynny gyda mwy o wres nag oedd hyd yma wedi ei arddangos. Boddhawyd y Cyrnol yn fawr. Gwelodd obaith ennill tridiau neu bedwar ar adeg bwysig. Gwelodd hefyd obaith cynhorthwy gŵr ieuanc deallus a medrus. Yn frysiog adroddodd wrtho beth oedd ar dro: fel yr oedd byddin gref ar adael Ffrainc am Iwerddon: fod byddin arall i'w chodi ar frys yn y wlad honno: ac fel y trefnid i'r brenin ei hun arwain ei ffyddloniaid i frwydr—ac i fuddugoliaeth. Wedi ennill Iwerddon, byddai yn dyfod drosodd yma. Yna—llonnai'r Milwriad wrth feddwl am yr awr ogoneddus honno—byddai'r Brenin Iago yn mynd i mewn eilwaith i'w ddinas ei hun ar lan Tafwys, wedi adennill ei goron, i deyrnasu bellach yn ddirwystr ar orsedd ei dadau ac yng nghalonnau ei bobl.

Ond y gorchwyl mewn llaw ar hyn o bryd oedd cyflwyno i'r arweinwyr y tu hwnt i'r môr genadwri oddi wrth garedigion y Jacobiaid yr ochr yma. Yr oedd cenadwri o'r fath o dan ei ofal ef; arian, hefyd, at ddwyn traul y rhyfel. Byddai eisiau trosglwyddo arfau ac ymborth cyn hir.

"Ydyw," meddai'r gŵr o Fryste, â'i lygaid ar yr enillion, "m—mae'r llong i'w chael."

Wedi hyn cafwyd ymgom ddiddan, a'r Milwriad oriog mewn tymer rywiog. "Gaf fi ddweud," meddai'r gŵr ieuanc, "i mi glywed amdanoch o'r blaen? Clywais am fedr y Cyrnol Sprigg gyda'r cledd."

"Do, bu cleddyf yn fy llaw fwy nag unwaith!" meddai'r Milwriad yn ymffrostgar.

"Dymunaf eich llongyfarch!" meddai'r llall.

Felly yr ymgomient, a hwyrach na fuasai'r Milwriad ddim wedi peidio â gwenu'r noson honno pe cawsai'r ddau lonydd. Ond gan i'r milwr unwaith gau'r drws ar ddannedd Siôn Ifan gyda chwrs o rodres, beth wnaeth yr hen ŵr ond mynd â gŵr arall i mewn i'r ystafell heb gymaint a dweud, "Gyda'ch cennad!", neb amgen na Morys Williams, Cymunod, oedd wrth fynd heibio wedi troi i mewn am ymgom efo'r tafarnwr.

Gan deimlo y gallai fod ar y ffordd, yr oedd Morys wedi dechrau ymesgusodi, ac ar fin ymneilltuo, pan ddywedodd y Milwriad ryw eiriau ffôl am rai na wyddent yn amgenach nag ymwthio ar draws cyfrinach rhai eraill. Safodd yr yswain am funud mewn syndod. Yna newidiodd ei feddwl, a symudodd yn hamddenol ar draws yr ystafell, ac aeth i eistedd yn ymyl y tân. Petasai wedi edrych ar y gŵr ieuanc, ac nid ar y Milwriad, buasai wedi gweld olion amlwg anesmwythyd yn wyneb hwnnw. Ond ni ddigwyddodd edrych, a diolchai'r gŵr ieuanc am hynny yn ei galon.

Yr oedd y Milwriad yn fwy na hanner meddw ers meitin, ac wrth weld yr yswain yn paratoi i aros, ffromodd yn fwy. Dywedodd amryw bethau di-alw-amdanynt; dywedodd bethau ffôl a garw, ac o'r diwedd digiodd yr yswain hefyd.

"Foneddigion," meddai o'r diwedd, a chododd ar ei draed, "yr oeddwn ar fedr erfyn eich maddeuant pan achubodd y gŵr yma'r blaen arnaf a chael y gair cyntaf. Dymunaf ofyn yn awr am i chwi fy esgusodi."

Moes-ymgrymodd y gŵr o Fryste, ond gwrthododd y Milwriad y cymod. Aeth o frwnt i fryntach. Unwaith neu ddwy amcanodd y gŵr ieuanc ddianc, ond ofnai eu gadael, rhag iddynt ymrafaelio. Crefodd am dawelwch, am heddwch, am ddoethineb. Ond er bod Morys yn barod i wrando, nid felly'r Milwriad.

"Ni fydd milwyr y brenin yn ymladd â dyrnau fel segurwyr pen ffair! Cleddyfau! Mynnwn gleddyfau!

Dyna'r hyn oedd y gŵr o Fryste yn ei ofni. Clywsai am y Cyrnol Sprigg yn codi ffrae fel hyn o'r blaen er mwyn cael dangos ei fedr gyda'i gledd. Gwyddai hefyd trwy glywed lawer gwaith am fedrusrwydd y Cyrnol, ac ofnai am yr yswain gwledig.

"Ewch adref, da chwi!" sibrydodd wrth yr yswain yn erfyniol.

"Af adref yn siŵr," atebodd yntau. "Nid wyf am gymryd unrhyw fantais ar ddyn meddw. Ond dof heibio yfory'r bore, â chledd gyda mi os myn ef hynny."

"Mynnaf!" meddai'r Milwriad. Ac felly yr ymwahanwyd er pob ymdrech i gael heddwch rhyngddynt. Y mae ar gofnodiad i'r gŵr ieuanc golli noson o gysgu wrth feddwl am yr ymdrechfa oedd i fod drannoeth. Ofnai nad oedd medr yr yswain agos gymaint ag eiddo'r milwr, a gwyddai nad oedd anrhydedd y Milwriad Sprigg yn werth botwm. Gresynai fod yr yswain tawel wedi syrthio mor ddiniwed i'r rhwyd a osodasid iddo.

Dyna a gadwodd y gŵr o Fryste yn effro trwy gydol y nos honno, yn pendroni ac yn ceisio dyfeisio rhyw ffordd allan o'r trybini a'r perygl. Ac nid dyfeisiwr gwael oedd y gŵr o Fryste. Ar yr un pryd nid oedd arno eisiau colli'r cyfle i ennill swm sylweddol o arian drwy roddi gwasanaeth ei long a'i wŷr i rai a fedrai dalu mor dda am ei benthyg. Heblaw hynny, er y dirmygai ef ei hun y

Milwriad Sprigg a phob un cyffelyb iddo, yr oedd ei deyrngarwch tuag at y brenin o linell y Stuarts yn gryf. Ar y tir hwnnw, a phe na fuasai am yr elw oedd i ddeillio, yr oedd ei awydd i wneud ei ran er hyrwyddo amcanion y brenin Iago yn gryf hefyd.

Yng nghanol ei betruster ei hun, dyfalai beth a allai fod teimladau yr yswain corffol wrth feddwl am drannoeth. Petai modd iddo ddyfod i wybod hynny buasai yn synnu hwyrach. Aeth Morys adref, ac wedi swpera fel arfer, aeth i'w wely heb wastraffu fawr o amser i boeni ynghylch yr helynt yn Nhafarn y Cwch. Cysgodd yr un mor drwm â phe na bai dim o'i flaen yn y bore ond codi i fynd i edrych y gwartheg, neu gyfrif y defaid.

Pan wawriodd dydd yr oedd gan y gŵr o Fryste gynllun beiddgar. Gwisgodd amdano gyda gofal neilltuol. Â chledd wrth ei wregys aeth yn gynnar at Dafarn y Cwch. Ar y ffordd cyfarfu â Dic, ac wedi cyfarch gwell iddo, gofynnodd gymwynas ar ei law, ac aeth hwnnw i'w ffordd gan wenu, yn falch o'r cyfle i wasanaethu'r gŵr o Fryste.

Cododd Morys Williams hefyd yn lled fore. Gwelodd ddiwrnod hyfryd ar ddiwedd gwanwyn yn ymagor mewn prydferthwch. Sibrydai'r dail a'r glaswellt am ddynesiad haf. Canai'r adar gerddi llawen yn y llwyni. Ac wrth eu clywed daeth trosto ryw chwa o ddiflastod wrth feddwl un mor ynfyd oedd dyn.

Meddyliwr lled araf oedd Morys, ond wrth grogi ei gleddyf wrth ei wregys dechreuodd sylweddoli pa beth yr oedd ar fedr ei wneud. Arf dieithr iddo oedd y cledd wedi bod am ysbaid. Ond nid ofn oedd arno. Ni roddai ddigon o bris ar ei ddiogelwch ei hun i roddi'r pwys dyledus ar y perygl. Ond cofiodd am Einir, ac am ei fwriad i'w chynorthwyo. Teimlai hynny fel ymddiried a osodwyd arno. Gwridodd wrth feddwl amdano ei hun wedi ei glwyfo, ac ar wastad ei gefn mewn anallu am wythnosau hwyrach, a'r ymddiried hwnnw heb ei gyfarfod.

"Myn rhagluniaeth!" meddai wrtho'i hun, "rhaid imi osod y gŵr tlws o filwr yna ar wastad ei gefn neu fe'm gesyd i!" Ac wrth feddwl am Einir, unionodd ei gefn, a thynhaodd cyhyrau ei freichiau nerthol.

Wrth feddwl am Einir hefyd y daeth dychymyg arall i'w ben. Beth pe digwyddai gwaeth na chael ei glwyfo a'i analluogi? Ar hyn aeth i'w ystafell a chymerodd bapur ac ysgrifbin, a chollodd hanner awr uwchben y rhai hynny. Parodd ddychryn dirfawr i un o'r morynion drwy ei galw hi a Nanni Allwyn Ddu i'r ystafell, a gorchymyn iddynt ill dwy roddi croes bob un ar ddarn o bapur.

"Beth sydd wedi dyfod i'r dyn?" gofynnodd ei chyd-forwyn i Nanni mewn braw a syndod, "ac i ba amcan y mae'r cledd yna wrth ei wregys y bore yma?" Chwarddodd Nanni heb ddweud dim byd, na chymaint â bradychu syndod.

Yr oedd un llygad i'r gŵr o Fryste yn llai y bore hwnnw nag o'r blaen, a'i berwig heb fod mor daclus ag y gallasai fod. Ond yr oedd yr un ystwythder yn ei aelodau. Symudai fel dywalgi, er na ellid dweud bod llawn cymaint lledneisrwydd yn ei dymer, nac addfwynder yn ei ymddygiad. Fe allai mai'r ffaith iddo golli ei gwsg oedd yn cyfrif am y cyfnewidiad. Fodd bynnag, sylwodd y Milwriad ar y gwahaniaeth, a llygadodd yn gul arno fwy nag unwaith.

Gan ei bod yn lled fore pan gyrhaeddodd y Dafarn, a'r yswain eto heb gyrraedd, naturiol oedd i'r gŵr ieuanc awgrymu mynd am dro i dreulio'r amser, ac i'r Milwriad gydsynio'n ebrwydd. Aethant i fyny'r bryn i gyfeiriad yr eglwys newydd, ac oddi yno caed golwg brydferth ar y llyn islaw. Nid oedd tymer y naill na'r llall o'r mwyaf rhywiog, ac ychydig eiriau a ddwedent. Ond o'r diwedd dywedodd y gŵr ieuanc, "Onid yw'n fore hyfryd, a natur mewn perffeithrwydd?" Ac yr oedd ei oslef fel petai'n dannod i'r Milwriad mai ef yn unig oedd yn anhyfryd.

"Ydyw," oedd yr ateb sychlyd.

"Popeth mewn cytgord yn addoli: popeth ond dyn!" ychwanegodd y llall, a'i dôn yn llawn o edliw. Edrychodd y milwr yn sarrug. "Ni ddaethom yma i wrando pregeth!

"Pa un a ddaethoch ai peidio, mae digon o angen pregeth arnoch," meddai yntau'n wrthnysig.

Gwridodd y Milwriad gan ddicllonedd, ond yr oedd yn rhy ffyrnig i ateb gair.

"Cywilydd o beth ydyw ar fore fel hwn. Ac nid oes galw yn y byd amdano ond eich balchder a'ch casineb chwi eich hun. Mae'n debyg yr ystyriwch eich hun yn ddiguro mewn ymrafael?"

"Oni bai nad wyt ond megis bachgennyn, ni fuaswn yn dioddef hynna," meddai'r Milwriad.

Chwarddodd y gŵr ieuanc yn wawdlyd. Yr oedd fel pe am fynnu cweryla. "Esgus yw hynna. Ond mae ambell i fachgennyn nad oes arno arswyd yn y byd rhag geiriau chwyddedig y Milwriad Sprigg, nac chwaith rhag ei fedr honedig gyda'i gleddyf!"

Brochodd y milwr, ac mewn amrantiad tynnodd ei gleddyf o'i wain. Ond er cyflymed oedd, yr oedd y gŵr o Fryste o'i flaen, ac yn barod i'r ymgyrch.

"Capten White," meddai'r Milwriad, gan arafu wrth ganfod parodrwydd y llall, " Yr ydych yn tynnu hyn arnoch eich hun, cofiwch."

"Gwn hynny'n burion," oedd yr ateb di-gymod, "ac nid oes angen dihiryn fel y Milwriad Sprigg i'm dysgu mewn dim, hyd yn oed mewn trin fy nghleddyf."

"Gwareded Duw chwi!" meddai'r Milwriad mewn bombast amlwg; a dechreuodd chwarae â'i gleddyf mewn gwag-rodres, fel y codir arswyd ym mynwes Blentyn. Ond ni fu'n hir cyn deall bod angen am ei wyliadwriaeth fanylaf, ac na fedrai fforddio chwarae â'r gŵr o Fryste.

Clôs o sidan gwyrdd oedd am y Milwriad, ac ar bob pen-lin i hwnnw yr oedd tri o fotymau. Yr oedd y botymau hyn yn tueddu i fod yn fwy na'r cyffredin, yr hyn fe allai a fu'n foddion i dynnu sylw'r gŵr ieuanc atynt gyntaf. Braidd na ellid meddwl mai arnynt hwy yr edrychai yn awr, yn fwy nag ar lygaid ei wrthwynebydd, er ei fod mewn gwirionedd yn gwylio'n fanwl bob gogwydd o'i eiddo.

Gwibiai'r cleddyfau fel fflachiadau o heulwen, a daeth y milwr i weld na wnaethai llai na'i orau y tro. Ni chynhigiodd y gŵr ieuanc ymosod. Yn unig amddiffynnai; a hynny mor hamddenol nes ffyrnigo'r milwr yn fwy-fwy wrth weld cymaint o hunanfeddiant a diystyrwch.

Fel pob cleddyfwr arall yr oedd i'r Milwriad Sprigg ei hoff ergydion, y rhai a gadwai mewn llaw hyd at y diwedd. Ond yr oedd yn ddigon craff a phrofiadol i weld ei fod y tro hwn wedi taro ar ei gydradd, a bu raid galw am yr ergydion hynny yn gynt nag y disgwyliai. Aeth y gyntaf yn fethiant gwarthus trwy ddyfod i wrthdrawiad di-ddisgwyl â llafn amddiffynnol y llanc. Y munud nesaf gwelodd y Milwriad un o fotymau ei lodrau yn cael ei gipio ymaith yn chwareus, ac mor rhwydd â thynnu afal.

Ond ail-afaelodd yn ei orchwyl. Bywiogodd y gŵr ieuanc hefyd. Cyfarfu un eto o hoff-ergydion y Milwriad â gwên o wawd, a chyn i hwnnw ei gael ei hun yn barod am gynnig pellach, aeth yr ail fotwm ymaith oddi ar y llodrau mor chwim a'r cyntaf.

Daeth llw i wefus y milwr, a chollodd ei dymer. Gwnaeth hynny orchwyl y llanc yn haws. Gyda rhwyddineb gwaradwyddus diflannodd y trydydd botwm. Ac erbyn hyn yr oedd gŵr y llodrau pali ar ei orau glas, ac wedi poethi, a'r llanc yn edrych mor glaear â gwlith y bore ar y glaswellt.

Yr adeg honno y daeth Morys Williams i'r fan, â'i syndod yn amlwg o weld cyfeillion yn ymladd mor ffyrnig. Gwelodd ar unwaith ar ba du yr oedd y fantais, a safodd yn fud mewn edmygedd o gywreindeb a hoywder y llanc. Gwenodd yntau ar yr yswain, a daeth mwy o ynni i'w waith. Bu raid i'r milwr yn awr amddiffyn, ac aeth yn galed arno.

Pan symudwyd botwm isaf y glin arall, bron na chollodd bob dylanwad arno'i hun.

"Erys dau eto, Cyrnol!" meddai'r llanc, gan siarad am y tro cyntaf er dechrau'r ymgyrch. Ac ni allai Morys lai na gwenu wrth weld pen moel glin y llodrau, a'r Milwriad ei hun mewn cymaint cythrudd.

"Pa un ai dyn ai ellyll o annwn sydd yma?" gofynnodd y milwr o'i galon. Ac yn y fan aeth y pumed botwm, ac ar ei ôl y chweched, mewn trawiad, fel deor ffa, nes peri i Morys Williams chwerthin dros y lle.

"Yn awr, Cyrnol, Ble mae'r nesaf? A oes un ar y crys?" gofynnai'r llanc, gan ymdaflu i'w orchwyl gydag egni a nwyf. Prin y gwelai'r Milwriad symudiad yr arddwrn chwim. Ar ei orau y gwrthdroai'r toriadau a'r trywaniadau oedd megis yn glawio arno. Wynebodd lawer gŵr hyfedr yn ei ddydd, ond neb mwy hylaw na hwn.

"Yr ydym wedi bod wrthi yn hir, Cyrnol, â'r yswain yn disgwyl!" meddai'r llanc; ac ar y gair aeth heibio amddiffyniad gwallus y Milwriad, a gwelodd Morys Williams gleddyf hwnnw yn neidio o'i law fel pe byddai bywyd ynddo, a'r gŵr o Fryste yn paratoi i roddi ei gledd ei hun yn y wain.

Eisteddodd y Milwriad ar y ddaear, â'i wyneb wedi gwelwi. "Y gŵr drwg ei hunan ydyw!" meddai. Archwiliodd Morys ei fraich glwyfedig, a chanfu ôl trywaniad y cledd uwchben i'r penelin. Safai'r llanc gerllaw heb ddweud gair.

Nid oedd yr archoll mewn lle peryglus, ond yr oedd y Milwriad y tu hwnt i allu ymladd eilwaith am amryw wythnosau. "Af i chwilio am ymgeledd iddo," meddai'r gŵr ieuanc, a cherddodd yn frysiog tua'r ffordd. Ond cyn iddo lawn gyrraedd y clawdd clywyd chwibaniad clir yn torri ar ddistawrwydd y bore. Cododd Morys ei olwg, ac edrychodd. Yr oedd y gŵr ieuanc wedi sefyll. Yr un munud gwelodd yr yswain geffyl gwyn yn neidio'n ysgafn dros y clawdd, ac yn rhedeg at y llanc gan ei groesawu a rhodresu o'i gylch, fel ci yn falch o weld ei feistr. Chwaraeodd yntau ennyd efo'r march; yna neidiodd ar ei gefn, ac ymaith â'r ddau fel y gwynt, a Morys, wedi anghofio'r gŵr clwyfedig, yn syllu ar eu holau mewn syfrdandod.

Meddai wrtho'i hun, "Madam Wen, cyn wired â'm geni!"

"Beth sydd yn bod?" gofynnodd y Milwriad yn gecrus.

Atebodd yr yswain yn freuddwydiol, yn fwy wrtho'i hun nac wrth ei gydymaith, "Wn i ddim sut na fuaswn i wedi amgyffred yn gynt!" Ac yn uwch ei dôn wrth y milwr, "Y gŵr ifanc yna!"

"Gŵr ifanc y fall!" gwaeddodd yntau, gan deimlo poen yr archoll erbyn hyn. "I ba le yr aeth?"

Gresyn, fe dybiai Morys, fyddai dweud wrth y truan mai merch a'i trechodd. "Mae wedi mynd i ymofyn ymgeledd i chwi!"

Ymhen ychydig amser gwelsant Siôn Ifan yn brasgamu ar draws y cae, a Chatrin Parri'n dilyn o hirbell, yn dwyn llestr o ddŵr a dracht o frandi; cadachau hefyd ac eli, i ymgeleddu braich glwyfedig y Milwriad.

"Taid annwyl!" meddai Siôn Ifan, "beth sydd wedi dŵad i'r dyn?" Ond ni chanfu Morys ddim yng ngwaelodion llygaid cyfrwysgall Siôn Ifan, er syllu'n graff, ond diniweidrwydd ŵyn mis Mawrth. A pharodd hynny i'r yswain ddyfalu ai tybed fod Madam Wen wedi llwyddo i dwyllo hyd yn oed ei phobl ei hun. Gwnaed cymod buan rhyngddo â'r Milwriad, a chyn hanner dydd aeth Morys adref i gnoi ei gil megis ar ddigwyddiadau'r bore.

Y noswaith honno aeth Wil Llanfihangel i Dafarn y Cwch, a siaradai Siôn Ifan ac yntau am y llong las oedd yng ngenau'r culfor. Hwyrach mai dealltwriaeth rhwng y ddau a wnaeth iddynt sôn amdani yng nghlyw'r Milwriad. Ag yntau'n gwrando, daeth i ddeall bod a wnelo'r gŵr hwn eto â'r llong.

"Yr oeddwn i'n meddwl mai'r gŵr oedd yma'r bore oedd piau hi," meddai; â'r atgof am "y gŵr o Fryste" yn peri iddo ffyrnigo.

"Ymhonnwr oedd hwnnw," meddai Wil yn ddibetrus, "ac y mae wedi cymryd y goes."

Apeliodd y milwr at Siôn Ifan. "Yr oeddwn innau, fel chwithau, wedi credu'r gŵr dieithr," meddai'r tafarnwr, "ond ymddengys mai ymhonnwr oedd. O dan ofal y dyn yma y mae'r llong yn ddiamau."

Arweiniodd hyn i gytundeb rhwng Wil a'r Milwriad, tebyg i'r cytundeb blaenorol, gyda'r gwahaniaeth bod yn rhaid i Wil gael ernes ar y fargen. A dyna fu.

VIII.
Y Siryf Mewn Trybini

O fewn deufis i helynt Pant y Gwehydd ysbeiliwyd dau neu dri o leoedd pwysig eraill mewn gwahanol gyrrau o'r sir, a hynny mewn dull oedd lawn mor feiddgar â'r modd yr ymddygwyd at Hywel Rhisiart. Aeth mawrion y sir yn anesmwyth, a daeth cwynion mynych a thaer gerbron yr awdurdodau, ac nid oedd modd cau llygad yn hwy ar yr anhrefn. Am hynny, er mor ansefydlog oedd y wlad yn gyffredinol ynghyd â'i llywodraethwyr, yr oedd yn rhaid gwneud rhywbeth gartref ac amddiffyn pobl y sir.

Ac un diwrnod daeth gorchymyn i'r Siryf Sparrow ar iddo fynd i ardal y llynnoedd yn enw'r brenin, i wneud ymchwiliad parthed yr aflonyddwch, ac i ddal a galw i gyfrif y rhai oedd yn euog o droseddu yn erbyn cyfraith a rheol gyda'r fath eofndra.

Ni fuasai ymdeithydd yn yr ardal yn gweld y cynnwrf lleiaf ar law yn y byd. Tawelodd pethau yn ebrwydd wedi ymadawiad llong Madam Wen, oedd wedi mynd i hebrwng y Milwriad Sprigg dros y dŵr i dir Iwerddon. Gwnaeth y llong ddwy fordaith arall ar negeseuau tebyg ddechrau'r haf, a daeth Môn, fel mannau eraill, i wybod fod gwlad derfysglyd y Gwyddel yn ferw o ymryson cydrhwng Bleidwyr y ddau frenin. Gyda glaniad y Brenin Iago, a chyfarfyddiad ei senedd unochrog yn Nulyn, datblygodd yr ymrafael, a dechreuwyd ymladd o ddifri.

Wrth glywed am yr ymgiprys aeth lliaws o wŷr segur ac ariannog Gwynedd drosodd i'r wlad honno i ymofyn anturiaeth, ac y mae yn ddiamau mai un o'r rhai cyntaf ar y maes a fuasai yswain Cymunod, oni bai am ystyriaethau nes i'r cartref a ddaeth i'w luddias ar y pryd. Wedi iddo gael hamdden i daflu trem yn ôl ar y digwyddiadau, fu am ysbaid yn troi o gylch y Milwriad Sprigg, nid oedd modd cau llygad ar gyfran Madam Wen yn yr helynt. Dyn oedd Morys o anian hawdd peri argraff arni, a synnwyd ef gan gyfeillgarwch y ferch o'r parciau. Fel llygad-dyst o'r ymryson y bore hwnnw ger y Dafarn, daethai i ddeall bod y Milwriad yn ogystal â'i wrthwynebydd yn llawer mwy hylaw yn nhrin y cledd nag oedd ef ei hun, a sylweddolai mai siawns wael a fuasai iddo ef mewn ymryson â'r Milwriad. Ac yr oedd mor amlwg â'r haul bod Madam Wen wedi cymryd y cweryl ar ei hysgwydd ei hun er mwyn ei arbed ef. Ac yng ngolau y gymwynas honno, gwelodd mai nid dyna'r caredigrwydd cyntaf amcanodd hi ei wneud ag ef.

Ac nid Morys oedd yr unig un a sylwodd ar y pethau yma. Sylwodd Wil arnynt hefyd, ac nid oedd yr effaith arno ef yr un fath ag ydoedd ar yr yswain. Teimlai Wil yn ffyrnig. Priodolai ei hymddygiad hi i ffolineb merch—un ddoeth fel rheol, ond merch, serch hynny—a rhegai hi'n enbyd. Rhegai'n gywilyddus wrth sôn am y perygl a allai ddeillio o ymwneud gormod â dyn o safle'r yswain. Meddai wrth Nanni un noson, "Wn i ddim beth sydd yn corddi'r ddynes! Mae hi cyn wired o'n difetha ni bob un ryw ddiwrnod â'n bod ni'n fyw."

"Os deil i ymddwyn fel hyn yn hir," meddai Nanni'n faleisus, "mi fydd yn wraig yng Nghymunod yn union deg, ac yntau'n siryf Môn, weldi."

"Siryf Môn!" meddai Wil gyda rheg arall. "Ninnau fydd y rhai cyntaf fydd yn hongian tua Biwmares yna."

Yr oedd arswyd "hongian" ym mhrif dre'r sir yn mynd yn fwy o hunllef beunydd ar Wil: hwyrach y cryfhâi ei ofn fel y caledai ei galon ac fel y suddai yn fwy dwfn mewn anfadrwydd. A thrwy'r cwbl, yn yr arweinyddes y gosodai ei unig hyder i osgoi'r dynged honno. Ac os oedd hi am chwarae fel hyn â pheryglon, hwyrach â gelynion, yr oedd yn amser i rywun ymyrryd, ac nid oedd Wil yn ddiweddar yn fyr o bregethu athrawiaeth gwrthryfel ymysg ei gyd-ladron. Yr oedd wedi penderfynu bod eisiau cadw llygad gofalus ar yswain Cymunod yn anad neb.

Un diwrnod daeth cenadwri at Morys Williams oddi wrth y Siryf Sparrow, a baich y genadwri honno yn darogan drwg i Madam Wen ac i rai o breswylwyr direol Llanfihangel. Yr oedd y siryf wedi derbyn gorchymyn ar iddo fynd a llu o wŷr arfog i'r lle a ystyrid yn guddfan y lladron. Gosodid arno i wneud pob ymdrech i ddal yr arweinwyr, dychryn eu dilynwyr, a llwyr lanhau yr ardal o'r giwiaid. Yn anad dim, nid oeddynt i laesu dwylo nes dal yr arweinyddes beryglus ei hun os oedd hynny yng ngallu dyn, ac os nad oedd yr un drwg ei hunan wedi taflu ei fantell amddiffynnol drosti. Gan fod yr yswain yn ŵr o gyfrifoldeb yn y fro—ychwanegai'r siryf—hyderid y byddai ei gyfarwyddyd a'i gymorth i'w cael yn y gwaith o hela a dal y lladron.

Daeth y genadwri at Morys ar adeg anffodus i'r siryf. Daeth i ganol myfyrdodau yn y rhai yr oedd i Madam Wen le amlwg. Yr oedd yr yswain yn dechrau dyfod i synied amdani nad oedd hi mor ddiffaith â'r portread ohoni. Onid oedd profion fod ynddi liaws o rinweddau dymunol? Gresynai fod talentau mor werthfawr â'r eiddo hi yn cael eu camarfer. Daeth o'r diwedd i goleddu syniad y byddai modd dylanwadu arni hi a'i chael i droi oddi wrth ei ffyrdd anhyfryd. Yn niniweidrwydd ei galon meddyliai mor ddymunol fyddai ei dwyn i gysylltiad â'i Einir ef. Ym mha le y ceid y dylanwadau priodol mor helaeth ag ym mherson Einir?

I ganol meddyliau fel hyn y daeth neges y siryf fel ymwelydd digroeso. Yr un diwrnod aeth yr yswain i chwilio am Dwm Pen y Bont.

"A fuost ti ym mharciau Traffwll erioed, Twm?" gofynnodd iddo.

"Do, ganwaith," atebodd yntau, gan ledu ei geg mewn gwên. "Mi fuom yn hanner byw yno, syr."

Araf oedd yr yswain i ddeall awgrymiad Twm, ond o'r diwedd deallodd. "Yn un o'r fintai a fuost ti?"

"Do, erstalwm." Nid oedd rhyw lawer er hynny chwaith, a bod yn fanwl.

"A fyddi di yn mynd yno yrŵan?"

"Wel—nid yn aml." Petrusai Twm, gan ddyfalu pam y gofynnai'r yswain, a chan deimlo rhwng dau feddwl pa un a gadwai ei gyfrinach oddi wrtho ai peidio. Ni chredai y bradychai'r yswain ef pe gwyddai ei holl hanes, ond ar yr un pryd, os nad oedd angen cyfaddefiad, nid oedd waeth iddo beidio â chael gwybod.

"Adwaenost ti Madam Wen?"

"Neb yn well, pob parch iddi hi hefyd!" meddai Twm.

"Am hynny ni fedrwn gael neb gwell na thi, Twm," meddai'r yswain. "A ei di yno ar neges ati oddi wrthyf fi?"

Bron na chafodd Twm fraw o glywed hyn. Methai â dirnad beth a allai fod a wnelo'r yswain â'r ogof a'i phreswylydd. Os golygai hynny unrhyw ddrwg iddi hi, yr oedd ym mwriad Twm symud yn araf. Ni ddaeth ei atebiad lawn mor barod y tro hwn; yn wir, gofynnodd Morys ofyniad arall heb sylwi ar y distawrwydd.

"A wyt ti'n meddwl y medret ti ei gweld hi ei hunan heb ofyn i neb arall?"

Meddyliai Twm fod yn rhaid cael rhyw ben yn rhywle; a dyna pam yr atebodd, "Medrwn."

Ar hynny cafodd y neges yr oedd i'w chyflwyno, ac wrth ei gwrando yr oedd wyneb y dyn bach yn ddrych o syndod. Rhoddwyd siars arbennig arno nad oedd i sibrwd wrth neb oddi wrth bwy y deuai, na pha beth oedd ei neges; ac yn anad dim, nid oedd i ddychwelyd heb ei gweld hi os oedd hi o fewn y cyffiniau.

Gwyddai Twm am lwybrau'r coed eithin bob un. Wedi cyrraedd yno, aeth yn gyntaf at gaban y gwyddai amdano yng nghysgod craig. Yn hwnnw y treuliodd Madam Wen lawer o'i hamser yn ystod y blynyddoedd y bu yn arglwyddes y llyn. Ond nid oedd hi yno y tro hwn. Nid oedd Twm heb fod yn gwybod am y wyliadwriaeth fanwl a gedwid ar y parciau pan fyddai hi yno. Ganwaith y bu ef ei hun yn wyliwr yng nghyffiniau'r ogof.

Bwriadai Twm, os oedd modd, fynd i'r ogof heb i neb ei weld, ac am hynny cymerodd iddo hanner awr i ymlwybro ac ymlusgo ac ymguddio nes dyfod i enau'r agen ar gyfer y llyn. Ac wedi dyfod yno ni wyddai yn iawn pa gwrs i gymryd nesaf.

nesaf. Tra disgwyliai, gan ddyfalu, clywodd drwst yn y llwyni heb fod ymhell. Clustfeiniodd a deallodd fod rhywun yn dynesu. Meddai Twm gynhysgaeth helaeth o reddf y coed; a dyma ei gyfle. Y gwylwyr oedd y rhai hyn. Heb oedi i ail-feddwl ymwthiodd yn eofn drwy'r agen ac aeth i mewn i'r ogof. Rhyw funud neu ddau wedi hynny safai Wil ac un o'i lanciau ar yr un llecyn y tu allan i'r ogof. Ond yr oedd Twm mewn diogelwch.

Safodd yn y gell allanol am amser hir, ond o'r diwedd chwibanodd yn ddistaw arwydd Madam Wen. Ni fu raid iddo ddisgwyl yn hir. Yn ôl ei harfer gyda'i dilynwyr, daeth allan gan ddal y lamp yn ei llaw, a disgwyl, y mae'n ddiau, weld un o'r bechgyn; a braidd na synnodd pan ganfu mai Twm oedd yno. Ac eto, nid gŵr dieithr mo Twm, ac yr oedd hi'n hoff o'r dyn bach, y gwyddai ei fod mor unplyg a ffyddlon.

Gan dybied y gwyddai ar ba neges y daethai, cyfarchodd ef gyda gwên. "Mwy o wirod—mwy o nwyddau i'r farchnad, Twm?"

"Nage, Madam," atebodd yntau braidd yn swil, "ond neges sydd gennyf o Gymunod."

Ar drawiad newidiodd ei gwedd a'i dull hithau. Craffodd arno am funud, nes gwneud iddo—fel y dywedodd ef ei hun—deimlo rhyw euogrwydd nad oedd yn bod. Yna, heb ddweud gair, amneidiodd arno ar iddo ei dilyn ar hyd y llwybr cam i'r gell bellaf. Gyda chwrs o arswyd y lle arno yr ufuddhaodd yntau.

Er na wyddai hynny, derbyniai Twm ragorfraint na syrthiai i ran ond ambell un wrth gael mynediad fel hyn i mewn i ystafell neilltuol arglwyddes y parciau. Mewn gwirionedd, arwydd ydoedd ar y naill law o wrogaeth i'r un a'i hanfonasai, ac ar y llaw arall o ymddiried yn ffyddlondeb y dyn bychan ei hun.

Helaethrwydd yr ogof a llymder ei ddodrefniad a drawodd yr ymwelydd â syndod pan gafodd ef ei hun am y tro cyntaf o dan ei chronglwyd noeth. Yr oedd yno ddau o fyrddau hir, yn gorffwys ar estyll o'r graig, ac arnynt ddilladau a mân gelfau yn gymysgfa ryfedd. Yr oedd yno ystôl bren neu ddwy, ac er rhyfeddod i Twm, droell weu ar ganol y llawr. Goleuid y lle gan ddwy o lampau, nad oedd eu bath i'w gweld yn nhai'r cyffredin, oni threiddiai eu golau i gyrrau eithaf y gell, yn enwedig i'r gongl lle y gostyngai'r to ac y culhâi'r ogof nes ymgolli yng nghysgodion tywyll mynedfa gul ar y naill ochr. Ond ni chafodd Twm hamdden i syllu llawer cyn bod rhaid iddo ddweud ei neges.

"Mae'r siryf yn dyfod y ffordd yma yfory," meddai, ychydig yn flêr, "ac yn dyfod â bagad o wŷr gydag ef."

"O, yn wir?" atebodd hithau heb gynnwrf yn y byd yn ei llais. Ond ni fedrai Twm yn ei fyw beidio â syllu ar ei llygaid mawr oedd fel petai'n melltennu o ddiddordeb. "Ac y mae Morys Williams am i mi wybod hynny. Ai dyna'r neges?"

"I'ch ymofyn chwi y maent yn dyfod," meddai Twm, gan deimlo nad oedd mor hawdd dweud neges drefnus ag y meddyliasai.

"Beth arall a ddywed yr yswain?"

"Yn anad dim, nid ydynt i fynd yn ôl heb ddal yr arweinyddes," meddai yntau, mewn ymgais i ail-adrodd geiriau'r siryf fel y clywsai hwynt gan yr yswain.

"Pwy a ddywedodd hynny, Twm?" meddai hithau, a chwarddodd.

"Y siryf. Ond na hidiwch am hynny."

"Ond nid yw hynna yn rhan o genadwri'r yswain, Twm," meddai Madam mewn ysmaldod. "Beth ydyw cyngor yr yswain caredig yn wyneb y perygl?

"Eisiau sydd arno i chwi fynd i Gymunod am loches nes bod yr helbul drosodd." Dywedodd hyn yn hollol ddi-daro, ond ni wrandawodd hi yr un mor ddigyffro. Cerddodd at un o'r byrddau, a bu'n brysur am ysbaid, â'i chefn at ei hymwelydd, gan gymryd arni mai chwilio'r oedd am rywbeth ymysg y celfi ar y bwrdd.

"Onid oes mwy o berygl yn hynny—i'r yswain ac i minnau—na phe dihangwn i rywle arall?" gofynnodd wedi ennyd o fyfyrio.

Rhoddodd Twm ei law ar ei gorun, ac meddai'n bwyllog, "Gan fod y siryf yn mynd yno, felly yr oedd yn fy nharo i, un gwirion!" Ac yna ychwanegodd yn frysiog, fel petai'n edifar ganddo am a ddwedasai: "Ond mi fuaswn i yn ymddiried yn yr yswain petasai hi'n digwydd bod yn galed arnaf fi ryw dro."

Chwarddodd Madam yn nwyfus wrth glywed hynny, a chrafodd Twm ei gorun mewn tipyn o ddryswch.

"Mae hi'n golygu bod yn galed yma heb amheuaeth, Twm,' meddai'n ysgafn, gan fenthyca'i ymadrodd. "Ond wn i ddim beth am ymddiried yn yr yswain."

"Yr ydych yn cellwair," awgrymodd Twm yn foesgar.

"Ond, Twm, â dweud y gwir yn awr, a wyt ti'n meddwl y byddai'n ddoeth i mi fynd i lechu i ganol y gelynion?"

"Â dweud y gwir, Madam, yr oeddwn i'n meddwl yr un peth fy hun. Ond nid awn i ddim yn groes i'r yswain petawn i chwi."

Methai Twm yn glir â deall pam y chwarddai hi mor ddilywodraeth ar adeg mor bwysig, a rhag peri mwy o betruster iddo, dywedodd hithau gyda mwy o ddifrifoldeb, "Na, gwell fyddai peidio â mynd yn groes i'r yswain ag yntau mor garedig. Wyt ti'n siŵr fod arno awydd fy amddiffyn?"

Yr oedd Twm yn siŵr o hynny. Beth pe gwelsai hi ef y bore hwnnw, ac yntau fel rheol yn ddyn mor hunanfeddiannol? Yr oedd Twm yn siŵr o amcan yr yswain.

Dechreuodd hi gasglu at ei gilydd y gymysgfa oedd ar y byrddau. Gwnaeth sypynnau destlus ohonynt, ac fel y symudai yn ôl a blaen wrth y gwaith, holai'r dyn bach ymhellach am yr hyn yr oedd yr yswain wedi ei ddweud wrtho. Wedi gorffen, dywedodd, "Yr wyf yn bwriadu i wŷr y siryf gael tŷ gwag yma."

Gosododd lamp i oleuo cwr tywyllaf y gell, ac wrth oleuni honno gwelodd Twm fod yno fath o fynedfa oedd yn arwain ymhellach drwy'r graig i rywle. Mewn adwy yn ystlys y fynedfa honno yr oedd digon o le, erbyn gweld, i guddio'r droell a'r ystolion a'r sypynnau bob un, ac o dan ei chyfarwyddyd hi cludwyd popeth i'r guddfan nes gwacáu'r gell. Am y byrddau, gwthiwyd y rhai hynny bell ffordd i'r fynedfa nes bod allan o olwg. Gwaith byr amser oedd hyn i gyd.

Pan oedd Twm yn barod i ddychwelyd, gofynnodd iddi, "Beth a ddwedaf wrth yr yswain? A ddwedaf y byddwch chwi yn mynd yno nos yfory, os na fydd rhyw ddrws arall yn agor?"

"Na, paid â dweud hynny. Byddai hynny'n anniolchgar. Dywed wrtho fy mod yn mawr werthfawrogi ei garedigrwydd. Ond gan i mi gael rhybudd fel hyn mewn pryd, y medraf ymdaro drosof fy hun heb ei osod ef mewn perygl. Ond," gwelodd Twm hi'n petruso am unwaith: Madam Wen, a fyddai fel rheol mor barod ac mor bendant, "Ond, os methaf â chael cuddfan ddiogel arall i hen ŵr o gâr i mi sydd yn aros yn y cylch yma, mi fydd yn dda gennyf gael lloches iddo ef." Yna ychwanegodd, fel petai wedi ail-feddwl, "Mae'n hen ŵr oedrannus ac yn drwm iawn ei glyw. Gall y bydd ofn arno."

Wrthi ei hun, wedi i'w hymwelydd ymadael, dywedodd Madam Wen ei fod yn arw o beth iddi yrru celwyddau at ŵr mor hynaws ag yswain Cymunod. Ond ei hesgus oedd y daethai i'w meddwl y gallai y byddai'n dda iddi wrth ystryw er mwyn ei hamddiffyn ei hun pan ddeuai'r awr. Ffug oedd stori'r hen ŵr, wedi ei ddyfeisio rhag ofn y byddai'n dda iddi wrth gyfle i ddianc i Gymunod pan fyddai drysau eraill yn cau.

Daeth y siryf i Gymunod yn brydlon yn ôl ei addewid, a chydag ef osgorddlu cryf at ddal lladron y llyn. Disgwyliai weld brwdfrydedd dros ei amcan yn yr ardal ormesedig ei hun, ac yn neilltuol felly yn yr yswain pwysig o dan gronglwyd yr hwn yr oedd wedi dyfod i aros. Ond er ei syndod ni chanfu fod yno'r cynnwrf lleiaf yng nghartref nac ym mynwes yr yswain.

Disgwyl yr oedd y siryf y byddai yno baratoadau lleol wedi eu gwneud. Disgwyliai glywed beth oedd rhifedi'r lladron, a pha fath le oedd eu cuddfan. Disgwyliai glywed mor dda fyddai gan breswylwyr heddychol y fro weld eu difa. Ond na, nid oedd yno yr un argoel o ddim o'r fath. Yn hytrach, braidd nad oedd yno ryw elfen o amheuaeth pa un a oedd y fath fintai ladronllyd mewn bod ai peidio. Y mae'n debyg na fu dim erioed a mwy o sôn amdano oedd ar yr un pryd mor amhenodol â mintai Madam Wen.

"Rhaid i ni ddal y lladrones ei hun!" meddai'r siryf yn chwyrn.

"Wel ie, purion peth fyddai hynny, am wn i," meddai'r yswain, rhag peidio â dweud dim. "Ond y mae arnaf ofn mai haws ydyw deisyf ei dal na gwneud hynny. A fydd hi gartref, tybed?"

"Gartref?" meddai'r siryf yn syn.

Chwarddodd Morys, a gofynnodd, "A wyddoch chwi am rywun sydd erioed wedi bod yn ymddiddan â Madam Wen?"

Ni wyddai'r siryf am neb o'r fath, ac yn ei galon aeth i ddechrau amau ai tybed nad oedd swyn-gyfaredd arwres yr ogof wedi syrthio ar y gymdogaeth ben bwygilydd. "A oes rhyw sôn," meddai, "fod ganddi ryw allu annaturiol neu oruwch-naturiol, dywedwch i mi?"

"Aeth dros fy mhen i fwy nag unwaith efo'i champau," atebodd Morys, a dechreuodd adrodd hanes yr helynt gyda swyddogion y cyllid, a'r modd y diflannodd Madam Wen mor ddisyfyd ar ddiwedd yr hirdaith honno amser yn ôl. Ac wrth y bwrdd cinio diddanwyd y gŵr dieithr ymhellach â llawer hanesyn arall a glywsai yr yswain o dro i dro gan bobl yr ardal am ystrywiau arglwyddes y llyn.

"Ai nid cynllun da fyddai i chwi holi ychydig yn y cylch yn gyntaf cyn anturio i'r fan?" gofynnodd. "Ond o siarad gyda phreswylwyr y fro yma, siawns na welwch chwi sut y mae pethau, ac y bydd hynny o fantais i chwi yn y gorchwyl sydd o'ch blaen."

Yr oedd hynny yn awgrym digon synhwyrol, a'r swyddog yn cydweld. Penderfynodd fynd yn ddiymdroi ar ryw fath o daith ysbïo i blith yr ardalwyr. A dyna fu.

Ar ei ffordd gwelodd lanc o dyddynnwr wrth ei waith mewn cae, ac aeth ato ac i sgwrsio ag ef. Canmolodd ansawdd pridd cynhyrchiol yr ardal, a'r olwg daclus oedd ar y meysydd ar bob llaw. "Beth ydyw enw'r tyddyn yma?" meddai.

"Allwyn Goch ydyw hwn. Dyna Allwyn Ddu yr ochr arall i'r ffordd. Mae Allwyn Wen draw yna, yn nes i'r llyn," meddai'r llanc siaradus, wrth ganfod mai dyn dieithr oedd yno.

"O, yn wir. A pha lyn ydyw hwnnw?" meddai'r siryf, wedi cael pen y llinyn.

"Llyn Traffwll ydyw'r nesaf yma. Llyn Llewelyn yn nesaf ato, a Llyn Dinam yr ochr draw."

"Ai e! Ai nid am Lyn Traffwll y mae cryn sôn drwy'r sir, dywedwch i mi?

"Wn i ddim yn wir, welwch chwi," meddai'r llanc, a buasai'n cymryd un llawer mwy chwim na'r gŵr o Fiwmares i ganfod dim ond diniweidrwydd yn ei wedd.

"Ai nid yng nghyffiniau'r llyn yma y mae Madam Wen yn byw?"

'Felly mae'r sôn," oedd yr ateb. Ac yr oedd rhywbeth yng ngwên y gŵr ieuanc ac yn null ei atebiad a awgrymai mai rhywbeth yn debyg i hynny a ddwedai plant yr ardal wrth chwarae.

"Sut un ydyw hi?"

Chwarddodd y llanc. "Mae hi'n bob llun, onid ydyw? Maent yn dweud pan fydd hi'n mynd yn gyfyng arni ar y lan y bydd hi'n troi'n alarch ac yn nofio'r llyn. Mi glywais ddweud ei gweld hi un noson yn ehedeg allan o ffenestr Traffwll ar lun dylluan." "Yn ddigellwair yrŵan," meddai'r siryf, gan gofio ei neges yn y fro, "a welsoch chwi hi erioed?"

Ond ni fedrai mab Allwyn Goch deimlo difrifoldeb ar destun o'r fath. "Does yma fawr neb na fydd o'n ei gweld hi wedi machlud haul; yn enwedig mewn lle go anial. Yr ydych chwithau, syr, yn rhwym o'i gweld hi, mi gymra fy llw, wedi cymaint o sôn amdani â hyn."

Aeth y siryf ymlaen, ac i ymgom â gŵr arall, ond ni fu ddim yn ei fantais. A phan gofiai am ddull a geiriau Morys Williams wrth sôn am yr un person, braidd na siglid ei ffydd yntau fod y fath berson â Madam Wen yn bod yn y cnawd. Ac eto, oni ddaethai ar draws gwlad ar orchymyn i chwilio amdani? Y fath ffolineb a siaradai'r bobl! Ac eto!

Cyn hir daeth yn ei dro at Dafarn y Cwch. Eisteddai Siôn Ifan ar fainc y tu allan i'r drws, yn mwynhau hanner awr o seguryd. Adwaenai'r tafarnwr awdurdod o bell, a chododd i gyfarch y gŵr dieithr yn gynnes ac yn foesgar fel y medrai ef. A dweud y gwir, fe wyddai'r hen ŵr yn iawn mai Siryf Môn oedd yr ymwelydd.

Nid oedd yn anodd cario ymddiddan ymlaen rhwng dau ddyn mor gyhoeddus â Siôn Ifan a'r siryf, ac yr oedd yr hen ŵr mewn cywair siarad. Aeth i sôn am y fasnach ŷd, oedd mewn cyflwr llewyrchus ar hyd y glannau o Gaergybi i

Afon Fenai, a chanmolodd ŷd Bodedern nad oedd mo'i well y tu fewn i ymylon Môn. Ac o'r naill beth i'r llall cadwyd y gŵr dieithr i wrando am hanner awr heb y cyfle lleiaf i agor y mater y daethai yn ei gylch.

"Gresyn," meddai'r siryf, "fod ardal mor glên yn cael ei phoeni gan rai afreolaidd fel mae'r sôn."

"'Rhoi gair drwg i gi, a'i grogi!' fyddai rhyw ŵr o Sais a adwaenwn yn ddweud," meddai Siôn Ifan. "Ac felly am Lanfihangel-yn-Nhowyn. Mae'r sôn wedi mynd ar led rywsut, ac mae'n anodd darbwyllo pobl mai cam y mae'r ardal yn ei gael. Ond cofiwch, nid ydwyf am ddweud nad oes yma rai pobl ddrwg. Mae'r rheini i'w cael ymhobman. Ond mi fydda i yn cael pawb yn glên iawn. Mi fydd gwerth aur yn dyfod i'r tŷ yma, ac ni welais i golli ceiniogwerth erioed. Ar yr un pryd, ni all neb ateb dros ei gymydog ymhob peth. Ond â chymryd pawb at ei gilydd, welais i ddim llawer allan o'i le ar neb yma."

"Felly, adwaenoch chwi mo Madam Wen?"

"Ho! Ho! Wel ie! Dyna Madam Wen!" meddai'r tafarnwr, gan newid ei ddull ar unwaith am un llawer ysgafnach. "Anghofiais Madam Wen. Rhaid addef mai un beryglus ydyw hi!"

Ni anturiodd y siryf ofyn mwy na hyn. "Beth feddyliwch chwi oedd tarddiad stori mor gyffredinol?"

"Fedra i ddim dirnad, os na fu yma rywun tebyg i hynny yn byw ryw dro yn yr ardal."

"Gallai hynny fod," meddai'r siryf, a thraddododd ddarlith fer ar ofergoeledd y werin, ac ar darddiad traddodiadau. "Ond yr wyf yn deall," meddai wrth derfynu, "fod yn y gymdogaeth yma ogof yn rhywle?"

"Oes, o oes, welwch chwi; lle mawr braf," meddai Siôn Ifan, fel petai'n falch o gael dweud fod yn Llanfihangel o leiaf un peth â sylwedd ynddo. "Mae hi yn ymyl yma. Fuasech chwi'n hoffi ei gweld hi, syr?"

Dywedodd y siryf y buasai.

"Does dim sy' hawddach," meddai'r hen ŵr, gan godi ar ei draed. "Ble mae'r bachgan yma, tybed? Caiff ddŵad efo chwi rhag blaen, syr, os ydyw o hyd y fan yma. Gŵyr am y llwybrau yn well nag y gwn i, neu buaswn yn dyfod fy hunan".

Wedi chwilio daethpwyd o hyd i'r "bachgan." Ifan oedd hwnnw, ac edrychai am y tro yn ddarlun o ddidwylledd. "Dos gyda'r gŵr dieithr yma at Ogof Madam Wen, a wnei di?" meddai Siôn Ifan.

Crychodd Ifan ei dalcen fel petai'n synnu bod dyn fel hwn, yn ei oed a'i amser, ac o leiaf yn edrych fel un â'i synhwyrau ganddo, â'i fryd ar fynd i chwarae. "A oes arnoch chwi eisiau mynd i mewn iddi?" gofynnodd. Petrusodd y siryf am funud. "Waeth i ni hynny na pheidio, os medrwn ni."

"Dyna fo!" meddai Siôn Ifan. "Brysia, 'machgan i. Mi fydd raid i chwi gael cannwyll, oni fydd??" Tra bu Ifan yn chwilio am y blwch tân a'r gannwyll, paratôdd y siryf ef ei hun i fynd i'r parciau.

Fel y buasid yn disgwyl, nid ar hyd y llwybr agosaf na'r diogelaf yr arweiniodd Ifan ei gydymaith i'r goedwig eithin, ond bu raid i'r siryf ennill ei fynediad yno drwy chwys wyneb ac ar draul cysur a diogelwch. Yr oedd bron yn edifar ganddo gychwyn cyn ei fod hanner y ffordd drwy'r gors.

Yr oedd y parciau yn hynod o dawel. Gorweddai'r rhan fwyaf o'r ffordd ar lwybrau cudd dan frigau'r coed eithin. Yn awr ac eilwaith, deuai'r teithwyr i godiad tir, a gwelent frig y goedwig yn ymestyn ymhell tua'r môr. O'r diwedd daethant i'r fan, ac yng ngenau'r ogof trawodd Ifan dân, a goleuodd y gannwyll, ac aeth y ddau i lawr i'r ogof.

Beth bynnag allai fod teimladau mab Siôn Ifan o dan yr amgylchiadau, pur grynedig ac ofnus oedd y siryf pan oedd yn sefyll ar ganol llawr y gell bellaf, yn syllu i'r cysgodion o'i amgylch. Er bod yn hawdd ganddo gredu wrth weld noethni yr ogof mai chwedlau di-sail yn ddiau oedd y rhan fwyaf o'r hyn a glywsai am yr ogof a'i phreswylydd, teimlai er hynny fod yno rywbeth annaearol yn awyrgylch y lle. Yr oedd ar fin dweud ei fod wedi gweld digon pan ddigwyddodd anhawster trwy amryfusedd ac aflerwch Ifan.

Yr oedd y blwch tân wedi ei adael yn yr agen y tu allan pan oleuwyd y gannwyll. Ac felly, pan syrthiodd honno o afaelion llac a diofal Ifan cafodd y ddau hwy eu hunain mewn tywyllwch caddugol, ac ni feiddiai'r siryf symud. Dechreuodd Ifan ymbalfalu am y gannwyll, gan sicrhau ei gydymaith ei fod yn berffaith ddiogel, ac y medrai ef drwy synnwyr y fawd ddyfod o hyd i'r ffordd allan, er nad oedd hynny'n hawdd. O'r diwedd cafodd afael yn y gannwyll golledig, ac meddai wrth y siryf, "Wnewch chwi ei dal hi am funud, syr, ac mi âf innau i gyrchu'r blwch."

Dymuno dweud y buasai'r siryf y buasai yn well ganddo yntau, o dan arweiniad caredig Ifan, geisio ymbalfalu ei ffordd allan nac aros eiliad yn hwy yn y fath le. Ond nid oedd yn dewis ymddangos yn llai na dyn, ac am hynny bodlonodd i sefyll yn y fan yr oedd nes deuai y gŵr ifanc yn ôl.

Cyn bod trwst traed y llanc ar y cerrig wedi llwyr ddistewi, clywodd y siryf dychrynedig sŵn dieithr arall, megis wrth ei benelin. Daeth chwys oer drosto, a theimlodd ei wallt, yr ychydig oedd ganddo, yn codi gan arswyd. Chwyddodd y sŵn, nes mynd yn rhuad a lanwodd yr ogof, a meddyliodd y truan bod ei awr ddiwethaf wedi dyfod. Ac ni fu erioed dywyllwch mor ddu.

Yr oedd yn rhy gynhyrfus i sylweddoli yn iawn beth oedd yn digwydd iddo. Ond teimlodd ei hun yn cael ei gipio a'i lapio megis gan enau anferth rhyw anghenfil arswydus, a'i ysgubo fel y gwynt na wyddai i ba le. Ni wyddai pa hyd y parhaodd y daith. Teimlai ryw hanner llesmair arno. Ond dadebrodd wrth weld eilwaith olau o'i gylch, ac wrth deimlo a'i gael ei hun yn disgyn fel boncyff o bren ar wyneb y llyn, ac yn ymgladdu yng ngwaelodion hwnnw.

Clywodd Ifan waedd, a rhedodd at fin y dŵr. Yr oedd mewn pryd i weld y siryf, mor wlyb a moel yr olwg â llygoden y dŵr, yn ymlusgo drwy'r hesg at ddernyn o graig. Rhoddodd help llaw iddo i ddyfod i dir, lle gorweddodd ar y glaswellt, wedi cael y fath ysgytwad i'w gorff a'i feddwl nes peri iddo grynu fel deilen.

"Sut y bu hyn?" gofynnodd Ifan. gofynnodd Ifan. "Pa ffordd y daethoch chwi i'r fan yma?"

"Duw'n gwaredo!" meddai'r siryf, gan ysgwyd ei ben, a heb fedru egluro ymhellach.

Ac meddai'r llanc cyfrwys wedyn, "Welais i erioed y fath beth! Sut y daethoch chwi? Ni fuoch chwi ddim yn hir. A welsoch chwi rywbeth?"

"Nawdd y nef!" Daliai'r siryf i ysgwyd pen yn ddifrifol. "Nawdd y nefoedd fyddo drosom ni rai annheilwng! Bobol y ddaear!"

Yr oedd Catrin Parri wedi cynefino ag ymgeleddu trueiniaid wedi cyfarfod â thrychineb trwy ddŵr, a chafodd y siryf ddillad sychion yn ddi-oed. Eisteddai ar fainc wrth y tân, gan edrych fel bachgen wedi tyfu trwy ei wisg, mewn dillad o eiddo Siôn Ifan. Yr oedd yr hen dafarnwr ei hun yn fawr ei rodres ynghylch yr helynt, ond nid oedd o un diben holi'r siryf. Eisteddai'n ddistaw yn y gornel, fel dyn wedi ei syfrdanu, gan sibrwd yn awr ac yn y man i'r simdde fawr, "Duw'n gwaredo ni!"

Bu yno deirawr cyn teimlo'n ddigon cryf i ddychwelyd i Gymunod. Ac yn y cyfamser yr oedd yr yswain wedi derbyn ymwelydd arall i'w dŷ, na wyddai neb ond yr yswain ei hun o ba le, neb amgen na'r hen ŵr y soniasai Madam Wen amdano wrth Twm Pen y Bont.

IX.
Yr Hen Ŵr o'r Parciau

Wedi hanner awr o gymdeithas yr hen ŵr o'r Parciau, daeth Morys i ddeall ei fod yn bur fethiannus, ac mor hynod drwm ei glyw fel mai blinder oedd ceisio ymddiddan llawer ag ef. Ac yn ôl pob arwydd teimlai yr hen ŵr ei hun mai blinder i arall oedd efe, ac ni ddymunai ddim yn fwy na chael llonydd, ac am hynny ni chymerai yn angharedig ar yr yswain wrth ei weld yn eistedd mewn distawrwydd, a'r ddau yn disgwyl y siryf yn ôl o'i hynt ysbïol.

Cyn hir aeth yr yswain i feddwl bod neges y siryf yn ei gadw yn hwy nag y dylasai, ac wrth weld oriau yn treiglo aeth i deimlo'n bryderus. Bychan a feddyliodd y gallasai'r "hen ŵr," pe dewisai, daflu golau ar achos yr oediad.

O'r diwedd, wedi hir ddisgwyl, dychwelodd y gŵr dieithr, ond gyda llai o fywiogrwydd yn ei ysbryd a mwy o ddifrifwch yn ei wedd na phan gychwynnodd i'w daith. Yr oedd yn amlwg nad oedd popeth yn dda, ond gadawodd yr yswain hamdden iddo i adrodd ei helynt, os dymunai, yn ei amser ei hun.

"Cefais brofiad heddiw na ddymunwn gael ei gyffelyb byth mwy, byth mwy," meddai'r siryf, gan ysgwyd ei ben mewn difrifwch dybryd.

"Mae'n ddrwg gennyf am hynny," meddai Morys. "Pa beth a ddigwyddodd?"

Ochneidiodd y gŵr mawr. Yr oedd ei brofiadau chwerw y tu hwnt i allu geiriau i gyfleu syniad priodol amdanynt, yn ôl yr arwydd. Edrychodd i'r gornel lle'r eisteddai'r hen ŵr, ac edrychodd eilwaith ar yr yswain, fel pe gofynnai ai doeth iddo ddweud ychwaneg ar hynny o bryd.

"Y mae'r hen ŵr druan yn drwm iawn ei glyw," meddai Morys, gan ateb y gofyniad mud. "Ewch ymlaen. Ddigiwn ni mono wrth gael ymgom, er na chlyw ef air o'r hyn a ddwedir."

Ond nid oedd y siryf yn barod i ddechrau. Ni allai gasglu ei feddyliau at ei gilydd. Ni allai gael trefn ar yr atgofion cynhyrfus oedd ynddo. Yr oedd yn amlwg bod yr amgylchiad wedi gwneud argraff ddofn arno. Ond cyn hir dechreuodd siarad, yn gynhyrfus, fel un wedi bod mewn cyffyrddiad â bodau annelwig o fyd anweledig, ac wedi ei gam-drin ganddynt. Yn awr ac eilwaith tawai yn sydyn, a byddai distawrwydd hir. Ac yn y distawrwydd hwnnw gwelai Morys ef yn ysgwyd ei ben yn ddifrifol, a'i wefusau mud yn symud fel petai'n offrwm gweddi ddistaw am amddiffyniad y nefoedd rhag rhengau echrys yr un drwg.

Methai'r yswain ddirnad pa beth oedd wedi digwydd mewn gwirionedd. Wrth wrando'r adroddiad, drwg-dybiai, wrth reswm, mai rhyw ystryw oedd, wedi ei llunio a'i threfnu gan Madam Wen ei hun, ac mai'r amcan oedd camarwain yr awdurdodau gwladol drwy gyfrwng y siryf. Ac ni allai lai na gwenu wrth ganfod mor drylwyr yr oedd hi wedi llwyddo yn yr amcan hwnnw. Y siryf druan! Beth a dalai llu arfog na gwarantau diwerth brenin yn y byd yn wyneb galluoedd tywyll tywysog y gwyll? Yr oedd y siryf wedi torri'i galon pan ddaeth i gredu mai nid â chig a gwaed yr oedd yn ymwneud.

Naturiol oedd i'r hanes ddatblygu a thyfu o'i ail-adrodd gan yr arwr ei hun. Y mae ar gofnodiad mai ar ei orau glas yr ymatalodd hen ŵr byddar y Parciau heb chwerthin dros y tŷ pan oedd y siryf yn mynd drwy'r stori am y drydedd waith. Da oedd i'r hen ŵr fod yr yswain a'r siryf erbyn hynny bron wedi anghofio'r cwbl amdano.

"Yr oeddwn i'n sefyll fel hyn, welwch chwi," meddai'r adroddwr, gan sefyll ar ganol y llawr mewn dull dramatig, "yn disgwyl y llanc yn ôl, pan glywais sŵn fel rhuad rhyw anghenfil rheibus. Yr oedd y lle'n dywyll fel y fagddu, ac ni wyddwn o ble y deuai'r sŵn. Ymbaratois i'm hamddiffyn fy hun—ond ni wyddwn ar ba law i droi. Cryfhaodd y sŵn, a daeth yn nes. Ni allaf ei ddisgrifio'n addas. Yr oedd fel rhuad cant o fwystfilod arswydus yn rhuthro ar ôl eu hysglyfaeth. Llanwyd y lle â rhyw arogl annisgrifiadwy. Teimlais ar fy nhalcen anadl anghynnes yr ellyll, pa beth bynnag ydoedd. Yr oedd yn rhy dywyll imi weld mewn dull naturiol, ond mi gredaf byth bod yno ryw olau brwmstanaidd a barodd imi weld am eiliad enau anferth yn agor i'm llyncu. Ac yna...'' Yn y fan hon llefarai'r distawrwydd, ''Wel, fel y dywedais o'r blaen, yn y llyn y'm cefais fy hun.''

''Rhyfedd iawn!'' meddai Morys, am y degfed tro. Credu yr oedd y siryf y byddai rhyw aflwydd yn rhwym o'i oddiweddyd oherwydd y rhan a gymerasai ef yn yr ymgyrch yn erbyn ''ysbrydion'' yr ogof, pwy bynnag oedd y rhai hynny. Dyna a bwysai ar ei feddwl. Dyna a'i gwnâi mor ddigalon fel nad oedd modd ei gysuro. ''Ni welais i erioed ddaioni o ymyrryd â phethau fel hyn,'' meddai yn brudd ac ofnus. ''Mae rhywbeth yn rhwym o ddigwydd; cewch chwi weld!'' ychwanegodd yn alarus.

''Na choelia i fawr!'' Gwnaeth Morys ei orau i geisio codi ei galon. ''Bûm innau mewn ysgarmes neu ddwy yn yr un cyfeiriad, ac nid oes dim annymunol wedi digwydd i mi.''

''Ie! Ond! Ond fu hi ddim fel hyn arnoch yn siŵr!''

Rhyfedd na soniwyd gair am y lladron drwy gydol yr ymddiddan. Y rheswm, mae'n debyg, oedd bod y siryf wedi ei daflu oddi ar echel ymresymiad. Ni soniodd air y noson honno am y fintai na pha fodd i'w herlid a'i dal. Yr oedd yn amlwg mai un drychfeddwl yn unig a adawsid iddo, ac mai dyna oedd hwnnw, ei fod ef, Siryf Môn am y flwyddyn, wedi dyfod i wrthdrawiad â rhyw bwerau ellyllaidd wrth amcanu gwneud ei ran fel ceidwad hedd y sir, ac mai'r peth doethaf y medrai ei wneud yn awr fyddai encilio mor ddidwrw ac mor fuan ag y byddai modd rhag digwydd a fyddai lawer gwaeth iddo.

Yr oedd gwell trefn ar ei nerfau drannoeth, a mwy o dawelwch yn ei fynwes ar ôl cael noson o gwsg. Ond nid oedd wedi newid ei farn am natur yr anturiaeth yr aethai trwyddi y noson cynt, ac nid oedd wedi newid ei feddwl o berthynas i'r hyn y bwriadai ei wneud. Daethai i'r casgliad pendant nad oedd wiw meddwl ymyrryd ymhellach â'r dylanwadau rhyfedd oedd yn llywyddu'r ogof, a phenderfynodd yrru adroddiad i ddweud bod pethau'n dawel yn ardal y llynnoedd, ac nad oedd yno bellach unrhyw ladron i'w dal.

Am yr hen ŵr o'r Parciau, ystyriai ef na fyddai yn ddiogel iddo yntau ymadael nes gweld cefn gŵr y llywodraeth a'i lu arfog. Am hynny aros yng Nghymunod a wnaeth, a chadw yn ei gornel glyd.

Triniwyd llawer o faterion rhwng y ddau yswain yn ystod yr oriau y buont gyda'i gilydd. Ac ymhlith pethau eraill soniwyd llawer am Madam Wen a'i chymeriad a'i champau. Methai'r gŵr dieithr deall pa fodd y medrai'r yswain ieuanc ysmalio wrth sôn am berson mor beryglus. Ond felly y mynnai hwnnw. A dyna oedd ryfeddaf—nid oedd ganddo yr un gair garw i'w ddweud amdani, er yr holl siarad yn ei herbyn. Yr oedd ganddo lawer canmoliaeth. Canmolai ei medr gyda phob camp a gorchest lew; canmolai ei ffyddlondeb i'w ddilynwyr a'i chyfeillion; canmolai garedigrwydd ei chalon. Cyfeiriai ati fel pe byddai arwres yr ardal. A dweud y gwir, teimlai Morys ei hun fod rhywbeth yn chwithig yn ei agwedd tuag ati. Teimlai weithiau nad oedd yn ymddwyn yn union fel y disgwylid i garwr cyfraith a rheol wneud. Ac yr oedd yn ffynhonnell o gysur nid bychan iddo fod yr hen ŵr oedd yn y gornel yn rhy drwm ei glyw i gario i glustiau Madam Wen air o'r hyn a ddwedid amdani.

Pe gwybuasai Morys mor effro oedd yr "hen ŵr " ar hyd yr amser, fel y buasai'n synnu! A phetasai modd iddo ddirnad pa deimladau oedd ynghudd yn y fynwes honno wrth wrando ar yr ymddiddan, fel y buasai'n synnu mwy! Ond cadw'i gyfrinach a wnaeth yr hen ŵr, heb amlygu dim. Ac nid amheuwyd dim.

Adwaenai'r siryf bawb o bwys yng Ngwynedd. Ac wrth sôn am gynifer, a thrafod helynt pob un yn gymdogol, buasai'n rhyfedd i enw Einir Wyn beidio â dyfod gerbron yn ei dro ymysg y lliaws. Ac felly y bu. Adwaenai'r siryf ei thad, a chofiai ei gladdu. Gŵr hynaws iawn, ond wedi torri'i galon oherwydd adfyd. Cofiai amdani hithau'n eneth landeg, lon, ond digartref. Ond nid oedd wedi ei gweld ers blynyddoedd.

"Mae hi'n fyw ac iach a hoyw," meddai Morys, "a gwaed gorau'r Wyniaid yn ei gwythiennau!"

"Yn siŵr. Mae'n dda gennyf glywed amdani."

"Un o'r merched harddaf yn y byd!" meddai'r yswain yn wresog. "Mor deg â brenhines!"

Pesychodd hen ŵr y Parciau'n llesg. Ymddengys nad allai beidio, ond meistrolodd ef ei hun, a chaeodd ei lygad mewn cyntun heb dynnu sylw.

Daeth y siryf i ddeall o dipyn i beth mai gwrando yr oedd yntau ar ŵr ieuanc mewn cariad yn sôn am wrthych annwyl iawn ei serch. Ac am hynny yr oedd mwy o lawer o reswm dros wrando amdani.

"Pa le y mae hi'n awr?" meddai.

"Ni wn i ddim, fel mae gwaethaf!" addefodd Morys. "Yn Nyffryn Clwyd, yng nghartref cyfaill i mi, y clywais amdani ddiwethaf." Gwenodd wrth feddwl mor syn yr oedd yn rhaid bod yr addefiad yn swnio yng nghlustiau'i ymwelydd. Ac aeth ymlaen: "Yr wyf wedi mynd i gredu nad wyf yn ymddwyn yn briodol wrth adael iddi wneud fel y gwna, a'r tro nesaf y daw i'm cyrraedd yr wyf am ddal fy ngafael ynddi'n dynn, doed a ddelo." Chwarddodd yn iach wrth adrodd ei feddyliau, a gwenodd y siryf mewn cydymdeimlad llawn.

Pan ddaeth arhosiad y siryf i ben, aeth ei letywr i'w hebrwng beth o'r ffordd, ond ni fynnai hen ŵr y Parciau ymadael cyn i'r yswain ddyfod yn ôl, ac iddo yntau gael diolch iddo am y caredigrwydd a dderbyniasai. Dywedodd hefyd mai gwell oedd ganddo gysgodion nos i deithio'n ôl i'r bwthyn ger y Parciau. Yn hynny cydymdeimlai'r yswain ag ef. Ac felly y trefnwyd.

"Dywedwch wrth Madam Wen," meddai Morys, pan oedd yr hen ŵr ar gychwyn i'w daith, "dywedwch wrthi fy mod wedi clywed yr hanes i gyd—"

"Dweud beth?" gofynnodd yntau, â llaw wen eiddi wrth ei glust.

"Dweud fy mod yn credu na ddaw neb na dim i'w phoeni eto."

"Y daw beth?"

Cododd Morys ei lais yn uwch fyth. "Na ddaw neb na dim ar gyfyl yr ogof rhawg."

"Na ddowch chwi ddim i ymyl yr ogof rhawg?" ebe'r hen ŵr mewn llais main crynedig.

"Nage. Ond na ddaw y siryf ddim. Y caiff hi lonydd bellach. A dywedwch wrthi ..."

"Dweud beth?"

Braidd nad oedd clyw yr hen greadur yn gwaethygu, os oedd modd, yn nhyb Morys. Ond yr oedd am iddo glywed hyn pe holltid y trawstiau. "Dweud—fy mod yn ddiolchgar iddi—am ei charedigrwydd tuag ataf—ac yn gobeithio— cael ei gweld yn fuan!"

Meddyliodd mai rhag peri mwy o drafferth iddo y tawodd yr hen ŵr, ac nid oherwydd ei fod wedi clywed a deall y geiriau diwethaf. Ond yn lle ail-adrodd, ychwanegodd mewn cywair llawer is, a heb amcanu na disgwyl cael ei glywed. "Ac ni fyddai gwaeth dweud wrthi, hen ŵr, yr hoffwn yn fawr ei gweld yn newid ei dull o fyw, os nad ydyw hynny yn hyfdra ynof. Dweud y buaswn yn hoffi ei gweld yn ymwrthod â'r dihirod sydd o'i chylch ar hyn o bryd. Dweud wrthi y buaswn yn ei chroesawu fel cymdoges, a'm bod yn disgwyl y bydd yng Nghymunod cyn bo hir rywun arall fuasai'n rhoddi croeso calon iddi."

Gwrthododd yr hen ŵr yn bendant gwmni neb i'w hebrwng ef ran o'r ffordd, ac aeth i'w daith yn unig. Buasai Morys Williams yn synnu mwy nag erioed pe gwelsai fel yr adfywiodd yr hen greadur cyn bod ddau canllath oddi wrth y tŷ; fel yr unionodd ei gefn, ac fel y deffrodd ei glyw a'i olwg nes cyrraedd perffeithrwydd synhwyrau craff Madam Wen.

Yr oedd hi wedi bod ar ei gorau glas ers oriau yn treio byw y cymeriad a gymerasai arni ei hun. Bu'r gwaith yn filwaith caletach nag y meddyliasai hi erioed. Er mai ei bwriad cyntaf oedd amlygu i'r yswain wedi ymadael, pwy fu ei ymwelydd, teimlai'n awr na fuasai yn cymryd y ddaear â gwneud hynny.

Treuliodd oriau trist yn yr ogof y noson honno. Y dyddlyfr sydd yn dweud hynny. Dywed na chafodd hi hûn i'w hamrantau nes i'r dydd wawrio, nes i'r haul ddyfod i dywynnu ar flodau'r eithin gan droi'r goedwig yn ardd euraid.

Cariad, a Chywilydd ac Eiddigedd oedd y Cewri gormesol oedd wedi ymarfogi yn ei herbyn hi druan yn ei hunigrwydd amddifad y noson honno, a bron na orfu'r gelynion. Aethai i gartre'r yswain heb unrhyw alwad neilltuol am hynny, heblaw bodloni chwilfrydedd ffôl. A dyma'r gosb.

Bu raid iddi wrando ar ymddiddan ag ynddo saeth iddi hi mewn llawer gair a lefarwyd. Do, clywodd eiriau celyd rai oddi ar wefusau a garai yn fawr. Dyna oedd yn greulon. Nid oedd amgen i'w ddisgwyl, wrth reswm, ond serch hynny, caled oedd clywed. Yr oedd y gwarth a'r cywilydd yn fwy o gymaint ag mai o'i enau ef y daethai'r condemniad. A pham yr eiddigeddai, gofynnai iddi ei hun. Pam nad eiddigeddai? Ac eto, wrth bwy? Eiddigeddai am fod arni hi, fel pob merch arall mewn cariad, eisiau teyrnasu ar orseddfainc ei galon ef heb gysgod o amheuaeth na sôn am wrthwynebydd. Oedd, yr oedd eiddigedd yn estyn bys ati, gan ei gwawdio.

X.
Mordaith y *Wennol*

Nid yn fyrbwyll y penderfynodd Madam Wen fynd am fordaith ar fwrdd y *Wennol.* Meddyliodd mai dyna'r unig ddihangfa iddi rhag ei theimladau briwedig. Yr oedd ei hunan-barch wedi derbyn briw na allai yn hawdd ei anghofio. Yr unig ffordd i geisio gwellhad oedd mynd ymhell, bell, o'r cyffiniau lle digwyddodd hynny.

Ymhen tridiau wedi ymadawiad y siryf daeth ei llong hi i'r culfor o dan ei llwyth o halen a sebon o Ynys Manaw, nwyddau na fwriedid iddynt dalu'r tollau uchel a ofynnai llywodraeth y wlad. Yn erbyn ewyllys Wil, ac yn sŵn ei lyfon, y gwnaed mwy o frys i'w dadlwytho'r tro hwn nag erioed o'r blaen. Yr oedd gofyn gofal neilltuol er dwyn y gwaith hwnnw ymlaen yn ddirgel ac yn ddiogel, ac nid oedd yn hawdd bod yn ofalus ar gymaint brys.

"Rhaid dadlwytho cyn nos drennydd, a llwytho gro," oedd y neges a gariai Dic oddi wrth berchen y *Wennol.* Galwodd Wil ar y Meistr diffaith arall a wasanaethai i fod yn dyst mai gorffwylledd amlwg a noeth oedd yn peri i neb feddwl am y fath beth.

"Rhaid gwneud!" meddai Dic. "Mae hi ei hun am fynd efo'r llong i'w thaith nesaf, ac mi fydd yma nos drennydd yn ddiffael."

Er cymaint y rhegi a'r dymer ddrwg, dechreuwyd ar y gwaith, a gorffennwyd ef hefyd mewn pryd. Aeth bechgyn Llanfihangel ynghylch eu gorchwylion pellach, a daeth Madam Wen i'w llong yn brydlon. Codwyd hwyl, a chychwynnwyd.

Deg o ddwylo oedd ar fwrdd y *Wennol*, a Huw Bifan oedd y capten. Bechgyn glannau'r môr oeddynt, o ben

Caergybi i Aber Menai, ac ni fu erioed haid fwy calon-
ysgafn na gwell eu tymer. Nid oedd arnynt ofn na dyn nac
ysbryd, da na drwg, ond iddynt gael gwenau eu meistres.
Nid oedd dylanwad Wil na Robin y Pandy ar yr un llanc
ohonynt. Yr oedd ganddynt le wrth eu bodd, a manteision
i wneud enillion na warafunid iddynt gan eu meistres hael.

Dau o ynnau mawr a gariai'r llong, ac nid yn y rheini y
gosodai'r morwyr eu hyder pan fyddent mewn perygl oddi
wrth fôr-ladron, ond yng nghyflymder eu llestr, ac
anfynych y siomid hwynt.

Ar ôl galw ym Mhwllheli a chymryd profisiwns i mewn,
aeth Madam Wen at Huw Bifan i drafod y fordaith. Un o
borthladdoedd Ffrainc oedd y nod i gyrchu ato, a buan y
deallodd yr hen forwr beth oedd mewn golwg pan
ddechreuodd hi egluro.

"Oes," meddai Huw Bifan, "y mae cryn gynnwrf tuag
Iwerddon. Ac y mae'n siŵr bod digon o ofyn ar longau fel
y *Wennol.* Mi welsom ni bump neu chwech o longau
Ffrengig wrth ddyfod i fyny'r sianel ryw bythefnos yn ôl."

"Mi awn ar ein hunion i borthladd Brest," meddai
hithau.

"Mae sôn bod Abel o gwmpas," meddai Huw yn
ddidaro, wedi iddynt drefnu'r fordaith i fodlonrwydd.
"Ond ni welsom ni ddim golwg arno chwaith."

"Ai ar ei droed ei hun y mae o'n awr?"

"Ie, wedi dianc mewn ffrae oddi wrth y Capten Kidd, ac
wedi lladrata llong yn perthyn i Bedr o Rwsia." [*]
Chwarddodd Huw wrth orffen yr hanes: "Y mae'n cario
deg o ynnau mawr, a deugain o ddwylo. A'r enw y mae Abel
wedi ei roddi ar ei long ydyw *Certain Death.*

---

[*] *Capten Kidd:* William Kidd, c.1654-1701, un o fôr-ladron enwog oes
aur y môr-ladron. *Pedr o Rwsia:* Pedr I "Fawr", (1672-1725), y Czar a
sefydlodd yr ymerodraeth Rwsaidd; enwyd y brifddinas a sefydlodd ar
ei ôl ef ei hun, sef St. Petersburg.

Yr oedd pawb a wyddai am y môr yn gwybod am y Capten Kidd a'r môr-ladron eraill oedd yn gymaint dychryn i forwyr o'r Môr Tawch i'r Môr Tawel. Nid oedd Cymro yn y wlad heb wybod am yr arch-leidr Syr Henry Morgan a'i ysgelerderau. A dyma Abel Owen, yn ôl pob arwydd, â'i fryd ar wneud enw cyffelyb iddo'i hun mewn anfad anturiaeth.

"Gobeithiaf bod ein llestr bach ni yn rhy ddisylw i fod yn werth pylor Abel," meddai Madam Wen.

"Gobeithio hynny. Mae sôn mai un garw ydyw. Wel," meddai Huw yn gyfrwys, "mae'n dibynnu pa beth fydd y llwyth. Mi fydd Abel â'i lygad yn agored, mi wranta."

Chwarddodd hithau at ddull aniongyrchol Llanfihangel o ymofyn gwybodaeth: "Arfau a phylor a bwyd fydd y llwyth, Huw. Ac os bydd ffawd o'n tu, hwyrach y cawn rywbeth hefyd â mwy o bris arno na hynny."

"Dyna oeddwn i'n feddwl," meddai'r hen forwr. "Nid un dwl ydyw Abel. Mae o â'i lygad yn ei ben. Wedi gweld y mae'r gwalch fod arian pridwerth y bobol fawr yma yn haws eu cael nag unrhyw arian arall. Helynt y rhyfel yma sydd wedi dyfod ag ef i'r ochr yma, does dim amheuaeth."

Cyrhaeddodd y *Wennol* borthladd Brest heb gyfarfod neb na dim i'w ofni. Yno cafwyd comisiwn heb drafferth yn y byd, ac ymhen ychydig ddyddiau aeth Huw Bifan a'i long a'i lanciau i'r môr drachefn, a'u cwrs tua'r gogledd, â'r llong dan ei llwyth o beilliad ar gyfer y gwŷr o Ffrainc oedd yn barod i ymladd dros y Brenin Iago yn Iwerddon. Yr oedd yn haws gan forwyr Môn wneud y gwaith am mai Bleidwyr y Brenin Iago oeddynt hwythau yn eu calonnau. Tra buont ar y daith honno, gwnaeth Madam Wen ei rhan hithau o'r gwaith ar y lan, gan ymdaflu iddo gydag egni. Yr oedd digonedd o alwadau am lestr mor hwylus â'r *Wennol*, a chan fod y perygl yn fawr oherwydd natur y gwaith, yr oedd y tâl gymaint â hynny yn fwy.

Daeth y *Wennol* yn ôl yn ddiogel ac mewn pryd, wedi cael tywydd ffafriol a mordaith lwyddiannus. Ac erbyn hynny yr oedd ei pherchen yn barod am hynt arall ar y môr. Ei bwriad oedd mynd gyda'r llong i'r porthladd Gwyddelig, ac yna dychwelyd i'w hardal ei hun ar y ffordd yn ôl. Dyna oedd y trefniad. Ond nid felly y mynnai ffawd. Nid oedd dim mor dawel â hynny ar ei chyfer erbyn gweld.

Gyferbyn â cheg yr Hafren yr oeddynt, a phymtheng milltir o Abergwaun, pan welsant long ymhellach i fyny yng ngenau'r afon. Llygad craff Huw Bifan oedd y cyntaf i ganfod perygl: "Llong Abel ydyw honna, fechgyn, ac y mae â'i lygaid arnom."

Ac felly'r oedd. Gwelodd Abel Owen slŵp o'r fath a redai beunydd y dyddiau hynny rhwng porthladdoedd Ffrainc a thraeth Iwerddon, a phenderfynodd ei hymlid. Yr oedd eisoes wedi dal dwy gyffelyb iddi, ac wedi cael swm mwy na'i gwerth am ryddhau un oherwydd pwysigrwydd y teithwyr a gludai. Am y llall, gwerthodd hi yn ddidrafferth, long a llwyth, yn Llychlyn.

Pan welwyd y *Wennol*, codwyd hwyliau ar y *Certain Death* a dechreuodd nesáu. Wrth weld hynny, newidiodd Huw Bifan ei gwrs, sgwariwyd hwyliau, ac ymaith â hwy o flaen y gwynt am draethau Corc. Rhedai'r *Wennol* yn dda, ond enillai'r llall. "Mae ganddynt fwy o liain na ni, fechgyn," meddai Huw Bifan wrth weld ei long yn colli tir. "Mae am ein dal, mi welaf. Rhaid i mi fynd a dweud wrth Madam Wen."

Daeth Madam Wen i'r bwrdd â gwên ar ei hwyneb; "A ydyw o'n dal i ennill?"

"Ydyw. Beth a wnawn ni?" gofynnodd Huw.

"Rhoddi gwerth ei arian iddo i ddechrau," meddai hithau, gan chwerthin. "A chawn weld beth wedyn pan fyddwn wedi'n dal."

"Felly yr oeddwn innau'n teimlo," meddai Huw, ac ymlaen â'r *Wennol* dros y tonnau fel yr awel.

Ar fwrdd ei long cablai Abel Owen nerthoedd y nefoedd, a bygythiai drychineb anhraethadwy i wŷr y llong las, oedd yn herio cyflymder ei lestr ef mewn dull mor feiddgar. "Mi grogaf bob copa walltog ohonynt!" meddai. "Na, mi rhwymaf hwy mewn sachau ac mi daflaf y dihirod dros y bwrdd, â darn o blwm wrth bob sawdl."

Am agos i awr safodd Madam Wen yn gwylio y rhedegfa, ac yn ymddangos fel petai'n mwynhau yr olygfa. "A ydynt yn ennill?" gofynnodd o'r diwedd. "Os yr un, ydynt," atebodd Huw Bifan, "ond pur ychydig."

Ennill yr oedd y lleidr serch hynny, er yn araf. Ymhen dwyawr yr oedd hynny'n fwy amlwg. Ond nid oedd gwŷr y *Wennol* am ildio cyn bod rhaid, a chymerodd hanner awr yn ychwaneg i'r môr-leidr i ddyfod o fewn cyrraedd. Saethwyd ergyd, a chodwyd y faner ddu, ond dal i redeg a wnâi'r *Wennol*.

"Mi fyddai'n well i ni ostwng hwyl, yr wyf yn meddwl," meddai Huw Bifan o'r diwedd.

"Na, arhoswch dipyn eto," meddai Madam Wen.

"Trowch fagnel hir arni!" gwaeddai Abel gyda llw erchyll o gynddaredd. "Suddwch hi!"

Yr oedd y fagnel hir ar begwn ynghanol y llong, ac ar y gair trowyd ei ffroen ar y *Wennol*. Taniwyd, ond aeth yr ergyd ar ddisberod. Trawodd Abel y gŵr oedd wedi anelu a disgynnodd hwnnw'n llonydd ar y bwrdd. Ail-lanwyd, a chymerodd y capten y magdan yn ei law ei hun. Ond fel y digwyddodd, ni fu yntau ronyn mwy llwyddiannus na'r llall. Aeth yr ail ergyd i'r môr heb gyffwrdd â'r llong las.

Ond yr adeg honno, er bodlonrwydd i Huw Bifan, barnodd Madam Wen yn ddoeth ildio. Gostyngwyd hwyl, a daeth y *Certain Death* i ymyl y *Wennol*.

"Anfonwch y capten i'r bwrdd yma ar unwaith!" oedd gorchymyn Abel Owen, "a pharatowch chwithau bob jac ohonoch i fynd i waelod y môr."

Ufuddhaodd Huw Bifan gyda golwg ar ran gyntaf y gorchymyn, ac nid oedd heb ofni na fyddai yn angenrheidiol talu sylw i'r rhan ddiwethaf hefyd. Pan oedd yn ei ollwng ei hun i lawr i'r cwch aeth Madam Wen at ei ochr a sibrydodd air yn ei glust na chlywodd y morwyr mohono.

Ni cheid ar yr un o'r moroedd neb cyfrwysach na Huw Bifan o Fae Cymyran, ac yr oedd yn ddiarhebol o bwyllog. Pan ddaeth ar fwrdd llestr y môr-leidr, ac i olwg y capten, ffugiodd syndod didwyll. "Ai Abel Owen sydd yma? meddai yn Gymraeg.

A llw Cymraeg dilediaith oedd llw Abel yn ei dro. Gofynnodd pwy oedd Huw. "Ac oni bai mai Cymro wyt, buaswn yn dy saethu heb ragor o eiriau. Pwy wyt ti'n feddwl wyt ti yn dy gafn mochyn?"

"Nid arnaf fi yr oedd y bai," atebodd llywydd y *Wennol* yn addfwyn.

"Nid arnat ti, a thithau'n gapten. Ti ydyw'r capten, onid e?"

"Y fi sy'n esgus o hynny," meddai Huw, mewn hanner grwgnach. "Ond un arall sy'n llywyddu ar y fordaith yma."

"O'r holl ynfydrwydd..." dechreuodd Abel. "Ond eglura dy feddwl, mae'r amser yn fyr," meddai.

Eglurodd Huw yn ei ffordd ei hun. A'r diwedd fu i'r môr-leidr newid ei fwriad. Anfonodd Huw Bifan yn ôl i'w long gyda gorchymyn ar i Madam Wen, gan mai hi a lywyddai, ddyfod ar fwrdd y *Certain Death* rhag blaen i ateb am y drafferth yr oedd hi wedi ei achosi iddo ef mor ddi-alw-amdani. A rhywbeth felly a ddisgwyliai hithau, ac er y gwelwodd hi am funud, rhedodd i lawr i'w chaban a daeth yn ôl yn ebrwydd, yn barod i ufuddhau i orchymyn y môr-leidr.

Gwisgai'r môr-ladron, o sefyllfa Abel, yn wych, ac nid oedd yntau'n ail i'r balchaf ohonynt yn hyn o beth. Yr oedd yn ddyn golygus, oddeutu deugain oed, ei wallt yn ddu, a'i groen yn felynddu, fel dyn oedd wedi treulio llawer o'i oes mewn tecach hin nac eiddo gwlad ei enedigaeth. Dyna welodd Madam Wen pan ddringodd i fwrdd y llong, Abel mewn gwasgod a llodrau drudfawr o sidan caerog lliw porffor, a chôt o frethyn gwyrdd, yn sefyll i'w derbyn. Gwisgai bluen goch yn ei het werdd, a chadwyn bwysfawr o aur am ei wddf, croes o ddiemwnt ynghrog wrth honno; yn ei law yr oedd cleddyf, ac wrth raff o sidan crogai dau bâr o law-ddrylliau, pâr wedi ei daflu dros bob ysgwydd. Yr oedd wedi byw gwell bywyd unwaith, a gwyddai pa fodd i ymddwyn yn briodol pan fyddai hynny yn gydnaws â'i amcanion. Yr oedd wedi clywed sôn am Madam Wen, a chwilfrydedd a wnaeth iddo ar y dechrau ddeisyf ei gweld.

Yr oedd dull Madam Wen o'i gyfarch yn batrwm o gyfrwystra. "Fy nghydwladwr, mi gredaf; hefyd—fy nghydleidr!" meddai, gyda gwên a aeth dros ben Abel ar unwaith.

"Y Bleser mwyaf yw eich cyfarfod," meddai yntau, ac edrychodd o'i amgylch i weld a oedd rhai o'i gyd-ladron yn peidio â bod o fewn clyw.

"Yr ydych yn garedig yn dweud hynny dan yr amgylchiadau," meddai hithau. "Yn fy anwybodaeth y gwnes yr hyn a wnes, gan achosi cymaint o drafferth ddianghenraid i chwi."

Ar linellau fel hyn talwyd llawer gwrogaeth arall o'r ddeutu, a gwelodd Madam Wen fod y môr-leidr â'i fryd ar berffeithio'r gydnabyddiaeth. Yr oedd hynny yn fwy nag yr oedd hi wedi ei amcanu na'i ragweld, a dechreuodd weld anawsterau eraill yn odi eu pennau. Gwelodd y lleidr hefyd anawsterau yn ei fygwth yntau, a rhagflaenodd un ohonynt trwy ddweud ar unwaith, "Fyddai wiw i mi feddwl am adael i'r slŵp ddianc. Mi fyddai hynny'n ddigon am fy hoedl ymysg yr anwariaid sydd o'm cwmpas."

"Byddai yn ddiau," atebodd hithau, gan weld mai ffolineb ar hyn o bryd fyddai gwrthddweud.

Yr oedd yn ddihareb nad oedd y gronyn lleiaf o ymddiried y naill yn y llall ymysg y môr-ladron. Gwyddai Abel Owen mai y mymryn lleiaf fuasai yn troi'r fantol yn ei erbyn ef. Un camgymeriad o'i eiddo a fuasai yn ddigon o reswm dros i rywun arall godi fel arweinydd, a chael cefnogaeth y criw. Yna ni fuasai ei fywyd ef—Abel—yn werth botwm. Fel y rhelyw o'i dylwyth, yr oedd yn barod i ddweud faint a fynnid o gelwyddau, i dwyllo hyd yn oed ei frawd ei hun, ac i dywallt gwaed fel y môr os gelwid am hynny gan hwylustod y foment.

"Rhaid i mi gael gair efo'r dynion yma," meddai, "onid e mi fydd yma helynt. Mae yma ddau neu dri o rai peryglus."

Arweiniwyd Madam Wen i lawr i'r caban tra byddai'r capten yn cael trafodaeth gyda dwsin o'r gwŷr a ofnai fwyaf. Dywedodd lawer o gelwyddau wrthynt, fel y digwyddai daro i'w feddwl beth oedd debycaf o roddi bodlonrwydd. Ond yr oedd cyn baroted â neb ohonynt i goll-farnu criw'r *Wennol*, er cymaint oedd ei awydd am feddiannu ei pherchennog.

Bychan a wyddai fod Madam Wen yn llawer hwy ei phen nag yr oedd wedi dewis ymddangos. Trwy ryw reddf oedd yn perthyn iddi, gwelodd wrth eu hwynebau, wedi darfod y drafodaeth, mai rhyw anfadwaith oedd eu bwriad. Cam byr iddi hi oedd o hynny hyd at ddyfalu beth oedd y bwriad hwnnw. Wedi iddi gael cefn y capten am funud, meddai wrth un o'r lleill, gydag amnaid i gyfeiriad y *Wennol* a'i chriw, "Sut y cawn ni ymwared â hwy? Beth ydych chi am wneud â hwy?"

"Dod â hwy yma a'u crogi," meddai hwnnw, gan lwyr gredu mai dyna oedd ei dymuniad hithau hefyd.

"Ai felly?" meddai Madam Wen wrth ei hun, a rhoddodd ei phen ar waith i ddyfeisio ffordd i ddrysu cynllwynion Abel Owen, ac i achub bywydau morwyr Bae Cymyran. Ond awr gyfyng ydoedd.

Nid oedd ganddi ond amser byr i gynllunio. Yr oedd yn rhaid gwneud rhywbeth ar unwaith. Gwelai arwyddion colli amynedd ar lawer wyneb brwnt o'i chylch. Gwelai bod y môr-ladron yn blino ar yr oediad, a heb eto anghofio'r amser a wastraffwyd yn ymlid y *Wennol* ar draws y sianel. Ie, ychydig iawn o amser i ystyried oedd ganddi. Ac yr oedd yn bwysig dangos wyneb hyd yn oed pan oedd wrthi'n brysiog gynllunio. Ond medrai Madam Wen ddangos wyneb.

Does ryfedd i'w chalon guro'n gyflym yn y cyfwng hwnnw. Os methai'r cynllun; pe digwyddai rhyw anffawd cyn ei gwblhau; os oedd hi yn digwydd bod yn camgyfrif neu gamfarnu'r dylanwadau o'i thu ac i'w herbyn yna o fewn hanner awr y fan bellaf byddai criw'r *Wennol* wedi eu llofruddio bob un, a hithau ei hun at drugaredd y môr-ladron, yn ddiamddiffyn yn nwylo rhai o'r dihirod mwyaf diegwyddor yn y byd. Gwibiai ystyriaethau fel hyn trwy ei meddwl, gan roddi min ar hwnnw. Dyfeisiodd yn eofn a beiddgar. Rhwng gwên a gwên pwysodd y môr-ladron yng nghlorian gain ei barn gywrain; mesurodd led a dyfnder eu tueddiadau a'u gwendidau megis. Pan welodd ei chyfle, heb neb arall o fewn clyw, dywedodd yn gyfrinachol wrth Abel, "Y mae rhywbeth o werth yng nghaban y *Wennol* yr hoffwn i chwi ei gael heb yn wybod i neb."

Llonnodd llygaid y capten wrth glywed hynny. Boddheid ei fâr. Ac mor hawdd oedd gwenieithio i'w falchter! Ac oni wyddai hithau hynny! Nid yn unig gwelai Abel obaith rhyw ennill arbennig iddo'i hun, ond meddyliai hefyd bod ei ymwelyddes deg â'i bryd ar dalu gwrogaeth neilltuol iddo. Yn sirioldeb ei wedd gwelodd hithau fod y cam cyntaf ar ei llwybr peryglus wedi llwyddo.

Ar Abel y disgynnodd y gwaith o wneud esgus priodol i'w forwyr am ei waith yn ymweld â bwrdd y *Wennol*. A phwy a ŵyr pa gelwyddau a ddwedwyd? Y diwedd fu mynd. Synnodd Huw Bifan weld capten y *Certain Death* yn dyfod ar fwrdd ei long. Pa beth a olygai hynny, tybed? Pa beth bynnag yn rhagor a olygai, yr oedd Huw yn ddigon cyfarwydd â'i feistres i ddarllen yr arwydd oedd yn ei hedrychiad, ac i gasglu mai bywydau oedd yn y fantol. Yr oedd wedi gweld edrychiad cyffelyb yn ei llygaid deallgar droeon cyn hynny, rhyw awgrym o ymdrech ddistaw rhwng gobaith di-ildio ac anobaith du.

Gorweddai'r *Wennol* ryw ddeugain gwrhyd oddi wrth y gelyn, a gwelodd y môr-ladron eu capten yn dilyn ei arweinydd i'r bwrdd. Safai ei morwyr hi yn fintai fechan yn edrych arnynt yn mynd i'r caban. Caban Madam Wen ei hun oedd hwn, ac nid gwag-ymffrost oedd dweud bod yno rywbeth o werth. Gloywodd llygad Abel pan estynnodd hi gist fechan gan ei dodi ar fwrdd o'i flaen.

"Perthynai'r rhai hyn," meddai wrtho, "i ddwy o wragedd cyfoethog o'r Armorica, a'r bwriad oedd eu gwerthu yn Llundain a rhoi'r arian at wasanaeth byddin y brenin Iago." Codwyd y caead, a daeth i'r golwg gadwynau ac addurniadau o aur a gemau, wedi eu hamdoi yn ddestlus â sidan coch.

"Y mae yma eiddo mawr mewn ffurf gyfleus," ychwanegodd â goslef a awgrymai mai ei dymuniad oedd ar i'r golud hwnnw ddyfod yn eiddo iddo ef ei hun.

"Oes y mae."

"Dyna fo," meddai hithau, gan wthio'r blwch yn nes ato. "Buasai'n bechod gyrru'r fath brydferthwch i waelod y môr," meddai Abel, gan edrych ac awgrymu yn ei dro y gellid cymhwyso'r un sylw at Madam Wen ei hun.

Ond nid oedd wiw colli amser mewn segur siarad. Gallai oedi'n hwy arwain i helynt ymysg dwylo'r *Certain Death*. "Annoeth, fe allai, fyddai i chwi fynd â'r blwch. Gwell fyddai i chwi guddio'i gynnwys ar eich person." Wrth ddweud hyn nesaodd at y drws, gan gymryd arni ymneilltuo am funud er rhoddi cyfleustra iddo eu cuddio fel na welai llygaid cenfigennus ei gyd-ladron mohonynt. Symudodd yn ôl mor naturiol â chau llygad.

Gwaith munud oedd cael sylw a gwasanaeth Huw Bifan. Gair oedd ddigon. Aeth Huw at y gorddor. Gollyngodd hi a sicrhaodd hi, a hynny heb dwrw. Gwyddai'r morwyr beth a olygai hynny. Llonnodd wynebau oedd wedi bod yn brudd am oriau.

Ni ddychmygodd Abel bod dim allan o'i le pan oedd wrth y gwaith o guddio'r trysor. Ond pan ddaeth i esgyn eilwaith i'r bwrdd, gan ei longyfarch ei hun, daeth i ddeall ar drawiad, er ei ddirfawr siom, ei fod yn garcharor ym mherfedd y llong las.

Munudau pryderus i'r morwyr oedd y rheini, a churai pob calon fel gordd yn eu mynwesau. Yng ngrym arferiad yn fwy na dim arall y rhoesant ufudd-dod di-oed i bob gorchymyn.

Ar fwrdd y gelyn safai twr o naw neu ddeg o'r rhai mwyaf blaenllaw fel grwgnachwyr, a chwedleuent gan wylio symudiadau pobl y *Wennol*. Gwg a chenfigen oedd ar wynebau y rhan fwyaf ohonynt, a chwyrnent yn ddistaw. Gwelent Madam Wen yn symud yn ôl ac ymlaen, a gwelsant y morwyr yn dechrau ymysgwyd. Ond yr oedd yr ystryw yr un mor hynod o syml, fel nad oeddynt hyd yma wedi drwgdybio dim. Codwyd hwyl ar y *Wennol*, ac meddai un wŷr Abel Owen, yn ddigon naturiol, "Mae hi am ddyfod yn nes."

"Mae'n hen bryd iddi wneud rhywbeth," meddai un arall mewn grwgnach.

"Mi wŷr Abel yn burion beth y mae o'n ei wneud," meddai un oedd yn burach i'w feistr na'r rhelyw o'r dihirod. Ond nid oedd yno neb a ategai hwnnw, er nad oedd chwaith gymaint ag un ohonynt oedd yn ddigon diofn ac annibynnol i'w groesi yn agored.

Dechreuwyd craffu a synnu pan welwyd y llong las fel petai'n symud draw, a'r pellter rhwng y ddwy yn araf ledu. Ond nid oedd y bwriad yn hollol eglur eto. Rhoddasant hamdden i Huw Bifan i drwsio hwyl a dyfod â'i long o gwmpas, os mai dyna oedd yr amcan. Ond, â dweud y gwir, aeth un neu ddau craff a drwgdybus ar fwrdd y *Certain Death* i ddechrau amau yn awr a oedd popeth yn iawn. James How, un arall o ddihirod y Capten Kidd, oedd y cyntaf i ganfod pa beth oedd yn mynd ymlaen. Ond tewi a wnaeth ef ar hynny o bryd.

Casglu nerth yr oedd y *Wennol* dan lawn hwyliau, a chyn hir daeth yn amlwg i bawb mai dianc yr oedd. Rhyfedd mor amrywiol oedd y teimladau a enynnai hynny ym mynwesau'r môr-ladron. Rhoddodd yr is-lywydd orchymyn i godi hwyliau ac ymlid. Rhedwyd am hanner awr heb fantais amlwg i neb. Safai Madam Wen ar ddec y *Wennol* a'i hwyneb tua'r ymlidydd. Am hanner awr bryderus ni feiddiai neb ddweud gair wrthi.

O dipyn i beth daeth y lladron i gywir farnu'r sefyllfa. James How, gyda gair cyfrwys yma ac acw, a agorodd eu llygaid. "Beidio â bod Abel yn garcharor?"

"Yr wyt ti wedi taro'r hoelen ar ei phen, James," meddai un arall. "Dyna iti beth sy' wedi digwydd!" Ac ymlaen â'r Lleidr mewn ymlid.

"Mae Abel wedi taro ar ei well y tro yma," meddai un, gan deimlo'n hyfach wrth feddwl am sefyllfa'r capten ar hynny o bryd. A chafodd ddau neu dri i gydweld ag ef yn rhwydd. Gwrandawodd James How yntau ar hynny yn ddeallgar, ac ymhen ychydig clywodd fwy i'r un perwyl, ond disgwyliodd am ei gyfle yn gyfrwysgall.

"Mae mwy o helynt efo'r mymryn llong yna nag ydyw hi o werth," oedd grwgnach un arall, un na fuasai yn cymryd y byd a dweud hynny petasai Abel ar y bwrdd. Ond yr oedd Abel erbyn hyn yn y ddalfa, ac nid ychydig o'i gydforwyr yn gobeithio mai mewn dalfa y parhâi.

"Ofnaf na fedrwn ni mo'i goddiweddyd," meddai James, a chafodd y sylw dderbyniad ffafriol.

"Beth am y capten, ynte?" gofynnai'r mêt, fel petai'n rhoddi her i fradwriaeth. Ond yr oedd yno ugain o ddihirod yn barod erbyn hyn i chwerthin a choegi wrth sôn am y capten a'i dynged.

"Mae ganddo'r llong—a'r ferch!" meddai James, ac yn y cellwair hwnnw penderfynwyd a seliwyd tynged Abel.

Bu chwarter awr o chwyldroad a pherygl ar fwrdd y *Certain Death* cyn darfod trefnu pethau. Ond yn y diwedd dewiswyd

James How yn gapten, a rhoddwyd mêt Abel Owen mewn gefynnau, a newidiwyd cwrs yn sydyn am y de a Môr Iwerydd, gan adael i Abel ymdaro drosto'i hun orau y gallai.

Felly'n union yr oedd Madam Wen wedi tybio y buasai'r dihirod yn gwneud, ac ar sail y dybiaeth honno yr oedd hi wedi gweithredu mewn rhyfyg nid bychan. doedd ryfedd i fanllef o lawenydd esgyn oddi ar fwrdd y *Wennol* pan welwyd y gelyn yn newid cwrs; banllef o lawenydd ac ar yr un pryd o deyrnged i Madam Wen. Clywodd Abel y sŵn o'i gell islaw, a deallodd yntau mai arwydd ydoedd o oruchafiaeth i wŷr y *Wennol*. Aeth y *Certain Death* o'r golwg yn y pellter cyn newid o'r *Wennol* ei chyfeiriad, a'r broblem nesaf oedd pa beth i'w wneud â'r carcharor.

"Rhoi rhyw deirawr o seibiant iddo gael oeri tipyn ar ei waed," meddai Huw Bifan yn glaear, a dyna fu.

Pan ddaeth yr amser cyfaddas ymarfogodd Huw Bifan a dau o'i forwyr, ac aethant i ymofyn Abel. Nid oedd Huw yn disgwyl helynt, ond doeth oedd bod yn barod. Fel y disgwyliai Huw yr oedd Abel hefyd wedi bwrw'r draul o wrthwynebu, ac wedi dyfod i'r casgliad mai doeth fyddai iddo gymryd arno ymostwng nes gweld pa beth a ddaethai o'i gymdeithion a pha fodd y golygai'r dyfodol.

"Abel Owen," oedd cyfarchiad llariaidd Capten y *Wennol*, cyn y medrwn ni gael sgwrs glên, "rhaid imi ofyn i ti fod mor hynaws â rhoi'r llaw-ddrylliau yna a'r cleddyf ar y bwrdd yma."

Nid adwaenai Abel mo Huw Bifan, ac ni wyddai pa fath stwff oedd ynddo. Mewn ymgais i gael y llaw uchaf arno ar ddechrau'r drafodaeth, dywedodd gyda thipyn o rwysg, "Aros di dipyn bach, fy nghyfaill. Treia di gofio â phwy rwyt ti'n siarad."

Gwenodd Huw, heb ateb dim; a disgwyliodd. Mewn tipyn o rodres yr aeth Abel ymlaen i ddweud, "Mae yma bedair o ergydion yn y rhain. Ond gresyn fyddai gwastraffu powdwr da."

Caeodd Huw y drws. "Ie, gwiriondeb ydyw gwastraff ar bob adeg. Gad imi ddweud fod amser yn werthfawr ar fwrdd y *Wennol*. Nid môr-ladron ydym ni, wyddost."

"Ble mae'r *Certain Death?*" gofynnodd Abel, gan ddiystyru sylw Huw.

"Rywle ar ei ffordd i'r lle diffaith hwnnw, am wn i," meddai capten y *Wennol* yn bwyllog, gan bwyso'i gefn ar y drws caeëdig.

Llithrodd llw dros wefus Abel. Tybiodd fod ei long wedi ei suddo. Craffodd yn wyneb Huw i edrych a oedd modd darllen yno pa beth oedd yn wir a pha faint oedd yn gelwydd. Ond ni fu fymryn nes i'r lan.

"Pwy ydyw'r capten ar y llestr yma erbyn hyn?" gofynnodd, mewn gwawd o eiriau Huw y tro cyntaf y bu i'r ddau gyfarfod.

"Yr un un sy'n llywyddu'r cafn mochyn o hyd," oedd yr ateb digynnwrf.

"Beth y mae hi am ei wneud?"

"Sôn am grogi oedd yma ryw deirawr yn ôl," meddai Huw yn llariaidd. Gwingodd Abel o dan yr edliwiaeth. Ychydig o gysur oedd iddo hefyd yn chwerthiniad y ddau forwr.

"Mi wna i fargian efo hi," meddai Abel, gyda chwrs o'i rwysg blaenorol.

Torrodd Huw Bifan ar ei draws yn swta. "Y fargian orau wnei di bellach, Abel, fydd bargian efo dy grëwr. Paid â cholli amser mewn ffoledd. Dyna 'nghyngor i iti."

Ond nid oedd Abel am ymostwng felly. "Dos i ofyn iddi a gaf fi air gyda hi."

"Abel Owen, deall fi, dyfod yma ddarfu imi i fynd â'r petheuach yma oddi arnat. Ac yr wyf wedi bod yn hwy ar fy neges nag sydd weddus. Cymer di fy ngair i mai nid un i chwarae â hi ydyw perchen y cafn mochyn."

Ar hynny, yn anewyllysgar, rhoddodd Abel yr arfau o'i law, bâr a phâr. Rhyddhaodd y cleddyf hefyd, a dododd hwnnw i lawr. Cymerodd y morwyr feddiant ohonynt ar unwaith.

"Erys gorchwyl bach arall cyn i ni ddweud pnawn da," meddai Huw yn frawdol. "Cyfeirio yr ydwyf at ryw flwch bach o bren a rhyw fân deganau sydd ynddo. Mi wyddost amdanynt, mi wn."

Gwridodd Abel o ddicllonedd. Brochodd o dan y dirmyg. Datododd ei wisg yn frysiog, a throsglwyddodd i Huw yr aur a'r gemau. Cymerodd Huw'r blwch pren, bwriodd y trysor iddo'n ddi-daro, a thrawodd y blwch o dan ei gesail fel petai ddernyn diwerth o bren. "Dyna ni'n weddol wastad, am wn i—ac eithrio'r crogi oedd i fod." Daeth cochni i ddwyrudd Huw am y tro cyntaf, a chwerwder i'r llais fyddai mor fwyn fel arfer. "Ond cofia di, Abel Owen, petasai hi ar law'r bechgyn yma a minnau i setlo efo un o'th fath di, mi fuasem yn dy dynnu'n garejau, yr ysgerbwd aflan i ti!"

Daeth Abel i'r casgliad wrth glywed hynny mai nid ffordd Huw Bifan a'i lanciau oedd i gario'r dydd, a barnodd mai doeth oedd tewi.

Ymhen hanner awr daeth Huw yn ôl at Abel eilwaith. "Pa un fyddai'r gorau gennyt, ai glanio ar draeth Iwerddon ai ynte cael cwch a chymryd dy siawns o olwg y lan? Roddwn i fy hunan fawr am dy groen di y naill ffordd na'r llall."

Dewisodd Abel y cyntaf, a chyda'r hwyr rhedodd y *Wennol* at y lan ar draethau Wexford, ac yno y rhyddhawyd Abel Owen o'i gaethiwed byr, yn dlotach o gryn lawer na phan y syrthiodd ei lygad gyntaf ar y llong o Fae Cymyran.

XI.
Twm Pen y Bont, ac Eraill

Un hwyrddydd braf eisteddai Morys Williams ar y lawnt o flaen ei dŷ, a thynnai fwg o bibell hir yn ôl arferiad a ddaethai yn gyffredin ymysg gwŷr o'i safle ef. Meddwl yr oedd, fel y gwnâi yn fynych, am ei gariadferch. Ers llawer o fisoedd nid oedd wedi ei gweld na chael gair oddi wrthi, a theimlai'n llawn hiraeth amdani.

Gall mai rhyw ddylanwad cyfrin a fedd cariad a barai i'w delw fod mor fyw o flaen ei feddwl yr hwyr- ddydd hwnnw. Y mae lle i feddwl hynny, canys amdano ef y meddyliai hithau yr awr honno. O'r bron na theimlai ef ei phresenoldeb yn awel dyner yr hwyr, rhyw sisial pêr fod ei chalon hi'n hiraethu am gael siarad wrth ei galon yntau. O dan ddylanwad felly ni synnodd lawer wrth ganfod negesydd yn dyfod i'r fan gan ei hysbysu mai oddi wrth Einir Wyn y daethai'r neges.

Rhyw garu rhyfedd oedd anfon llythyrau, meddyliai Morys. Ond beth oedd i'w wneud? Yr oedd yn dda cael cymaint â hynny. Nid Einir fuasai hi petasai'n ymddwyn yr un fath â phob cyffredin arall. Ac er nad oedd ef erioed wedi olrhain i'w darddiadau yr hyn a ddenai ei fryd, diau fod a wnelai'r neilltuolion hyn ynddi hi lawer â dwyn ei fryd ar y cyntaf a sefydlu ei serch arni mor drylwyr byth wedyn.

Gofynnai am ei faddeuant am ei gadw mor hir heb air o'i hanes. Dyna sut y dechreuai'r llythyr. Wrth ofyn hynny gwnâi ar yr un pryd esgus drosti'i hun. Yr oedd wedi bod wrth yr hen orchwyl, cyflawni gwaith ei hadduned. Yr oedd wedi bod ymhell, ond ni ddywedai ym mha le. Ac yr oedd wedi llwyddo'n ddirfawr. Ond ni ddywedai pa fodd.

Golygai llwyddiant ennill cyfoeth yn ddiamau. Ond methai Morys â dirnad pa fodd y gwnâi hynny.

Ond llythyr serch oedd y llythyr. Dyna oedd ei faich, ac wrth ddarllen ymlaen anghofiwyd yr adduned, a'r gwaith, a'r dirgelwch. Darllenai, a theimlai ei galon yn cynhesu, a'i obaith yn bywhau. Ond beth oedd yr elfen arall oedd megis yn ymguddio ymysg y brawddegau, gan ddangos ei phen yn awr ac eilwaith mewn ambell air nad oedd ei esboriad yn eglur? Dygai i'w feddwl rywbeth tebyg yn null Einir ei hun, rhyw elfen wibiol a rhiniol o dristwch neu ofid yn gymhleth â llawenydd, ac yn diflannu fel mwg pan geisid ei holrhain.

Mynnai Einir ei hysmaldod cyn diweddu'r llythyr. Soniai am Madam Wen a'i rhagoriaethau, gan ddamnod iddo'r diddordeb a deimlai ef yn arwres y llyn. Cerddai ar ymylon difrifwch, nes peri iddo deimlo weithiau ryw don fechan o euogrwydd yn golchi trosto, nes bron a pheri iddo ofyn iddo'i hun ai tybed, mewn gwirionedd, y byddai Madam Wen yn amlach yn ei feddwl nag y dylai fod. Ond wedyn, ysmaldod oedd. Darllenodd y llythyr drosodd a throsodd.

Pan oedd haul yn tywynnu fel hyn mor ddisglair ar lwybr Morys Williams, tua'r un adeg yr oedd cymylau tywyll ar lwybr mwy distadl Twm Pen y Bont. Dywedai'r ardalwyr am Twm mai un anghymdogol i'r eithaf oedd. Ac os ceid ambell un yn eu mysg yn ddigon eangfrydig i wneud esgus drosto, yr unig dir y gwneid hynny arno fyddai mai hen lanc oedd Twm yn byw ei hunan, ac yn ddigon naturiol heb ganddo nac amser nac awydd i fod yn groesawus.

Cadwai'r dyn bach ei gyfrinach mor hynod o glos fel na wyddai neb yn yr ardal beth oedd yn mynd ymlaen o dan gronglwyd ei dŷ. Hynny ydyw, ni wyddai neb ond y rhai y perthynai iddynt wybod—Madam Wen a rhyw dri neu bedwar arall—ac yr oedd gwybod y rhai hynny fel y bedd, yn cymryd i mewn heb roddi dim allan. Damwain ac aflwydd oedd i un na pherthynai iddi wybod gael cip un noson ar ddirgelwch Pen y Bont. Fel hyn y bu hynny.

Yr oedd gan Margiad y Crydd haid o hwyaid, ac er bod llawn filltir o'r afon yn nes i'r cartref at eu gwasanaeth, ni thalai dim ganddynt ond llwydo'r dŵr beunydd yn y pyllau uwch Pen y Bont. Gwyddai Margiad yn burion am y gwendid yma yn yr hwyaid. Yr oedd Twm wedi dweud wrthi amdano fwy na dwywaith na theirgwaith mewn geiriau braidd yn egr. Ond nid oedd hynny'n tycio. O'r diwedd, wedi diflasu, cymerodd Twm y gyfraith yn ei law ei hun, a gwnaeth garcharorion o'r troseddwyr yng nghytiau'r gwyddau yng nghrombil y clawdd o flaen ei dŷ. Fel y disgwyliai, daeth Margiad heibio toc, a mawr fu'r taranu a'r tafodi. Ni ddywedodd Twm ddim gair, ond cafodd yr hwyaid eu rhyddid, ac yntau lonydd am dridiau neu bedwar. Ond un prynhawn collodd Margiad ei da eilwaith, ac ar unwaith cyfeiriodd ei thraed am Ben y Bont, gan chwythu bygythion bob cam o'r ffordd. Pan ddaeth at y tŷ yr oedd y drws yn gaeedig, a chytiau'r gwyddau yn weigion bob un. Wrth weld hynny trawodd i feddwl drwgdybus Margiad fod y llechgi gan Twm wedi cau yr hwyaid yn y tŷ. Yn llawn o'r syniad hwnnw aeth at y ffenestr i edrych a oedd rhywbeth i'w weld y tu mewn.

Nid oedd yno yr arwydd lleiaf fod yr hwyaid i mewn, ond yr oedd Twm wrth ryw orchwyl o bwys oedd yn galw am ofal neilltuol a'i sylw i gyd. Yr oedd Margiad wedi clywed sôn am y gwaith peryglus hwnnw yn cael ei gario ymlaen mewn lleoedd eraill, a deallodd ar unwaith. A chan fod ganddi elyniaeth at Twm o achos yr hwyaid, heblaw rhyw fân gwerylon eraill, teimlai ryw lawenydd dieflig o fod wedi ei ddal yn torri cyfraith ei wlad. Dihangodd mor ddistaw ag y medrai, gan edrych tros ei hysgwydd bob teirllath o'r ffordd, rhag ofn bod llygaid Twm arni. Teimlai ryw euogrwydd yn ei hymlid, a phan ddigwyddodd ddyfod wyneb yn wyneb ag yswain Cymunod wrth droi i'r ffordd fawr, rhoddodd ei llaw ar ei chalon a gwaeddodd allan mewn tipyn o ddychryn.

Fel y digwydd yn fynych, arweiniodd miri bychan hwyaid Margiad y Crydd i helbul mawr yn hanes Twm. Ryw noson, gyda'r gwyll, yr oedd wrth ei orchwyl drachefn yn unigrwydd Pen y Bont, a heb fawr feddwl bod unrhyw berygl ar ei warthaf. Ar bentan y simdde fawr yr oedd padell bres o faintioli anghyffredin, a chan mai tri neu bedwar o foch a rhyw ddau neu dri o ebolion oedd holl dda byw Twm, naturiol ydoedd i ddyn dieithr geisio dyfalu pa beth oedd yr hylif oedd yn y badell.

Rhyw gip ar y badell hon a gawsai Margiad, a gwyddai hi yn burion beth oedd yn mynd ymlaen. Mewn rhyw hanner munud o syllu drwy'r ffenestr yr oedd hi wedi cael eglurhad cyflawn ar lawer o bethau oedd o'r blaen yn dywyll iddi hi ac i eraill, ac yn arbennig ar foddion bywoliaeth Twm bach. Ond pwy fuasai'n dychmygu, chwedl Margiad, y buasai'r gwalch bach yn gwybod sut i ddistyllio chwisgi, heb sôn am ei werthu heb yn wybod i'r seismon?

Gwelodd Twm ryw gysgod yn mynd heibio'r ffenestr, a chan feddwl mai un o'i gymdogion oedd yn troi i mewn, yr hyn na ddigwyddai yn fynych, cipiodd y caead pren a dododd ef ar wyneb y badell bres, a thaflodd sach dros hwnnw. Cuddiodd hefyd ddau neu dri o offerynnau eraill na pherthynant fel arfer i waith cyffredin tŷ.

Curwyd yn y drws ac aeth Twm i'w agor. Dau ŵr dieithr oedd yno, rhai llyfn eu tafodau, ac meddai un ohonynt, "Clywed ddarfu i ni bod gennych ebol ar werth."

Byddai gan Twm ebol ar werth ar bob adeg o ran hynny, a gwelsai y gwŷr dieithr un neu ddau ar eu ffordd at y tŷ, ac ystryw oedd eu stori er mwyn cael mynediad i dŷ Twm mewn ffordd heddychol.

Rhai hir eu pennau oedd y ddau ŵr dieithr, ond yr oedd Twm yn hwy ei ben na'r ddau gyda'i gilydd ond cael chwarae teg. A phetasai ganddo un tebyg iddo'i hun gydag ef i gadw'r fantol yn deg, odid fawr nad caff gwag y buasai'r ddau ymwelydd wedi ei gael.

"Oes," meddai Twm, "mae gennyf ebol campus". Nesaodd gam yn nes i'r gorddrws, fel math o awgrym mai nid yn y tŷ y cadwai'r ebol. "Mae'n pori yng Nghymunod, heb fod ymhell. Dof efo chwi yno y munud yma."

Ond nid oedd hynny wrth fodd yr ymwelwyr. A daeth yn ofynnol cael rhyw gynllun arall er cael y dyn bach i'w gwahodd i mewn. Ni allent feddwl am ddim amgenach na dweud eu bod yn dra sychedig. Ac ni allai Twm lai na bod yn barod i roi llymaid i rai sychedig ar eu taith. Ond fel yr ofnai y buasent yn gwneud, cymerodd y gwŷr yr hyfdra o'i ddilyn i'r tŷ, heb unrhyw anghenraid amlwg am hynny, a phan welsant ar y pentan rywbeth a allasai fod yn badell bres, tybient mai ffolineb fyddai ffugio ymhellach. Aeth un yn syth at y pentan. Symudodd y sach a'r caead, heb ofyn caniatâd na chynnig esgus. "Fel yr oeddem yn amau!" meddai'n fyr, mewn goslef swyddogol.

Daeth Twm i'r fan fel mellten. "Amau beth, os gŵyr rhywun?" meddai, â'i lygaid yn fflachio dicter.

Gosododd y mwyaf heini o'r ddau ei law ar ei ysgwydd, ond ysgydwodd Twm ef ymaith gyda dirmyg. "Beth ydyw hyfdra fel hyn i'w gymryd yn fy nhŷ?"

"Pwyll, gyfaill! Beth sydd yn y badell, meddwch chwi?"

"Haidd i'r moch sydd ynddi."

"Does fawr o arogl haidd arno erbyn hyn," meddai'r swyddog.

Daliodd Twm i daeru ac i ffraeo nes poethi o'i dymer, ac yr oedd ar fedr torri'r ddadl yn yr hen ddull cyntefig gyda dyrnau, ond darbwyllwyd ef mewn pryd gan eiriau pwyllog y swyddog. "Fydd o ddiben yn y byd i chwi wneud twrw. Os nad ymostyngwch i ni, daw eraill. Ac ni fydd y camwedd—na'r gosb—yn llai o achosi trafferth ddianghenraid. Y peth callaf fyddai i chwi ufuddhau'n ddidwrw. Y mae yma ddigon o brofion o'r trosedd."

Gwelodd Twm bod rheswm yn yr hyn a ddywedwyd, a thawodd. Daeth syniad arall i'w ben.

"Mi ddwedaf i chwi beth," meddai, "hoffwn yn fawr gael gair efo gŵr Cymunod, sydd heb fod ymhell, o berthynas i'r ebol hwnnw, ac os caniatewch chwi hynny, addawaf finnau wneud wedyn fel y mynnoch, heb beri i chwi unrhyw aflwysdod."

Yr oedd hwn yn gynnig mor rhesymol fel mai ffolineb a fuasai ei wrthod, yn enwedig pan ystyrid bod y dyn bach yn edrych fel un na fyddai yn ddoeth croesi rhyw lawer arno. Trefnwyd felly, ac wedi i'r swyddogion gael costrelaid o'r hylif i'w gludo ymaith fel dangosiad o fedr Twm yng nghelfyddyd distyllio, aed tua Chymunod.

Daethpwyd o hyd i'r yswain yn ddi-oed, a chafodd yntau fraw wrth weld Twm fel carcharor yn sefyll rhwng dau ŵr â golwg swyddogol arnynt. Daeth i'r casgliad ar unwaith mai arwyddion helynt oedd yno.

"Ymddengys bod yn rhaid imi fynd efo'r gwŷr bynheddig yma i rywle," meddai Twm, gan dynnu ei het a chrafu ei gorun, "ac yr oeddwn yn meddwl, syr, y buasech chwi'n taflu golwg ar yr ebol—yr ebolion—tra byddaf i ffwrdd."

"Beth sy'n bod?" meddai Morys, gan droi at un o'r swyddogion.

Eglurodd hwnnw "beth oedd yn bod" fel petai'n cyflwyno'r achos i'r llys.

"Wel," meddai Morys, "mi adwaen i'r gŵr bach yma'n bur dda. Pa faint o feichiafaeth sy'n ofynnol?"

"Ni allwn ni ystyried hynny," oedd yr ateb.

Bu trafodaeth hir o barth i'r priodoldeb o gael meichiau i Twm yn yr yswain, ac yntau'n ynad hedd. A'r diwedd fu i'r yswain ymostwng, ac er ei ofid gwelodd Twm yn ymadael yng nghwmni'r swyddogion yn ôl gofynion y gyfraith.

Y noson y cymerwyd Twm i'r ddalfa am ddistyllio gwirod yn groes i reolau llywodraeth ei wlad, daeth gŵr dieithr i aros i Dafarn y Cwch. Y mae'n wir nad oedd a fynno'r ddau amgylchiad ddim â'i gilydd, ac na wyddai Twm ddim am ymwelydd Siôn Ifan, mwy nag y gwyddai hwnnw fod y fath un ar y ddaear â Thwm bach. Ond cronicl ydyw hwn yn dilyn dyddlyfr. Ac yn y dyddlyfr hwnnw daeth y ddau amgylchiad at ei gilydd am yr adwaenai Madam Wen y ddau wrthrych.

"Gŵr bynheddig" oedd y teithiwr. Adwaenai Siôn Ifan y rhywogaeth. A dyna iddo ef oedd un nodwedd arbennig ynglŷn â Madam Wen—rhai felly a adwaenai hi ymhobman. Ac fel y dywedodd yr hen ŵr wrtho'i hun ganwaith, gan ysgwyd ei ben yn ddoeth, golygai hynny "rywbeth."

Wedi blynyddoedd o'i hadnabod, ac o fanteisio ar y fasnach a ddygid ymlaen o dan ei chyfarwyddyd a'i hamddiffyniad hi, yr oedd Siôn Ifan wedi dyfod i goleddu syniadau uchel amdani, ac i deimlo'n gynnes tuag ati. Ar y dechrau nid oedd y berthynas rhyngddynt yn hollol felly, ond yn hytrach rhyw fath o gyd-ddwyn oedd yno, megis rhwng dau leidr. Wedi'r cyfan yr oedd yng nghyfansoddiad Siôn Ifan lawer o anrhydedd; rhyw ddyhead rhyfedd am drefn mewn anhrefn, am uniondeb mewn trosedd. Ac yr oedd y pethau hynny i'w cael yn ei natur amrywiol hithau.

Ar y llaw arall pellhau yr oedd y berthynas rhwng Siôn Ifan a Wil a Robin y Pandy. Fel y treiglai amser gwaethygai syniad yr hen ŵr amdanynt. Gwyddai am droeon brwnt yn hanes y ddau; gwyddai am weithredoedd na fuasai ond dihirod yn euog ohonynt. Dirywio yr oedd Wil a Robin, ac yr oedd yn mynd yn achos gofid i'r hen ŵr fod a wnelo'i lanciau ef ei hun ddim â hwy. A dweud y gwir, felly y teimlai Dic hefyd, ond nad oedd wiw sôn.

Dyn cymharol ieuanc oedd ymwelydd Siôn Ifan, ond dyn a'i yrfa fer wedi ei llenwi ag anturiaeth. Daethai i Dafarn y Cwch i chwilio am Madam Wen, am yr adwaenai hi flynyddoedd cynt. Ac fel dangosiad neilltuol o wrogaeth iddi hi y cymerodd Siôn Ifan arno'i hun yn bersonol fynd i'w hysbysu hi o ddyfodiad yr ymwelydd. Yr oedd profiad

wedi dysgu i'r teithiwr fod yn wyliadwrus, ac ni wyddai'r
tafarnwr, mwy nag eraill, ddim o'i hanes. Ni wyddent mai
anturiaethwr oedd, wedi gwneud ei ffortun, ac wedi dyfod
a'i drysor mewn llong i lannau'r hen wlad. Ond dyna oedd
y ffaith, ac i Madam Wen yn unig yr adroddodd hanes
rhyfedd ei ymdaith yn y wlad bell a thywyll y dychwelai
ohoni. Cadwodd hi ei gyfrinach. Ond yr oedd llygaid un
neu ddau o ddihirod arno serch hynny.

Gofalodd Siôn Ifan am i'r teithiwr gael ystafell iddo'i
hun a'i ymwelydd o'r Parciau, a chafodd y ddau ymgom hir
heb neb i'w tarfu. "Mi ddwedaf i chwi brofiad un prynhawn
yn fy hanes," meddai'r teithiwr, "a chewch chwithau farnu
pa un ai trais ai tegwch fu ar waith y tro hwnnw."
Rhyddhaodd wregys o'r fath a wisgid y dyddiau hynny, a
dododd ef ar fwrdd o'i flaen.

"Yr oeddwn yn un o saith," meddai, "ar hynt
helwriaethol, pan dynnwyd ni yn erbyn ein hewyllys i
ymgiprys â'r brodorion, mewn lle wrth enau afon Narbada.*
Lle tywyll ac eilunaddolgar i'r eithaf ydoedd, ac yn ôl pob
ymddangosiad ar y pryd, lle tlawd. Rhaid i mi ddweud
cymaint â hynna mewn ffordd o eglurhad, ac i ddangos nad
oedd yn ein bwriad ar y dechrau wneud dim o'r fath ag a
wnaed cyn y diwedd."

Syllodd hithau ar y gwregys, gan geisio dyfalu beth oedd
a wnelai hwnnw â'r adroddiad. Ond aeth ef ymlaen heb
gynnig amlygiad.

"Yn yr ymladdfa lladdwyd un o'n nifer, bachgen o Gaer,
a gwelsom ar unwaith mai dyna fyddai tynged pob un
ohonom os na fedrem gael y llaw uchaf ar ein gelynion. Mi
gredaf mai rhyw gymysgedd o ofn ac anobaith yn fwy na
dim arall a barodd i mi ymddwyn fel y gwnes. Prin y gwn
yn iawn sut y dechreuais, ond mae'n ymddangos mai fi
oedd y cyntaf i gipio fy nryll a rhuthro i'w plith fel dyn

---

* Afon Narmada yn Madhya Pradesh yn India.

lloerig. Yr unig atgof clir sydd gennyf ydyw fy ngweld fy hun yn eu canol yn ffustio o'm cwmpas yn ddireol ac fel dyn wedi colli ei synhwyrau. Gwelais fy nghymdeithion yn gwneud yr un modd, a'r peth nesaf yr wyf yn ei gofio ydyw gweld y brodorion yn troi eu cefnau ac yn ffoi, a minnau'n ymlid wedi ennill y dydd."

"Ni laddwyd yr un ohonynt, ond erlidiasom hwynt i ganol eu pentref, a'n harswyd wedi syrthio ar bob un, nes ffoi o bawb o'n blaenau fel anifeiliaid o flaen tân. Yn fuan daethom yn ddamweiniol ar draws adeilad gorwych oedd yn edrych yn debyg i deml, a chyda'r bwriad o ddangos nad oedd arnom ofn na Duw na dyn yn eu gwlad anwar rhuthrasom ar honno ac aethom i mewn."

Gafaelodd yn y gwregys a dadlennodd logell yn ei ganol. "Welais i erioed y fath ysblander ag oedd yno. Ni fuasai undyn yn amau o weld y creaduriaid tlodaidd eu hunain fod y fath olud yn gorwedd yn segur mor agos atynt. Ond edrychwch yma!"

Arllwysodd ar gledr ei llaw ddyrnaid o emau o bob lliw a llun; adamantau drudfawr â'u hwynebau lawer yn fflachio golau fel cynifer o lampau cain; emralltau heirddwyrddion liaws; rhuddemau cochach na'r gwin; meini saffir yn disgleirio fel yr haul, a pherlau claerwynion lawer.

"A welwch chwi hwn?" meddai wrthi, gan ddal yn ei law ddiemwnt mawr. "Hwn oedd llygad de un o'r duwiau mwyaf diolwg a addolwyd erioed gan greadur o bagan!"

"A dyma bâr o lygaid fflamgoch rhyw hen eilun arall a gawsom mewn congl dywyll yno." Neilltuodd ddau ruddem a fuasai'n gwerthu, am bris can erw o dir da ym Môn.

"Er mwyn yr hen amser gynt," meddai, "mi hoffwn yn fawr gael rhoddi hwn i chwi os byddwch mor hynaws a'i dderbyn ar fy llaw." Un o'r rhai mwyaf o'r gemau oedd hwnnw, diemwnt â'i belydr fel cyfundrefn gyfan o heuliau. Diolchodd hithau iddo.

Yn y llong yr oedd mwy o gyfoeth ar ffurfiau eraill, a heb fod mor hawdd eu diogelu mewn cylch bychan; llestri o aur ac o arian, cyrn ifori, sidanau a thrysorau eraill. Cael ei chymorth hi i ddiogelu'r rhain oedd amcan ei ymweliad â hi. Trefnwyd pa fodd a pha bryd i gyrchu'r trysor, a pha le i'w ddiogelu wedi ei gael. Llechai'r llong rhag gwynt y gorllewin ymhell i fyny'r culfor, ac ni wyddai neb i bwy y perthynai.

Gall mai'r ffaith mai nid ei heiddo hi ei hun oedd y nwyddau a fyddai mewn perygl a wnâi iddi deimlo'n anesmwyth. Neu gall bod rhyw rith o ofn arall wedi ei meddiannu hithau, fel yr oedd amheuaeth o un neu ddau o'r fintai wedi gafael yn Siôn Ifan. Nid oedd pethau yn union fel yr arferent fod. Braidd nad oedd hi'n ddig pan sylweddolai mor bryderus y teimlai. Dywedodd wrthi'i hun nad arferai fod felly. Daeth un munud arni pan fuasai'n dda ganddi gael dweud na theimlai'n dawel i roddi lloches i'r fath olud yn y fath le ac ymhlith y fath bobl. Ond ni ddywedodd hynny.

Yr hyn a ddywedodd wrth ymadael oedd, "Mi ddof i'ch cyfarfod fy hunan. A digon tebyg y dof â hen ŵr y dafarn gyda mi. Gallaf ymddiried yn llwyr ynddo ef."

Cartrefol iawn oedd Madam Wen er pan ddaethai yn ôl o'i mordaith yn y *Wennol*. Yr oedd y sôn am y fordaith honno wedi ei ledaenu yn y cylch cyfrin braidd cyn iddi hi gyrraedd adref. Aeth Huw Bifan i Dafarn y Cwch y noson y daeth y llong i mewn, a pharodd ddifyrrwch nid bychan i gynulliad detholedig o gwsmeriaid Siôn Ifan drwy adrodd hanes Abel Owen a'r modd y drysodd Madam Wen ei gynlluniau. Ac â'r stori honno y diddorai Siôn Ifan ei ymwelydd wedi i'r arwres droi ei chefn.

XII.
Ar y Llaerad

Gwyddai Madam Wen yn dda am ragorion yr encilion pan fyddai eisiau hamdden i feddwl. Yn ei hogof unig, heb neb i'w tharfu, treuliai oriau dedwydd yn cynllunio ac yn trefnu gwaith i'w mintai a hithau; heb neb i gynnig gwelliant, dim ond ei dychymyg ei hun, a'i threfn ei hun o'i roddi mewn gweithrediad. Mwynhâi'r bywyd gwyllt direol, yn eilun ei phobl, heb ofal yn y byd, nac unrhyw bryder.

Ond amser fu oedd hynny, fel y myfyriai'n awr. Wedi'r ymddiddan yn nhŷ Siôn Ifan aeth yn ôl i unigedd y Parciau a'i theimladau'n gymysglyd, os nad yn gythryblus. Yr oedd rhywbeth yn yr awyrgylch, neu ynddi hi, a barai i bethau gyfnewid. Ai cilio ymaith yr oedd yr hen ymddiried? Ai beth oedd y rheswm? Braidd nad oedd yn edifar ganddi ymgymryd â'r gwasanaeth a addawsai. Prin yr ystyriai hi ei hun yn abl i'w gyflawni. A oedd ei hyder wedi diflannu, ac ofn arni? Bron nad oedd bywyd y Parciau yn mynd yn ddiflas iddi, yn faich arni.

Drannoeth, aeth at y dafarn yn gynnar y prynhawn, gan led-obeithio y byddai'r teithiwr yno, ac y gwelai hithau gyfleustra i dynnu'n ôl heb goll anrhydedd. Odid nad allent lunio rhyw drefniad arall. Ond er siom iddi yr oedd ef wedi ymadael yn gynnar yn y bore. Pan welodd hi'r hen ŵr awgrymodd iddo fod rhesymau dros ddweud cyn lleied ag oedd modd am y gŵr dieithr wrth yr ymholydd a'r chwilfrydig, boed hwnnw bwy bynnag fyddai.

"Dim gair!" meddai yntau mewn sibrwd, ac aeth ymlaen mewn cywair uwch, a mwy di-daro, i ganmol hyfrydwch y dydd ei ddull o'i sicrhau hi bod gair i gall yn ddigon. Ni ddewisodd hithau ddweud mwy yr adeg honno, ond pan ddaeth amser noswylio yn y dafarn aeth yno eilwaith i hysbysu Siôn Ifan bod ganddi orchwyl i'w gyflawni cyn codiad haul drannoeth, ac y dymunai gael ei gymorth ef.

Yr oedd yn noson gymylog, a'r lleuad ryw ddeuddydd wedi'r llawn. Daeth at y drws a churodd yn ysgafn, ond pan agorodd Siôn Ifan ni fynnai hi fynd i mewn nes deall yn gyntaf nad oedd yno neb dieithr. Dymunai drafod ei neges yn ddirgel, lle nad oedd arall a allai eu clywed.

"Pryd y mae'r llanw yn y culfor heno?" gofynnodd.

"Tua'r un ar ddeg yma," atebodd yntau.

"Mae gennyf orchwyl sydd heb fod yn hollol wrth fy modd, Siôn Ifan." Sylwodd yntau nad oedd ei hunan-feddiant arferol i'w weld heno. Petrusai, fel pe'n myfyrio.

"Beth a garech chwi i mi ei wneud?"

"Mynd gyda mi i'r traeth. Mae yno—" ond ni orffennodd y frawddeg fel yr oedd wedi bwriadu. Trodd yn sydyn ato, ac edrychodd yn ei wyneb: "Dylaswn fod wedi egluro bod gan y gŵr dieithr oedd yma neithiwr lawer o drysor ar fwrdd ei long yn yr afon. Dyna pam y dymunwn i'w ymweliad fod mor ddirgel ag oedd modd."

Daeth gofid i wyneb Siôn Ifan. Ond ni ddywedodd air. Yn hytrach gwnaeth ymdrech i guddio'i deimladau. Yr oedd hithau yr un mor groendenau, ac ar unwaith yn ymwybodol bod rhywbeth allan o'i le. Ond ni wyddai beth. Tawodd hithau.

Trodd yr hen ŵr at y tân mawn, i gynhyrfu tipyn ar hwnnw. Aeth hithau at y setl hir ac eisteddodd. Ond ni ddeallent ei gilydd sut yn y byd. Un gair fuasai wedi cadw'r awyr yn glir, ond trwy ryw amryfusedd ni lefarwyd hwnnw.

Gofidio ynddo'i hun yr oedd yr hen ŵr wrth feddwl y gwelai ddymchwel ei hoff obeithion. Yr oedd wedi blino ar y sôn am ysbeilio. Braidd nad oedd cêl-fasnach wedi mynd yn atgas ganddo. Ac yr oedd wedi dyfod i feddwl ac i obeithio mai felly y teimlai hithau. Ond beth oedd hyn?

Ac amdani hi, ni ddaeth i'w hamgyffred unwaith nad oedd ei bwriad o gynorthwyo'r teithiwr, ac nid ei ysbeilio, yn hysbys i'r hen ŵr o'r cychwyn. A dyna gymylau duon rhyngddynt.

Wedi munud pellach o fyfyrio distaw, cododd ar ei thraed, â gwên ar ei hwyneb, "Ai tybed, Siôn Ifan, y buasem ein dau'n barotach petasai'r daith yn un ysbeilgar?"

Ni fuasai dyrnod â ffust yn ysgwyd mwy ar yr hen ŵr nag a wnaeth ei geiriau. Am funud gwelodd ei fyd bychan yn troi o'i gylch, a'i syniadau'r tu gwrthwyneb allan.

"Yn barotach! Ysbeilio! Cato pawb!"

Chwarddodd Madam Wen dros y tŷ, wedi deall y dirgelwch. Chwalwyd y cymylau, a daeth popeth i'w le, er y teimlai Siôn Ifan dipyn yn sigledig. Ond daeth mwy o nwyf i'w hymddygiad hi nes codi llawer ar ei galon.

"Bydd raid i ni gymryd gofal neilltuol," meddai hi. "Mae ganddo gryn bwysau o aur ac arian ac eiddo arall, a disgwylir i ni ddyfod a'r cyfan i ddiddosrwydd o hyn i'r bore."

"Purion. Pa bryd y cawn ni gychwyn? "Bydd y distyll ar y llaerad bump o'r gloch[*]. A fyddai'n well i ni gychwyn bedwar?"

"Byddai. Deuaf heibio am bedwar, ac mi guraf yn y ffenestr."

Wedi ei hebrwng i'r ffordd a'i gweld yn mynd o'r golwg i fyny'r allt tua'r eglwys, safodd Siôn Ifan funud yn y drws a gwelodd y lleuad yn dyfod i'r golwg o'r tu ôl i gwmwl du. "Mi gawn fore tywyll at bump o'r gloch!" meddai wrtho'i hun.

Aeth i'w wely'n ebrwydd, a chysgodd gwsg esmwyth meddwl tawel. Cysgodd yn drwm nes clywed cnoc ar y ffenestr, pryd y cododd yn ddiymdroi. Gwisgodd

---

[*] Llaerad/llaered: traethell; darn o dywod y gellir ei groesi pan fo'r llanw allan, ond a fydd dan dŵr fel arall.

amdano'n frysiog ac aeth i'r drws, gan ddisgwyl gweld caseg wen y Parciau a'i pherchen ar y groeslon. Ond nid oedd yno arwydd yn y byd bod neb ar y cyffiniau. Gan rwbio ei lygaid trodd am y tŷ eilwaith. Pan oedd ar yr hiniog digwyddodd sylwi ar y lleuad, oedd newydd ddyfod i'r golwg, ac yn prysur groesi darn o lesni rhwng dau gwmwl dudew. Yn y fan daeth i ddeall mai tua hanner nos ydoedd ac nid pedwar yn y bore. "Cato pawb!" sibrydodd wrtho'i hun, gan roddi peth o'r bai ar henaint am y camgymeriad. "Mi gymrwn fy llw i mi ei chlywed hi'n curo!"

Mor ddistaw ag y medrai aeth yn ôl i'w wely, gan gwyno iddo'i hun am i'w ddychymyg dorri ar ei gyntun heb fod eisiau, ond yn lled-amau er hynny ai dychymyg oedd. Yr oedd ynghanol trwmgwsg arall pan glywodd guro eilwaith. Wedi hanner deffro, cofiodd am y cytundeb â Madam Wen. Gorweddodd funud i wrando. Yn ebrwydd daeth dau gnoc clir a hyglyw ar y gwydr. "Does dim dau feddwl i fod ar hynna!" meddai, a chododd, a gwnaeth fwy o frys na chynt i wisgo amdano.

Ond pan aeth allan, nid oedd yno neb ar y cyfyl yn awr mwy na'r tro cyntaf. Llewyrchai'r lloer mewn wybren oedd bron yn glir, wedi dianc am ysbaid o blith y cymylau. "Taid annwyl!" meddai Siôn Ifan, wrth edrych ar honno, "dydi hi fawr gydag un o'r gloch y bore!"

Aeth i fyny'r ffordd i edrych a oedd yno rywun heibio'r troad ai peidio. Aeth i lawr, ac yn ôl ac ymlaen, gan sefyllian a chlustfeinio. Ond nid oedd na siw na miw i'w glywed yn unman. Daeth rhyw ias o ryndod trosto wrth iddo droi'n ôl am y tŷ. Nid oedd gormod o ofergoeledd yn Siôn Ifan, ac ni fyddai ofn y gwyll yn blino dim arno. Ond yn ei fyw ni fedrai lai na theimlo rywsut bod yno ryw ddylanwadau dieithr a dirgel megis yn hofran o gwmpas y tŷ y noson honno. Gorweddodd hanner awr effro yn gwrando ac yn disgwyl, ond heb glywed dim. O'r diwedd, daeth hûn i'w amrantau drachefn.

Deffrowyd ef y drydedd waith gan drwst curo pendant ar y ffenestr. Arhosai'r atsain yn ddigamsyniol wedi iddo ddeffro; a chyn iddo gael amser i ymysgwyd a chodi daeth y gnoc drachefn. "Ffat-tat! ar y ffenestr, yn hyglyw ac awdurdodol, fel pe byddai pwysigrwydd yn galw am frys. Ufuddhaodd yntau i'r alwad yn ddiymdroi, a goleuodd y gannwyll frwyn fel arwydd ei fod yn dyfod heb oedi. Yr oedd mor sicr yn ei feddwl y byddai Madam Wen o flaen y tŷ yn disgwyl amdano fel y cafodd siom fel ergyd wrth agor y drws ac heb ei chanfod yn unman.

Teimlai ychydig yn gysglyd a hurt, ac yn barod i rwgnach petai haws. A oedd hi'n peidio â bod yn chwarae rhyw gampau direidus ag ef gefn trymedd nos fel hyn? Dyna drawodd gyntaf i'w feddwl wrth weld nad oedd y gaseg wen yno. Ond syniad annheilwng oedd hwnnw erbyn ystyried. Yna daeth i sylweddoli mai cynnar iawn ar y bore oedd hi eto; rywdro rhwng dau a thri, ac yntau wedi deffro deirgwaith. Ond yr oedd ei feddwl wedi cael ei gythryblu ormod iddo fynd i orwedd eilwaith. Aeth i'r llain, a ffrwyn yn ei law, i ddal y merlyn.

Disgwyliodd hanner awr yn rhagor, nes blino'n disgwyl. Yna cychwynnodd tua'r Parciau. Disgwyliodd wedyn rhag ofn iddi fynd yn ei wrthgefn a pheri dryswch. O'r diwedd gwelodd hi'n dyfod, a'i gair cyntaf oedd ysmaldod wrth ei weld wedi troi allan mor fore a chyn yr amser.

"Yr ydych chwithau cyn eich amser," meddai yntau, gan ei amddiffyn ei hun yn wyneb ei chellwair.

"Breuddwydio wnes i," meddai hithau. "Breuddwydio eich gweld chwi a minnau mewn helynt yn ceisio dianc oddi ar ffordd rhyw ysbrydion drwg, ac yn methu syflyd, a'r rheini ar ein goddiweddyd." Faint bynnag o wir a ddywedai, yr oedd yn eglur oddi wrth yr ymddiddan a ddilynodd nad oedd a wnelai hi ddim â'r curo ar y ffenestr yn Nhafarn y Cwch, a barnodd Siôn Ifan mai tewi am hynny fyddai ddoethaf, ond yn ei fyw ni fedrai gael ymwared a'r atgof o'i brofiad annymunol.

Yr oedd Madam Wen yn ddistawach y bore hwnnw nag oedd ei harfer hi. A chan nad oedd ei chyd-ymdeithydd mewn cywair fawr yn well, teithient mewn distawrwydd. Wedi dyfod i gwr y traeth trowyd pennau'r meirch i fyny'r culfor gyda'r glannau, a chyn hir daethant i olwg y llaerad. Yma gadawsant y meirch a cherddasant tua'r lle oedd wedi ei benodi'n fan cyfarfod rhwng y teithiwr a Madam Wen. Yr oedd y lleuad wedi ymguddio ers meitin y tu ôl i gwmwl trwchus.

Cerddasant ôl a blaen am ysbaid gan ddisgwyl. Ond nid oedd yno unrhyw arwydd o'r gŵr a geisient. Wylofain y môr wrth adael y tywod oedd yr unig sŵn a ddeuai i'w clyw.

"Beth oedd hwnacw?" gofynnodd Siôn Ifan yn sydyn, gan sefyll i bwyntio braich ar draws y draethell.

"Ni welais ddim!" atebodd hithau'n gynhyrfus, gan nesu at yr hen ŵr a gafael yn ei fraich. Yn ddiddadl yr oedd ei breuddwyd neu rywbeth arall wedi gwanhau ei nerfau cryfion hithau y bore hwn. Ai ynte cynnwrf Siôn Ifan a'i dychrynodd am funud?

"Mi gymraf fy llw i mi weld rhyw lygedyn o olau yn y cwr draw," eglurodd yr hen ŵr, gan ddal i syllu'n graff. "Fuasem ni dro bach yn mynd yno. Beth 'ddyliech chwi? Âf ar fy llw mai golau a welais!"

Cychwynnodd y ddau fraich ym mraich ar draws y draethell wlyb, heb fawr o ddim i gyfeirio'u ffordd a'r tywod yn fyw o dan eu traed. Yn y pellter clywent sŵn cwynfan y môr.

Fel y dynesent at lan y llif, ei llygad cyflym hi oedd y cyntaf i ganfod rhyw bentwr tywyll yn gorwedd ar y tywod. Gafaelodd yn dynnach ym mraich Siôn Ifan. Beth allai fod, â mân donnau olaf ac eiddilaf y llanw yn chwarae o'i gylch fel petaent yn hwyrfrydig i'w adael? Pan syrthiodd llygad llai craff yr hen ŵr arno, cyflymodd ei gerddediad nes dyfod i'r fan. Yr oedd ef wedi gweld llawer golygfa debyg, ond amdani hi, safodd ryw ddwylath yn ôl, gan grynu fel deilen, a rhyw ofn nad allai ei draethu yn ei mynwes.

"Mae'n ddyn go fawr," sibrydodd Siôn Ifan, yn fwy wrtho'i hun nag wrthi hi. Nid oedd darganfod corff ar y traeth yn beth dieithr i breswylwyr y glannau, ac er y dangosent y gwylder tawel a ddisgwylir pan ym mhresenoldeb y marw, eto yr oedd gwahaniaeth; corff ar y traeth ydoedd, ac nid gŵr marw yn ei dŷ.

"Mewn gwisg dda hefyd!" meddai wedyn. Nid oedd wedi taro i'w feddwl o gwbl y gallai'r truan fod yn neb a adwaenai ef. Estron o ryw long neu'i gilydd. Ni cheid cyrff gwŷr Llanfihangel-yn-Nhowyn ar y tywod ar y traeth.

Ond amdani hi, ni allai ers meitin ffurfio'r geiriau a fuasai'n adrodd ei hofn.

Ac fel y syllent, daeth paladr o oleuni gan ddisgyn ar draws y llif, fel llwybr o arian yn dawnsio ar wyneb y dŵr, ac yn dynesu. Edrychodd Siôn Ifan i fyny mewn dychryn, ond cafodd dawelwch meddwl ar unwaith wrth weld ymylon carpiog cwmwl du yn llachar o belydr claerwynion y lloer ar ymddangos.

Teithiai'r llwybr yn gyflym tuag atynt, a heb yn wybod iddi'i hun symudodd Madam Wen gam neu ddau yn nes. Am ennyd fer cafodd syllu ar wyneb John Ffowc y teithiwr, yn welwlas yn angau. Yr oedd fel pe mynnai ef alw cyn ymadael i'w hysbysu hi o'i dynged. A daeth tywyllwch eilwaith i ordoi'r traeth.

Safodd y ddau am funud heb yngan gair. Ei hawydd cryfaf hi oedd dianc ar unwaith. Ond meistrolodd yr awydd hwnnw.

"Taid annwyl! Sut y digwyddodd hyn, tybed!" meddai Siôn Ifan.

Yr oedd yn anodd ganddi gynnig yr esboniad a gynigiai ei hun iddi hi. Ond ail-feddyliodd. "Yr oedd ganddo wregys ag ynddo emau lawer," sibrydodd.

Cymerodd Siôn Ifan yr awgrym a chwiliodd. "Mae hwnnw wedi mynd!" A dyna'r munud cyntaf i'r syniad mai trais fuasai yno ddyfod i feddwl Siôn Ifan, er yr ofnai hi o'r cychwyn. Mewn ufudd-dod i ryw duedd elfennol mewn dyn yn ddiamau y dechreuodd yr hen ŵr edrych o'i gwmpas pan ddaeth y syniad ato. Ond nid oedd dim i'w weld.

'Byddai'n well i ni fynd adre!" sibrydodd hi.

"Byddai!"

Cychwynasant mor ddistaw â dwy lygoden, a da oedd ganddi hi gael mynd o'r fan. Wrth droi ei chefn ar gorff y marw, wedi deall y gwaethaf, diflannodd y rhan fwyaf o'r ofn a fu arni. Wrth groesi'r traeth i ddyfod i'r lle, yr oeddynt wedi teithio ar hanner cylch oherwydd y tywyllwch. Ond yn awr, gan wybod eu cyfeiriad yn well, trwy gadw yn nes i'r llif, a'u hwynebau tua Chymyran, torrent y ffordd. Ni siaradent air, ond cerddai hi ym mraich Siôn Ifan mewn myfyrdod dwfn.

Wedi iddynt gerdded peth ffordd, safodd Siôn Ifan yn sydyn, gan sibrwd, "Ust!"

Estynnodd ei fys, ac edrychodd hithau, a gwelsant o'u blaenau, heb fod ymhell, olau egwan. Gwyddai'r ddau o ba le y deuai'r golau. Gwyddent yn dda am yr ystordy bychan, hanner-adfail, a safai ymysg y creigiau ryw bum canllath o enau'r culfor.

Dymuniad Siôn Ifan oedd cael troi ffordd arall a mynd adre mor ddistaw ag y medrent. Ond nid felly Madam Wen. Pan welodd hi'r golau gwan drwy gil drws yr hen ystordy, daeth temtasiwn ati na allai hi ei gorchfygu. Dyma antur, a rhaid oedd cael mynd. Dyma waith yn galw am ofal, a dirgelwch, a rhyfyg; a chiliodd pob ofn ar unwaith. Yn unig yr oedd Siôn Ifan yn dipyn o gyfrifoldeb. Ond arweiniodd yr hen ŵr yn erbyn ei ewyllys ar gylch ac yn ddistaw i lecyn diogel yng nghysgod craig, ac aeth ymlaen ei hun gan symud fel lledrith.

Fel y dynesai, clywai leisiau rhai'n siarad. Yr oedd yr hen ddrws hanner pydredig ar un bach, ac wedi ei gil gau. Nesaodd ato'n ofalus, a thrwy'r agen rhwng y ddôr a'r ystlys gwelodd wynebau dau a adwaenai. Ac nid amheuai nad oedd yr wynebau hynny wedi eu hagru gan euogrwydd llofruddion.

Ymgecru'r oeddynt ar ôl rhannu'r ysbail. Yn eu cyhuddo eu hunain o'u geneuau eu hunain. Cweryla uwchben yr ysbail, er y gorweddai'r gŵr a lofruddiwyd ar ei elor llaith gan aros am y gwasanaeth olaf oddi ar law'r rhai oedd wedi tywallt ei waed.

Pan feddyliodd hi eu bod ar godi ac ymadael, ciliodd yn ôl fel cysgod, a daeth at Siôn Ifan. Â'i llaw ar ei fraich, galwodd am ddistawrwydd fel y bedd.

Clywsant yr hen ddrws yn gwichian ar ei unig fach, ac yna lais garw un yn gofyn, "Ble mae'r ysgerbwd, dywed?"

Adwaenodd Siôn Ifan lais Robin y Pandy, a phlygodd ei ben. Tynhaodd hithau ei gafael yn ei fraich.

"Cau dy geg lydan!" meddai'r llofrudd arall, yn is ei dôn. "Beth wyddost ti nad oes yma rywun o gwmpas!"

Dechreuodd calon yr hen ŵr guro fel gordd, wedi deall pwy oedd hwnnw eto. Ond yr oedd ei gafael hi yn dynn yn ei fraich yn ei gynnal i fyny, er y daliai hi ddryll yn ei llaw arall rhag digwydd damwain. Ond cerddodd y ddau lofrudd rhagddynt heb fawr o feddwl bod neb o fewn clyw. A phan dybiodd Madam Wen ei bod yn ddiogel symud, arweiniodd yr hen ŵr ymaith ar draws y tywod mor gyflym â phetai wŷr a chleddyfau yn eu hymlid. ni fu erioed yn well gan fam weld ei phlentyn nag oedd gan y ddau weld y gaseg wen a'r merlyn yn pori'n dawel ymysg yr eithin ger y traeth.

Nid agorodd yr hen ŵr ei enau nes dyfod i olwg Llyn Llywelyn, a'r cartref heb fod ymhell. "Taid annwyl!" meddai yn y fan honno, gan geisio crynhoi mewn dau air ei sylwadau i gyd ar brofiadau chwerwon y bore.

"Pwy a wâd bod coel ar freuddwyd?" meddai hithau. "Dyna 'mreuddwyd i i ben!

"Ie, ac mi fu acw ryw guro rhyfedd iawn hefyd ar hyd y nos am wn i," meddai yntau. "Mi godais o'm gwely deirgwaith gan feddwl mai chwi oedd yn curo. Rhyfedd iawn! Taid annwyl! Beth ddaw ohonom!"

"Siôn Ifan! I Dafarn y Cwch yr wyf fi yn mynd y bore yma, petai yno bymtheg o fwganod!

"Purion!" atebodd yntau, yn rhy lawn o'i fyfyrdodau ei hun i gymryd sylw mawr o'r hyn a ddywedai hi. "Taid annwyl!" sibrydai'n hanner hyglyw, "Dyna ni wedi mynd i'n crogi 'nte! Wil yn llofrudd! Robin yn llofrudd! Taid annwyl! Wil a Robin yn llofruddion!"

XIII.
Gwaeledd Siôn Ifan

Yr oedd baich ar feddwl Catrin Parri, Tafarn y Cwch: baich a deimlai'n drymach am ei bod yn hen wraig nad arferai ddweud llawer o'i chyfrinach wrth neb.

Yr oedd ganddi feddwl lled dda o Nanni Allwyn Ddu. Yr oedd pethau rhyfedd yn Nanni, chwedl Catrin Parri, ond o'i chymryd at ei gilydd "un go lew" oedd Nanni; ac nid y lleiaf o'i rhinweddau, yng ngolwg yr hen wraig, oedd y medrai gadw cyfrinach cystal â neb. Ac nid un ddwl oedd hi chwaith am air o gyfarwyddyd call pan fyddai rhywun mewn amgylchiadau chwithig. "Ac y mae hi wedi'i magu efo'r hogia' yma, ac mi fyddaf yn meddwl y bydd gan Dic yma fwy i'w ddweud wrthi hi nag wrth neb arall."

A dyna glo ar benderfyniad distaw yr hen wraig i ddweud ei helynt wrth Nanni y cyfle cyntaf a gaffai.

"Wn i ddim beth sydd wedi digwydd i Siôn Ifan yma," meddai wrth Nanni pan ddaeth y cyfle hwnnw un noson.

"Pam? Beth ydyw'r helynt?"

"Wn i ddim yn enw'r tad. Welais i erioed mohono yr un fath. Mae o wedi mynd yn ddigri iawn." Yr un peth â rhyfedd oedd " digri" Catrin Parri.

"Yn ddigri sut?" gofynnodd Nanni.

"Mae o'n bethma iawn byth er rhyw noson pan aeth o ar neges i'r traeth dros Madam Wen. Mae rhywbeth ar ei feddwl o, mae'n rhaid. Mae o fel petai wedi hurtio, ac yn mwmian siarad wrtho'i hun hanner ei amser."

"Mi fydd llawer un yn gwneud hynny."

"Mae rhywbeth ar Siôn!" meddai Catrin Parri'n derfynol, gan nad pa mor gyffredin oedd clywed pobl eraill yn siarad â hwy eu hunain. "Ni fu erioed yr un fath. Nid ydyw'n ddim ganddo adael i'r cwrw redeg ar ôl bod yn tynnu diod i gwsmer."

Yr oedd grym yn nadl gwastraff y cwrw, pan gofid mai am Siôn Ifan yr oedd y siarad. Yr oedd hynny mor groes i'w natur. Lled argyhoeddwyd hyd yn oed Nanni wrth glywed hynny. "Beth fydd o'n ei ddweud wrth siarad ag ef ei hun?"

"Yn wir, ni fydda i ddim yn dewis dangos iddo y byddaf yn ei glywed o. Mi glywais rywbeth am Wil ddwywaith neu dair, ond ni wn i ddim beth oedd."

"Felly," meddai Nanni, â'i phen yn gam. "pa ddrwg newydd y mae'r gwalch hwnnw wedi ei wneud, ys gwn i?"

"Ni wn i ar y ddaear. Neithiwr yr oedd Siôn yn ddrwg iawn. Cerddai yn ôl ac ymlaen yn ddiamcan, yn mwmian mwy nag erioed. Ar ryw sgwrs rhyngddo ag o 'i hun mi clywais o'n dweud fel hyn, 'A Robin hefyd! Taid annwyl!' A golwg digri iawn arno fo."

"Robin y Pandy oedd hwnnw, mae'n siŵr," meddai Nanni. "Mae'n rhaid bod Wil a Robin wedi bod mewn rhyw ddrwg gwaeth na'i gilydd, a hynny'n poeni Siôn Ifan."

Wedi dyfod i'r casgliad hwnnw, gwnaeth Nanni ei gorau i geisio cysuro'r hen wraig, gan ddal allan mai dim ond rhyw ffrwgwd rhwng dynion oedd y mater, ac yr âi hynny heibio fel popeth arall, ac y deuai Siôn Ifan ato'i hun cyn hir. Ond ar yr un pryd teimlai fwy o chwilfrydedd nag a ddangosai, a phenderfynodd na chadwai'n ddieithr o Dafarn y Cwch, rhag ofn bod rhyw ddrwg.

Collwyd John Ffowc y teithiwr o'i long, ac ni wyddai ei longwyr i ba le i fynd i chwilio amdano. Aethai i'r lan ar ei ben ei hun un noson, a byth er hynny ni welsant mohono. Am ddeuddydd neu dri ni ddaeth i'w meddwl fod hynny'n arwyddo unrhyw ddrwg, canys yr oedd wedi mynd a dyfod yn yr un modd amryw weithiau cyn hynny, heb egluro i neb i ba le yr âi na pha beth a geisiai. Ond wedi tridiau neu bedwar o ddisgwyl, aeth meistr y llong i'r lan ac i Dafarn y

Cwch. Ond fel y digwyddai fod, nid oedd Siôn Ifan ar gael. Yn hollol groes i'w hen arferiad yntau, yr oedd y tafarnwr y dyddiau hynny yn mynd ar grwydr na wyddai Catrin Parri yn y byd i ba le nac i ba amcan. A digwyddai y prynhawn y daeth y capten llong yno fod yn un o ddyddiau gwaethaf yr hen ŵr. Ond medrai'r hen wraig ei hunan sicrhau'r morwr nad oedd y gŵr dieithr am yr hwn y gofynnai wedi bod yn y dafarn byth er y noson honno y bu yno pan ddaeth y llong gyntaf i'r culfor. O ganlyniad rhaid oedd chwilio am y teithiwr yn rhywle arall, ac aeth y capten yn ôl i'w long i ddweud wrth ei gydforwyr mai ofer fu ei ymchwiliad y tro hwn.

Bu'r llong yn curo o gwmpas y glannau yn ôl ac ymlaen am dair wythnos ar ôl hynny, a llygaid un dyn yn arbennig yn hoeledig arni pan ymddangosai, a breuddwydiai amdani'r nos, breuddwydion cyffrous cydwybod euog. Ond cuddiodd y môr bob arwydd o'r weithred ysgeler. Ac o'r diwedd meddyliodd y capten mai mynd i ryw hafan arall i chwilio am ei feistr fyddai'r doethaf. Ac un bore gwelodd Robin y Pandy'r llong yn hwylio allan i'r môr am y tro olaf. Gwelodd hi'n diflannu yn y pellter, fel aderyn corff, o'r diwedd, yn cymryd aden rhag ei flino mwyach.

Gwaethygu roedd pethau yn Nhafarn y Cwch, a mynd yn fwy difrifol yr oedd cyflwr Siôn Ifan. Yr oedd mor ddrwg un prynhawn fel y gyrrodd Catrin Parri air ar frys at Nanni i ofyn iddi ddyfod yno yn ddiymdroi, os gallai sut yn y byd. Ar fin yr hwyr daeth hithau.

Yr oedd Siôn Ifan yn wael. Ac yr oedd gwaeledd yn beth mor ddieithr yn ei hanes fel nad oedd yn medru sylweddoli mai gwael oedd. Ac ni wyddai'r hen wraig chwaith ddim beth i'w feddwl na'i wneud. Pan gyrhaeddodd Nanni, cafodd yr hen ŵr â'i wyneb cyn goched â chrib ceiliog, yn tuchan, ac yn llusgo o gwmpas; yn methu bwyta, ac yn methu gorffwys, ac eto bron a methu symud; yn ysgafn ei ben ac yn flin ei dymer; yn methu dirnad pam nad oedd pethau fel arfer. Yr oedd Catrin Parri yn awgrymu hyn, ac yn awgrymu'r llall, mewn poen meddwl, ac wedi mynd i ofni mai mynd o'i synhwyrau yr oedd Siôn.

Cynllun a chyngor Nanni oedd anfon ar unwaith am Madam Wen. "Mi af i chwilio amdani fy hunan," meddai Nanni, a ffwrdd â hi.

Yr oedd Madam Wen ar gael. Nid oedd Nanni wedi ei gweld ers ysbaid, a thrawodd i'w meddwl ar unwaith y gwelai ryw gyfnewidiad yng ngwedd arglwyddes y Parciau. Gallai mai blinedig yn unig oedd hi. Ond yr oedd gan Nanni lygad craff, a gwelai fod rhywbeth ar ôl, a fyddai'n arfer bod yno. A phan ddywedodd ei neges, nid oedd unrhyw amheuaeth ym meddwl Nanni na chynhyrfodd hi fwy wrth glywed am Siôn Ifan yn wael na phetai wedi clywed am lawer un yn marw. Heb golli munud, cychwynnodd am Dafarn y Cwch, fel un yn gweld pob munud yn awr.

Barn Madam Wen oedd mai twymyn oedd ar Siôn Ifan, a than ei chyfarwyddyd hi rhoddwyd ef yn ei wely. Gwyddai pawb i ble i droi am y gelod gwaed pan fyddai angen amdanynt, ac aeth Nanni i Allwyn Goch yn ddi-oed. Cadwai'r hen wraig honno lysiau hefyd, a'u rhinweddau'n fawr ac yn hyglod. Pan ddychwelodd Nanni dygai gyda hi amryw lysiau crin, a chyfarwyddiadau pa fodd i'w trin a'u harfer, a dechreuwyd ar unwaith ar y gwaith o feddyginiaethu Siôn Ifan.

Ond noson derfysglyd oedd o'u blaenau, er na wyddent hynny. Wedi gwneud a allai, dychwelodd Madam Wen i'w chartref ger y llyn, gan adael y claf yng ngofal yr hen wraig a Nanni; a Dic wedi dyfod adref ac yn edrych ar ôl y ddwy.

Ryw dro yn y plygain deffrodd Siôn Ifan o gwsg terfysglyd, a gwaeddodd dros y tŷ mewn llais oedd yn annaturiol o gryf a chroch. Rhuthrodd Nanni i'r ystafell fel mellten, a Chatrin Parri wrth ei sodlau mewn dychryn dirfawr. Deffrowyd Dic o gyntun ar y set hir.

Yr oedd yr hen ŵr wedi codi ar ei eistedd ac yn pwyntio'i fys i ryw bellter dychmygol. Yr oedd rhyw gynnwrf annaearol yn ei lygaid. "Edrychwch acw!" gwaeddodd, nes bod y lle'n crynu.

"Beth sydd yna, Siôn?" meddai Catrin Parri, gan amcanu ei gael i dawelu. Ond ni chymerodd yr hen ŵr y sylw lleiaf ohoni.

"Welwch chwi'r golau yna?" llefodd wedyn, nes gyrru rhyw gryndod arswydus trwy'r ddwy. Ni wyddai Dic beth ar y ddaear i'w wneud ohono.

"Mae rhywbeth du yn y fan acw!" meddai'r hen ŵr, mewn sisial croch. "Ni fydda ni fawr a phicio yno. Waeth i ni hynny!" A chyda'r gair gwnaeth ymgais i symud. Ond ar amnaid oddi wrth Nanni, daeth breichiau cryfion Dic i'w rwystro, a'r hen wraig yn ymyrryd orau y gallai.

"Colli arno'i hun yn lân y mae o, welwch chwi!" meddai Catrin Parri'n wylofus. "Gorwedd di'n llonydd, Siôn. Mi fyddi di'n well yn union."

Ond nid oedd gan Siôn Ifan druan glust i wrando ar gyngor yn y byd. Yn nhraeth y llaerad yr oedd ei feddwl terfysglyd, ac ail-edrych yr oedd ei lygaid ar olygfeydd annymunol y noson annifyr honno pan alwyd ef o'i wely cyn yr amser gan wŷs o fyd yr ysbrydion. Daliodd Dic afael tynn ynddo nes mynd y storm honno heibio.

Ond nid llawer cynt yr ail-orweddodd nag y dechreuodd sibrwd wrtho'i hun mor gyflym fel mai ychydig o'r hyn a ddywedai a ddeallid. "Mae o wedi bod yn ddychryn arswydus iddi hi... Taid annwyl! Neithiwr yr oedd o acw cyn iached â minnau.. . a dyna fo'n gorff ar y traeth... Taid annwyl! Diaist i Mynd adre fyddai gorau i ni! Wybod ar y ddaear... Dydi hi ddim yn ddiogel yn y fan yma... Welwch chi hi! Mor fentrus ydi hi! Diaist ti! Mae arna'i ofn amdani hi! dda gen i Ond beth... Beth wybod! Mi fuasai'n petai hi'n dyfod oddi yna ac adre wnewch chi! Un fentrus oedd Madam Wen erioed... Diaist ti! Dyma hi yn dyfod!"

Ymhen ennyd, â phawb yn ddistaw iawn, torrodd yr hen ŵr allan i wylo dros y tŷ, yr hyn a barodd i ddagrau Catrin

Parri hefyd redeg yn hidl mewn cydymdeimlad. Wylai Siôn Ifan fel Blentyn. "Wel! Wel!" meddai'n ddrylliog. "Ac mae wedi dyfod i hyn o'r diwedd! Wil Llanfihangel yn llofrudd! Yn llofrudd! Taid annwyl! Yn llofrudd! A Robin hefyd! Dyma hi wedi mynd i'w chrogi arnom!"

Ar hyn neidiodd i fyny'n gyffrous, ac mewn llais cryf awdurdodol gwaeddodd nes ysgwyd y gwely, "Catrin! Ble mae Dic? Wyt ti'n fy nghlywed i? Ble mae Dic ac Ifan?"

SCrwydro mae'i feddwl o," sibrydodd Catrin Parri, ar golli ei gwynt gan ddychryn. Ond prin y clywodd Nanni na Dic sylw'r hen wraig. Gwyddai'r ddau'n reddfol, os mai crwydro'r oedd, mai gofal am ei feibion oedd wrth wraidd y gofyniadau. Gofal tad rhag ofn i'r gymdeithas lychwino'r meibion.

Am hanner awr ymhellach clywsant ef yn adrodd ac yn ailadrodd ei brofiadau chwerw, fel o'r diwedd nad oedd dim yn ôl nad oeddynt yn ei wybod. Cafodd Catrin Parri esboniad llawn ar ymddygiad rhyfedd yr hen wr y dyddiau cynt; eglurhad cyflawn ar yr holl sefyllian diamcan a'r sibrwd wrtho'i hun, a'r crwydro. Yr oedd Dic mor fud â throed y gwely, ac yr oedd wyneb Nanni fel y galchen.

Ond o dipyn i beth arafodd y dwymyn o dan effaith y cyffuriau. Tawelodd y claf, ac o'r diwedd llithrodd i gwsg drachefn. Pan ddaeth Madam Wen heibio ar doriad y dydd, yr oedd ef yn cysgu, a'r hen wraig yn gwylio ei hunan. Sibrydodd wrth ei hymwelydd iddynt gael noson gynhyrfus iawn, a llawer o drafferth, ond nid ynganodd air o'r hyn a glywsant mewn brawddegau mor ddychrynllyd gefntrymedd nos.

Gyda'r hwyr drannoeth yr oedd Nanni ar ei ffordd i Dafarn y Cwch drachefn i edrych am Siôn Ifan. Yn naturiol yr oedd profiad y noson cynt wedi effeithio'n drwm arni, a'r hyn a glywsai wedi suddo'n ddwfn i'w meddwl. Nid oedd wedi ei gael allan o'i chof am funud o'r dydd. Ond yr oedd mor newydd fel nad oedd wedi dyfod i'w hamgyffred pa beth a wnâi neu a ddywedai pe digwyddai iddi gyfarfod ag un o'r ddau adyn, ac yr oedd yn ddigon tebyg mai cyfarfod Wil a wnâi cyn hir iawn.

Am ei bod felly mor amharod y cafodd fraw wrth weld Wil yn cerdded i'w chyfarfod ryw bum can llath oddi wrth y dafarn. Dihangodd pob syniad o ben Nanni fel adar yn cymryd adenydd, a churai ei chalon nes ofnai iddo glywed twrf y curiadau.

"I ble 'rwyt ti'n mynd?" gofynnodd iddi, ac er gwaethaf ei dychryn a'i chynnwrf yr oedd yn ddigon llygad-agored i ganfod bod y dihiryn yn bur glaear ag ystyried popeth.

"I Dafarn y Cwch i edrych am Siôn Ifan." Y munud y dywedodd hi hynny, bu'n edifar ganddi, gan ofni i'r hyn a ddywedodd ei harwain i brofedigaeth trwy orfod egluro.

"Am Siôn Ifan? A ydyw'r hen ŵr yn wael?"

"Na, does dim llawer o helynt arno, ond 'mod i wedi mynd â rhyw ddŵr dail iddo neithiwr o Allwyn Goch."

"Yr wyf innau'n mynd rhyngof ag Allwyn Goch. A ddoi di efo mi?"

"Na ddof yn siŵr. Mae Catrin Parri'n disgwyl amdanaf, a rhaid iti beidio â'm cadw chwaith."

"Cymer amser. Y mae arnaf eisio dy weld ers dyddiau."

Daeth ofn dirfawr ar Nanni wrth glywed hynny.

"Mi wyddost, Nanni, 'mod i wedi bod yn ddyn cynnil am flynyddoedd..."

"Mi wn yn dda, ac mi ŵyr pawb arall, dy fod di wedi bod yn gybydd. A does dim galw am i ti 'nghadw i yn y fan yma i'm hysbysu o hynny." Gwnaeth Nanni ymgais i chwerthin, ond ymgais wael ydoedd.

"Paid â bod mor finiog dy dafod. Dweud yr oeddwn i 'mod i wedi bod yn fforddiol a chynnil ar hyd fy oes, ac mi fedraf ddweud heddiw 'mod i'n gyfoethog hefyd. Yn gyfoethog iawn, Nanni!"

Ni farnodd hi bod eisiau ateb hynny, na sylwi ar y peth ymhellach; ond aeth Wil ymlaen â'i ymffrost.

"Gall y synnet ti petawn i'n dweud y medrwn brynu yswain Cymunod a'i ystâd i gyd, er cymaint gŵr ydyw."

"Gad di lonydd i'r yswain nad oes a wnelot ti ddim â fo."

Er ei fod wedi addo iddo'i hun y cadwai ei dymer o dan reol am y tro, methodd Wil beidio â bradychu'r casineb a deimlai tuag at yr yswain, a dangosodd ef drwy un o'i regfeydd arferol. Ond aeth ymlaen wedyn.

"Oes, mae gen i ddigon o foddion i godi plasdy i mi fy hun, ac i fyw'n segur o hyn allan."

"Rhwydd hynt i ti efo d'aur a'th blasdy, Wil. Mae'n rhaid i mi fynd yn fy mlaen."

Aros funud bach, Nanni, a phaid â bod mor ddi-bwyll. Nid wyt ti ddim wedi gadael i mi ddarfod fy stori. Mi fydd arnaf eisio gwraig yn fy mhlasdy. A phwy ond yr hen Nanni Allwyn Ddu?"

Ar hyn gwnaeth symudiad i afael yn ei llaw. Ond neidiodd Nanni o'i ffordd fel petai'r gwahanglwyf arno. Rhyw nwyd gynhenid a wnaeth iddi ei anghofio'i hun. Ac ni allai beidio. Yn wir, yr oedd yn edifarhau y munud nesaf am ddangos "gwendid."

Gwelodd yntau'r symudiad yn eglur iawn. Ac yr oedd y dicter a deimlai yn amlwg yn ei wedd. Nid oedd wedi meddwl y buasai perswadio Nanni i'w briodi yn waith hawdd. Ond credai y byddai ei gyfoeth yn y diwedd yn anogaeth. Ac yn sicr nid oedd wedi dychmygu y buasai hi yn dangos sarhad. Am funud ni wyddai beth i'w ddweud.

"Mae gennyt ti syniadau mawreddog iawn er pan wyt ti tua Chymunod." Chwiliai am y rheswm oedd yn dygymod orau â'i ragfarnau ef ei hun.

"Does dim galw am i ni ffraeo ynghylch y peth," meddai Nanni.

"Nac oes. Ond paid ti â meddwl 'mod i heb fod yn gwybod bod un neu ddau ohonynt yn cynllwyn yn f'erbyn i. Mi ddwedais i o'r dechrau sut y byddai hi, ag yswain Cymunod yn gwybod ein hanes. Does dim daioni o'r chwedleua yma. Hwyrach bod Madam Wen yn dy gyfarwyddo di pwy i'w briodi a phwy i'w wrthod. Ond cymer di fy ngair i na fydd dim llawer o raen arni hithau wrth fynd ymlaen fel y mae hi. Mae rhai ohonom wedi diflasu eisoes."

"Yr wyt ti'n siarad ynfydrwydd," meddai Nanni, gan deimlo bod rhywbeth yn ddieflig yn yr atgasedd a ddangosai wrth sôn am Madam Wen.

"Cawn weld!" meddai yntau, yn awr yn barod i fynd i'w ffordd, a chadw ei siomiant iddo'i hun nes cael cyfle arall.

"Yr wyt ti wedi 'nghadw'n hir, â'r hen greadur gan Siôn Ifan yn disgwyl amdanaf."

Da iawn oedd ganddi gael ymwared ag ef, a mynd i'w ffordd hithau.

XIV.
Ym Mhen Tre'r Sir

Ni chafodd Twm ddyfod yn ôl i Ben y Bont i aros dydd ei brawf, ac ar yswain Cymunod y gorffwysodd cyfrifoldeb yr ebolion a'r moch am gyfnod. Ac nid esgeuluswyd hwynt. Yr oedd Morys yn hoff o Twm, a hiraethai am ei gael yn ôl. Yn wir, gofidiai am dynged y dyn bach, a byddai'n fynych yn ceisio meddwl am ryw ffordd i drefnu amddiffyniad a fuasai'n cael Twm yn rhydd. Ond yn wyneb y tystiolaethau i'w erbyn, ni welai unrhyw debygrwydd iddo gael osgoi'r gosb.

Ymddengys er hynny fod rhywun arall oedd yn cadw llygad yn agored ar Twm a'i amgylchiadau, a syndod digymysg i Morys oedd cael gair oddi wrth Einir Wyn ryw dridiau cyn y prawf. Yn hwnnw dywedai fod helynt y dyn bach o ardal y llynnoedd wedi dyfod i'w chlyw hithau. Dywedai hefyd yr amcanai hi wneud a allai erddo pan ddeuai'r amser addas i ymyrryd.

Yr oedd hynny'n newydd da, ond beth am y llawenydd o ddeall y byddai hi ym mhen tre'r sir y dyddiau hynny, ac y gobeithiai weld Morys yno hefyd! Ofnir i Twm a'i achos fynd yn llwyr o feddwl ac o fryd yr yswain am ysbaid hir tra bu'n ei longyfarch ei hun ac yn llawenhau.

Ond teg ydyw dweud i'w feddyliau ddyfod yn ôl eilwaith at Twm. Methai ddeall sut yr oedd Einir wedi dyfod i wybod amdano ac am ei helynt. Wrth bendroni uwchben y dryswch hwnnw, teimlai Morys ef ei hun mewn cymaint o dywyllwch ag erioed, ac fel pe byddai yn barhaus yng ngafaelion rhyw ddylanwadau cudd oedd wedi ei amgylchu'n ddifwlch er pan ddaethai gyntaf i fyw i Fôn. Druan o'r yswain didwyll! Odid fawr na fuasai gan Nanni ei forwyn grap go lew ar ei oleuo!

Ymhen tridiau, ac ar gyfer diwrnod agor y llys, aeth Morys i'w daith ar gefn ei geffyl du, a'i wyneb tua'r brif dref. Cychwynnodd yn gynnar er mwyn cael hamdden i deithio heb frys. Ar y ffordd rith-donnog, i fyny ac i lawr dros lednais fryn a phant, rhoddodd y ffrwyn a'i ffordd i Lewys Ddu, a'r ffrwyn hefyd i'w ddychymyg ei hun. Nid oedd yr helynt heb ei heulwen gan fod pob cam o'r ffordd yn ei gludo'n nes at wrthrych annwyl ei serch, ac yn nes hwyrach at sylweddoli ei obeithion dyfnaf.

Yr oriau hynny a dreuliodd ef ar ei daith, heb neb yn gwmni iddo ond ei fyfyrdodau a'i farch, treuliodd Einir Wyn yr unrhyw yng nghanol mwyniant plas yr Arglwydd Bwcle, gŵr annwyl a da a hoffid gan bawb trwy'r sir. Yr oedd yno amryw o wŷr pwysicaf Môn ac Arfon yn y Baron Hill* y prynhawn hwnnw, canys yno'r arhosai'r barnwr. Yr oedd yno ferched bonheddig hefyd o'r un dosbarth, ac yn eu plith, ac ar y blaen mewn poblogrwydd, yr wyryf deg o gyff y Wyniaid, â'i chwerthiniad iach fel awel bêr y bore.

Pe cyfrifid blynyddoedd ei yrfa weithgar, hynafgwr oedd y Barnwr Holt. Ond yr oedd ei galon yn ieuanc, a'i lygad yn siriol, er bod ei ben yn wyn, a'i gamau'n fân. Hoffai'r crebwyll parod, a'r gair ffraeth, ac wrth y safonau hynny y barnai ei gymdeithion. Ar gyfrif rhagoriaethau felly y cafodd Einir Wyn ran helaeth o'i ystyriaeth, ac nid oedd yno neb a warafunai iddi'r flaenoriaeth.

Yn fore drannoeth dechreuodd yr hen dreflan fach ymysgwyd ar gyfer diwrnod neu ddau o brysurdeb a phwysigrwydd. Dechreuodd pobl y wlad dyrru yno'n fân finteioedd o lawer cwr, rhai wedi cerdded llawer milltir ac

---

* Symudodd y teulu Bwcle (Bulkeley) i Baron Hill ar gyrion Biwmares gan deulu yn 1612. Adeiladwyd tŷ enfawr ar y safle tua diwedd y G18, fodd bynnag, difrodwyd y tŷ yn wael gan dân a ddechreuwyd ar fwriad gan filwyr oedd yn aros yno yn ystod yr ail ryfel byd, ac mae'r tŷ bellach yn adfail, bron iawn wedi'i orchuddio'n llwyr gan y rhododendrons a blannwyd yn ei gerddi.

wedi cychwyn o'u cartrefi pell cyn torri'r wawr. Wrth yr ugeiniau dylifent i mewn nes llenwi'r dref. O gylch hen neuadd y sir, dan furiau'r castell, ymdyrrent wrth y cannoedd. Yr oedd yno liaws o drigolion Niwbwrch, am fod gŵr o'r dref honno, a'i wraig, o dan gyhuddiad o beri achos marwolaeth morwr mewn ysgarmes feddw un noson mewn tafarn.

Ond yr achos cyntaf i ddyfod gerbron oedd helynt gwalch o Landyfrydog oedd wedi blino'r wlad am gyfnod hir trwy wneud yn hy ar gaeau ei gymdogion a lladrata'u defaid. O'r diwedd yr oedd wedi ei ddal, a dyna lle'r oedd y bore hwnnw o flaen y Barnwr Holt, a thystiolaethau anwadadwy yn ei wynebu, a heb nemor un i'w gael a gydymdeimlai ag ef. Cafodd y dorf waed-flysig ei chynhyrfiad cyntaf pan ddaeth i ddeall bod y lleidr defaid wedi ei gollfarnu. A rhyfedd fel yr ymsiglai gan ryw ddiddordeb syn, gan suo fel haid o wenyn.

Y nesaf ar y rhestr oedd achos llances o forwyn blwyf Llantrisant. Daeth ton o gydymdeimlad dros y bobl pan arweiniwyd hi i'r llys yn wyneblwyd a chrynedig.

"Morwyn oedd Liwsi Huws ar ffcrm un Jonathan Jones," meddai un o wŷr y gyfraith wrth gyflwyno'r achos. Yna aeth ymlaen i adrodd hanes camwedd Liwsi Huws o bwynt i bwynt. Cariad oedd wedi ei themtio. Eiddigedd hefyd. Cariad at Jonathan Jones, ac eiddigedd o rywun arall. Hanes go salw a gaed i Jonathan Jones pan ddadlennwyd yr amgylchiadau. Hen lechgi diegwyddor oedd, heb fod yn werth y ganfed ran o'r serch a wastraffodd Liwsi druan arno. Mewn byr eiriau y trosedd y cyhuddid y garcharores ohono ydoedd rhoddi tas o wair a berthynai i un Elin Rolant ar dân, mewn malais amlwg, a chyda'r amcan o niweidio yr Elin honno drwy ei gwneud yn dlawd.

Yn y man cododd un arall i adrodd ochr Liwsi, a gwelodd yn ddoeth roddi i'w arglwyddiaeth ddarlun llawn o'r hyn a ddigwyddasai. Oedd, fel roedd gwaetha'r modd, yr oedd Liwsi i raddau, neu o leiaf mewn enw, yn euog o'r hyn a ddywedid. Ond arhoswch! Os oes rhywun sydd yn chwannog i gondemnio, gwrandewch funud bach! A chwithau, f'arglwydd—doeth ac aeddfed eich barn—a chwithau reithwyr—teg a pharod i wrando rheswm—clywch y ffeithiau cyn tynnu'r casgliad!

Cadwres tŷ Jonathan Jones oedd Liwsi Huws, a geneth dda a glanwaith, morwyn ddiwyd a fforddiol. Bu'n ddedwydd yn ei lle am amryw dymhorau, ac yng nghwrs amser aeth ei chyflogydd a hithau'n gariadon. Gan roddi llwyr ymddiried yn ei anrhydedd ef, carodd Liwsi gyda mwy o sêl na doethineb. Ond pan gurai ei chalon hi yn gynhesach nag erioed tuag ato ef, oerodd ei serch ef ati hi. Yr adyn diegwyddor iddo! Gesyd warth ar enw da dyn! Nid yn unig troes ei gefn arni hi yn ei chyfyngder, ond bu'n ddigon creulon i osod ei serch yng ngŵydd gwlad ar berson arall—ac Elin Rolant oedd honno: hi'n amaethu, dealler, ar ei throed ei hun, a sôn ei bod yn dda'i hamgylchiadau. Gwaeddodd dwy ardal gywilydd, mae'n wir, ond i ddim pwrpas.

Ryw noson oer yn nechrau Mawrth, ag eira'n drwch ar y dolydd, cerddodd Liwsi bum milltir gefn nos nes dyfod at dyddyn Elin Rolant. Hwyrach mai crwydro fel hithau yr oedd ei synnwyr gwell y noson honno. Yr oedd ei thrallod yn fawr. Rhyw ddychymyg gwyllt a ddaeth i'w phen mai cyfoeth Elin oedd wedi dwyn bryd Jonathan. Pwy a wyddai nad allai daioni ddeillio o dlodi ei gwrthwynebydd! Yr oedd y blwch tân ynghudd ganddi. Yr oedd hi wedi rhedeg milltir o'r ffordd tuag adre, a'r das wair yn wen-fflam, cyn i'r un llygad arall weld yr alanas. Ond tystiai ôl traed yn yr eira pwy oedd yn euog, a daliwyd Liwsi.

Clywid ochenaid y dorf megis un gŵr pan dawodd y siaradwr. Galwyd y garcharores, ac addefodd y trosedd, â'i dagrau'n rhedeg. Anerchodd y barnwr y llys, ac eglurodd gyfraith y wlad i'r garcharores ac i'r bobl. Y pwnc mawr oedd beth ydoedd gwerth y golled. Os oedd y golled yn fwy o werth na deuddeg ceiniog o arian cyfreithlon, yna rhaid oedd rhoddi yr euog i farwolaeth. Beth oedd maint y golled? Galwyd ar Elin Rolant.

Gwraig raenus oedd Elin, radlon pan fyddai gartref gyda'i moch a'i gwartheg. Ond yr oedd arswyd y lle hwn a'i helyntion wedi ei gweddnewid. Wrth edrych arni gellid meddwl mai arni hi, ac nid ar Liwsi'r oedd ofn dedfryd a dienyddiad. Rhedai chwys yn ffrydiau i lawr ei gruddiau, oedd yn awr yn welw, a thynnai ei hanadl fel un ar lewygu.

"Gwerth faint oedd y golled?" gofynnodd y barnwr yn dawel.

Gafaelodd Elin yn ymyl y bocs i'w chynnal ei hun rhag syrthio, a chydag ymdrech fawr dywedodd yn floesg, "Deg ceiniog!"

Neidiodd un o wŷr y gyfraith ar ei draed. Gwrthwynebai ef yn bendant. Oedd hi'n beiddio dweud oedd hi'n disgwyl i rywun gredu ffiloreg felly? "Tas fawr o wair, ac yn werth dim ond deg ceiniog? Ail-ystyriwch, wraig!" meddai'n chwyrn.

Ond cododd gŵr arall ar unwaith, a gofynnodd iddi'n addfwyn, "A losgwyd y das i gyd?"

"Naddo, ddim i gyd!" atebodd Elin, ac eisteddodd yntau.

Edrychodd Elin o'i chylch mewn cyfyng-gyngor, â'r llys yn disgwyl am ei hateb eto. Y tu ôl iddi, ac o'i deutu i ba le bynnag yr edrychai, gwelai wŷr a gwragedd a adwaenai. Gwyddai fod ugeiniau eraill y tu allan, a phob un wedi tyngu i'w niwed ei hun y buasai'n tynnu Elin Rolant yn ysgyrion os coll-fernid Liwsi Huws. "Beth a ddwedwch chwi?" gofynnodd y cyfreithiwr.

Mewn distawrwydd fel y bedd clywyd ei sibrwd hi eilwaith. "Deg ceiniog!"

Collodd gŵr y gyfraith ei dymer, ond meddai'r barnwr wrtho'n addfwyn, "Yr ydych wedi cael ei hatebiad ddwywaith drosodd. Clywsoch hi'n dweud hefyd na losgwyd y gwair i gyd. Ni ellwch ddweud mai pris tas o wair ydyw'r swm a enwir, ond mai gwerth y gwair a ddinistriwyd ydyw, yn ôl ei barn hi. A hi ŵyr orau beth oedd maint ei cholled. Deg ceiniog ydyw hynny yn ôl y dystiolaeth.

"Liwsi Huws! Yr ydych wedi eich cael yn euog o drosedd ysgeler yn erbyn cyfraith eich gwlad. Ond yr wyf am gymryd i ystyriaeth i chwi dreulio deufis mewn carchar yn barod..."

Yr oedd Liwsi mewn llewyg cyn i'r barnwr orffen. ei araith, ond yr oedd yno ddegau yn barod i godi llef o gymeradwyaeth pan ddeallwyd mai diwrnod o garchar oedd y ddedfryd. Aed ymlaen ar unwaith i alw'r achos nesaf. Tomos Wmffre o Lanychulched, a gyhuddid o ddistyllio gwirod yn groes i gyfraith ac yn erbyn heddwch ei Fawrhydi'r Brenin.

Daeth Twm i'r llys â gwên ar ei wyneb. Edrychodd o'i gwmpas i weld a oedd rhywun o'i gydnabod yno, a'r cyntaf a welodd oedd yr yswain mawr ei gorff, ond llawn cymaint ei drallod ar y pryd. Gydag amnaid a gofiai Morys yn dda gwnaeth Twm ymgais fud i ddweud o bell ei fod yn ddigon tawel a bodlon, doed a ddelai.

"Pwy sydd yn cyhuddo?" gofynnodd y barnwr, wedi ennyd o ddistawrwydd heb neb yn codi i siarad.

Yr oedd Morys wedi eistedd yn y llys trwy gydol y dydd, heb damaid na llymaid, rhag digwydd i achos Twm ddyfod gerbron ac yntau'n absennol. Yr oedd wedi dal i edrych yma ac acw, i bob cwr a chongl o'r neuadd, mewn ymchwil am Einir ond heb ei gweld. Ond nid cynt y tynnodd ei olwg oddi ar Twm, i chwilio fel eraill am y rhai a'i cyhuddai, nag y gwelodd hi'n sefyll gerllaw â gwên ar ei hwyneb—gwên, fel y tybiai ef, o ddireidi.

Ni wyddai'r un o'r cyfreithwyr ddim am yr achos hwn, ac nid oedd gwŷr y llywodraeth ar gael chwaith. Disgwyliodd y barnwr ddeng munud tra rhedai cenhadon yma a thraw mewn ymchwil frysiog am y rhai oedd i ddwyn tystiolaeth o drosedd Twm. Rhedwyd yma a rhedwyd acw, ond ni chafwyd gair o'u hanes yn unman. Aeth y llys i anhrefn, a bu gorfod galw ddwywaith am osteg. Ac o'r diwedd digiwyd ei arglwyddiaeth yn aruthr gan yr hirymaros. Trawodd ei bwyntel ar y bwrdd, a galwyd am ddistawrwydd. Mewn brawddegau miniog a chwyrn dywedodd yntau ei farn am rai o fath cyhuddwyr Twm, a feiddiai mewn difaterwch digywilydd esgeuluso dyletswydd, a bwrw sarhad ar y llys. Gan droi at Twm, meddai'r Barnwr Holt yn gwta, "Tomos Wmffre! Ymddengys nad oes yma'r un dystiolaeth i'ch erbyn. Ac am hynny yr ydwyf yn eich rhyddhau!"

Cafodd Twm syndod. Am funud, ni sylweddolai'n llawn beth oedd wedi digwydd. Ond pan ddeallodd, gwenodd o glust i glust, a chan droi i chwilio am ei het, dywedodd, "Diolch i chwi, syr, a da boch chwi!" Gwenodd y barnwr, a chwarddodd y dorf. Ond galwyd yr achos nesaf yn ddioed, ac aeth gwaith y llys ymlaen gyda'r tawelwch arferol.

Y tu allan trodd llawer un i syllu gyda gwên ar ddau ŵr a safai o'r neilltu gerllaw'r porth yn ymgomio: Twm a Morys Williams yn mynd dros yr hanes. Golygfa'n peri digrifwch oedd gweld y dyn bach yn tal-sythu o flaen y llall, a'r ddau wedi eu anghofio'u hunain mewn llawenydd. Yr oedd Twm wedi cael munud neu ddau i ail-droi yn ei feddwl ddigwyddiadau rhyfedd y prynhawn, ac yn ddigon naturiol wedi casglu bod a wnelai'r yswain rywbeth â'i ryddhad annisgwyliadwy; ac mai trwyddo ef, ryw fodd neu gilydd, y lluddiwyd ei gyhuddwyr rhag dyfod i'r llys mewn pryd. Mewn edmygedd o'r medr a fu mor llwyddiannus y gofynnodd,

"Beiddia nhw â chael ail gynnig, syr?"

"Na," meddai'r yswain, "Ni fydd yna ddim ail gynnig iddynt ei gael."

Da iawn! Ond wn i ar y ddaear sut y darfu i chwi eu trin mor ddel!"

"Eu trin!" meddai'r yswain. "Ni wyddwn i ddim amdanynt..."

Yr oedd ar egluro bod ffrind iddo wedi anfon i ddweud y gwyddai hi am yr helynt, a bod yn ei bryd wneud a allai o'i blaid pan ddeuai'r amser, ond cyn iddo gael dweud hynny daethai syniad arall i ben Twm fel fflach y fellten. Gan daro ei law ar ben ei lin dywedodd, "Madam Wen a wnaeth y gwaith! Ie, nid âi o'r fan yma!"

"Beth a bâr iti feddwl hynny?"

"Ond oedd hi yno! Gwelais hi'n sefyll ymysg y bobl fawr cyn nobliad â neb oedd yno. A chan gofio, mi gwelais hi'n cau un llygad arna,—fel y bydd hi— pan oedd yr hen ŵr â'r goban goch yn dechrau mynd yn gecrus ac yn rhwbio'i wydrau."

Tybiai Morys mai camgymeryd yr oedd Twm, ac mai dieithrwch y lle a chyffro meddwl a barodd i'w ddychymyg ei gamarwain. Ond barnodd na fyddai waeth gadael iddo goleddu'r syniad am y tro, ac am hynny gadawodd iddo ddweud a fynnai ymhellach heb ddweud dim yn groes iddo. Ac wedi trefnu cyfarfod wedyn ar ôl cyrraedd adref, cychwynnodd Twm i'w daith faith, a'i deimladau'n llawen fel y gog.

Yr oedd y dreflan yn orlawn o bobl, a thwrf eu siarad yn llenwi'r heolydd. Mynd dros yr hanes oedd yno. Ar ben pob heol ceid minteioedd yn ymdyrru i adolygu brwydrau'r dydd, ac i ragfynegi helyntion trannoeth. Wedi ymadawiad Twm safodd yr yswain yn ei unfan nes gweld y dorf yn teneuo o flaen y neuadd, ac o'r diwedd daeth Einir.

Naturiol oedd i'r ddau fynd allan o ddwndwr y dref, i chwilio am dawelwch yn encilion glannau tlws Menai. Ac ar y ffordd siaradent am y llys, ac am Twm, a Morys yn methu dirnad pa fodd y daethai hi i wybod amdano ac am ei helynt.

"Onid amdano ef y soniai pawb yn y Baron Hill?" meddai hithau mewn atebiad amwys. "Ymddengys bod Twm wedi ennill ffafr hyd yn oed geidwaid oer ei garchar!"

"Ie, ond wedyn! Sut y gwyddech chwi'r adwaenwn i'r gŵr bach?" pwysai yntau.

Oni wyddai hi'n bur dda ymha le roedd Llanychulched? A hithau'n meddwl am yr ardaloedd hynny ddydd a nos! Gwnaed ef a fynno, yr oedd hi'n gymaint mwy chwim ei chrebwyll, a pharotach ei hymadrodd, fel nad oedd Morys fawr doethach yn y diwedd, heblaw ei fod yn deall yn dywyll ei bod hi, trwy ryw gyfrwng neu ei gilydd, wedi llwyddo i wneud rhyddhad y dyn bach yn haws na phetasai heb gyfaill i ofalu amdano. Ac ar hyn bu raid bodloni.

Ond ar un pwnc safai Morys, yn ei dro, yn ddiysgog fel y graig. Wrth drafod y pwnc hwnnw, ef oedd y cryf, a'i gariadferch ffraeth mewn dryswch. Wrth ddadlau hawliau cariad, oedd wedi disgwyl yn hir, rhyddhawyd ei leferydd amharod yntau. "Rhaid i mi gael eich addewid bendant heno, Einir, y cawn briodi o hyn i ben y mis!"

"Mis! Cyn gynted â hynny! Mae mis mor fyr, Morys!"

"I mi mae mis fel mil o flynyddoedd heboch! Allan o'ch golwg, y mae pob dydd, pob awr, yn faich arnaf. Yr wyf yn eich caru'n fwy nag y medr daear ei ddirnad, na nef ei wybod, ac ni fynnaf aros yn hwy heb gael eich calon, a'ch cariad, a'ch sylw i mi fy hun, yn gyfangwbl."

"Yn wir, Morys, nid ydych yn rhyw hawdd iawn eich bodloni."

"Einir! Pan oedd rhyw rith o reswm dros oedi, gwyddoch i mi fodloni heb unwaith rwgnach; cerais a disgwyliais, er bod briw i mi ymhob ymwahaniad, a loes ymhob ymadawiad. Ymdawelais er mwyn yr adduned a wnaethoch, ac o barch i'ch teimladau ac i goffadwriaeth eich tad. Ond erbyn hyn nid oes dim ar y ffordd ond mympwy, os ydych yn wir yn fy ngharu!"

Pam y mynnai ei dagrau lifo wrth ddweud y carai hi ef? "Yr wyf yn eich caru! O! gymaint!" Wrth weld ei dagrau aeth yntau i feddwl ei fod yn ymddwyn yn llym. "Pa raid wrth eiriau celyd chariad ei hun mor llednais? Credwch! Ymddiriedwch ac mi fyddwn ein dau mor ddedwydd ag adar y berth, a'n bywyd yn gân o godiad haul i'w fachlud!"

"Ond medrwn garu lawn cystal mewn rhyddid am flwyddyn eto!" O'i mynwes bryderus, drallodus, dihangodd ochenaid, ystyr yr hon ni ddeallai ef.

"Rhyddid! Pa ryddid fel rhyddid aelwyd dawel, a serch yn llywodraethu arni?" O'i du ef yr oedd y rhesymau bob un, a hithau'n ymwybodol o hynny. Yntau'n methu deall pam y petrusai hi.

Â'i dwylo ar ei fraich, a difrifwch taer yn ei llais, gofynnodd iddo, "A ddarfu i chwi erioed amgyffred y gallech newid eich meddwl wedi iddi fynd yn rhy ddiweddar? Y gall fod rhywbeth a ddaw i'ch gwybod wedi i ni briodi a bair i chwi beidio â'm caru?"

Canfu ef ei gruddiau'n welw, a gwelodd fel y crynai ei dwylo a'i llais. "Einir! Yr wyf wedi bwrw pob traul resymol!"

Am ysbaid hir nid oedd ganddi ateb. Arhosai atsain geiriau eraill a glywsai fel sŵn tabyrddau'n curo ar ei chlustiau. "Yr wyf yn eich caru'n fwy nag y medr daear ei ddirnad, na nef ei wybod, ac ni fynnaf aros yn hwy!" Gwyddai hithau am ei chalon ei hun mai torri a wnâi honno pe collai hi ef.

"Beth pe deuai'r afresymol rhyngom?" sibrydodd yn ddistaw, ddistaw.

Gwenodd yntau, a gafaelodd yn ei llaw luniaidd. "Lle ffynna cariad, ni ddaw'r afresymol!"

Un peth a addawodd hi, a dyna oedd hwnnw, y deuai hi i ymweld ag ef yn ei gartref o hynny i ben y mis. Derbyniodd yntau hynny rhag pwyso gormod arni. A daeth amser ymadael.

Yr un noson gadawodd hithau'r dref a'i mwyniant. Yr oedd ei chalon yn rhy drom iddi aros lle'r oedd mynwesau di-gur. Ar fin yr hwyr aeth i Gaernarfon. Y tu arall i'r afon, yn ochr Môn, yr oedd caseg wen yn disgwyl amdani gan hiraethu fel plentyn am ei fam. A phan oedd eraill yn noswylio, croesodd hithau'r afon, ac ail-gychwynnodd i'w thaith. Daeth nos a'i chysgodion ar ei gwarthaf yn ebrwydd, ond beth oedd waeth am hynny pan oedd duach nos a chysgodion mwy tywyll wedi gordoi ei chalon. Rhoddwyd cyfrifoldeb diogelwch y daith ar y gaseg synhwyrol, tra'r ymgodymai'r feistres ag anawsterau mwy.

Yr oedd ganddi fis i benderfynu, ac i weithredu. Dim ond mis! Arswyd oedd meddwl.

Ac yng ngolau ei chariad mawr, O, fel y casâi hi Madam Wen a holl epil ysbeilgar gororau Llyn Trafwll! Ac eto, onid oedd hi wedi derbyn caredigrwydd digymar ar law llawer un ohonynt? Ac nid oedd modd anghofio hynny. Dyna Siôn Ifan, a'i ffyddlondeb fel môr yn dygyfor, wrth ei drethu! Beth fuasai cyngor Siôn Ifan heno? Bron na chlywai'r hen ŵr deallgar yn sibrwd yn dadol yn ei chlust, "Ewch i Gymunod yn ddistaw, 'mechan i, ac ni fydd byth sôn mwy am a fu! Mi ofalwn ni am hynny!"

Yn sicr, dyna fuasai cyngor Siôn Ifan. Ac yr oedd rhyw gyfrwystra diogel yn y rhan fwyaf o gynghorion yr hen ŵr pert. Nid oedd y peth mor anodd chwaith. Beth oedd i luddias iddi fynd i Gymunod cyn pen y mis fel yr oedd wedi addo, a dyfod yn wraig i'w berchen yng ngŵydd gwlad? A dyna ddiwedd ar adfyd! Teimlai ei gruddiau'n llosgi wrth feddwl mor hawdd ydoedd. Mor ddymunol hefyd! Cymaint y croeso a gaffai. Croeso a dedwyddyd di-dor, yng nghysgod cariad amddiffynnol un o wŷr hawddgaraf y wlad.

O dan ddylanwad y fath freuddwyd dedwydd, portreadodd hi ei hun yn wraig yr yswain, yn wrthrych hoffter ardal garedig, a Madam Wen wedi peidio â blino'r wlad. Ond diflannodd y breuddwyd fel mwg wrth feddwl am gariad Morys. Beth fyddai'r cyfnewid am y cariad hwnnw? Ai nid twyll? Ac ar hyn daeth nos eilwaith i ymlid y gwan-olau, a threiglodd dagrau heilltion i lawr ei gruddiau, heb neb yn llygad-dyst. Mor ynfyd yr oedd hi wedi ymddwyn. Ac er mwyn pa beth! Ai nid er mwyn mympwy gan mwyaf? Yr oedd wedi ei pherswadio'i hun mai parch at goffadwriaeth ei thad oedd ysgogydd ei holl awydd am gyfoeth. Ond ai felly'r oedd? Amheuai. Ofnai. Cariad yn ddiau oedd wedi agor ei llygaid o'r diwedd. Cariad Morys oedd yn awr yn torri ei chalon.

Wrth groesi Malltraeth, a phelydr y lloer ar y tywod, daeth drych arall yn fyw i'w meddwl, gan bentyrru gofidiau. Gwelodd mewn dychymyg draethell arall ag wyneb gwelw-las gŵr marw wedi ei droi ati megis mewn ymbil mud am iddi ymwrthod mwy â llofruddion. Fel y ffieiddiai ei henaid y gyfathrach yn awr pan oedd yn rhy ddiweddar!

Pan ddaeth o'r diwedd i gyrrau Tywyn Trewan ar dueddau Llanfihangel, yr oedd y frwydr wedi ei hennill— a'i cholli! Yr oedd twyllo'n hawdd. Erbyn hyn yn llawer haws na pheidio. Gwir. Yr oedd y rhai a wyddai ei chyfrinach yn barod i dyngu mai gwyn oedd du ar ei hawgrym lleiaf hi. Gwir hynny hefyd. Ond yr oedd rhywbeth yng ngwaelod ei chalon hi na fynnai mo hynny. Addawsai fynd i Gymunod o fewn y mis. Yr oedd am gadw ei haddewid. Ond nid mynd yno i briodi. Anodd fyddai dweud wrth Morys Williams iddi ei dwyllo cyhyd! Ac yn y fath fodd! Ond rhaid!

XV.
Gadael yr Ogof

Am a wyddai Siôn Ifan, nid oedd yr hyn a bwysai mor drwm ar ei feddwl ef yn wybyddus i neb arall ond un, canys ni chofiai ddim am yr hyn a ddywedasai pan oedd o dan ddylanwad y dwymyn. Ond un o effeithiau amlycaf ei waeledd arno oedd pentyrru mwy o olion henaint mewn un mis nag oedd wedi disgyn i'w ran mewn deng mlynedd cynt. Rhwng gwendid corff a phoen meddwl collasai lawer o'i hen ynni, a chwith oedd gan Dic ei fab ei weld wedi "torri" cymaint; ond yr oedd yn rhaid rhoddi'r bai, er mwyn bod yn heddychlon, ar y crydcymalau: a dyna fu.

Ond mynnodd Dic ei ffordd ei hun, drwy roddi pob gwaith arall i fyny a dyfod adref i gymryd siars o'r dafarn am ysbaid. Cymerodd gymaint o ofal fel dirprwy geidwad urddas Tafarn y Cwch nes boddhau Siôn Ifan yn fawr. Ymfalchïai'r hen ŵr yn ei fab yn ddistaw, a bu'n lles i'w iechyd. Un noson gwelodd yn dda adrodd yn wyliadwrus wrth Dic holl hanes yr hyn a welsai ar y llaerad, a chymerodd yntau arno na wyddai ddim o'r helynt o'r blaen. Ond amcan yr hen ŵr oedd annog Dic yn daer ar iddo beidio ag ymhél mwy â Wil a Robin y Pandy.

"Does dim a wnelo i â hwy," meddai Dic.

"Da iawn! Mae'r ddau'n ddieithr yma ers tro, ond mi glywaf eu gweld hyd y fan yma fel dau aderyn y nos.'

Disgrifiad lled gywir o Robin a Wil y pryd hwnnw oedd eu galw'n adar y nos. Daethai'r gwyll i ddygymod â'r ddau'n well na golau dydd. Gwyddai Dic hynny cystal â'i dad, ac yr oedd tipyn o chwilfrydedd ynddo am wybod pa ddrygioni pellach oedd ym mryd y ddau. Nid oedd yn ôl chwaith o borthi'r chwilfrydedd hwnnw trwy gadw gwyliadwriaeth gyfrin ar eu symudiadau. Ac nid oedd neb yn y wlad yn fwy cymwys i gyflawni gorchwyl felly na Dic.

Nid mewn undydd un-nos y tyfodd y syniad rhwng Wil a Robin mai'r cam nesaf a fyddai ysbeilio Madam Wen ei hun. Nid oedd diwallu ar eu rhaib erbyn hyn. Tarddodd y syniad allan o'r grwgnach mynych o achos bod y gêl-fasnach wedi arafu, a'r teithiau ysbeiliol wedi peidio â bod. Cam byr oedd o hynny hyd at goleddu atgasedd ati hi ei hun. Wedi'r ysgelerwaith ar y llaerad caledodd eu calonnau fwy-fwy, a chawsant hwy eu hunain wedi eu neilltuo'n gwbl oddi wrth bawb arall o'r hen fintai. Ond barnent mai antur a pherygl ynglŷn â hi a fyddai ysbeilio Madam Wen. A gwyddent na fyddai troi yn ôl wedi unwaith gychwyn ar yr antur honno. Ac os byddai raid mynd i'r pen, a gwneud yr un modd â hi ag y gwnaed â'r teithiwr hwnnw ar y tywod, boed hynny. Pa wahaniaeth a wnâi un yn rhagor?

Un noson pan oedd pob rheswm dros dybied bod pawb arall yn ei wely, eisteddai Wil mewn congl o'i fwthyn, ac yn ei ddwylo lestr pridd ag ynddo fân sypynnau o ddarnau aur ac arian ynghyd â chyfran o'r gemau a'r tlysau a fu unwaith yn eiddo John Ffowc y teithiwr. Yr oedd wedi treulio dwy awr y noson honno yn cyfrif yr aur a'r arian ymhob sypyn, ac yn troi ac yn trosi'r trysor arall, ac yn awr eisteddai'n llonydd yn unigrwydd tywyll ei gell yn sugno rhyw bleser rhyfedd o'u cymdeithas fud. Ofnai glywed neb yn dynesu i dorri ar ei ddirgeledd. Disgwyl yr oedd nes iddi fynd yn rhy hwyr i neb fod ar gyffiniau'r parciau.

O'r diwedd cododd yn ddistaw ac agorodd y drws. Safodd am ysbaid i glustfeinio. Wedi ei fodloni ei hun y byddai'n ddiogel iddo gychwyn, cymerodd raw mewn un llaw a'r llestr pridd yn y llall, ac ymaith ag ef fel cysgod tua'r goedwig. Wedi penderfynu cuddio'r trysor yr oedd, rhag digwydd rhyw ddamwain pan wnâi Robin ac yntau ruthr ar yr ogof.

Gannoedd o weithiau o'r blaen yr ymlwybrodd trwy'r eithin tewfrig mor ddistaw â llygoden. Ond nid ar neges fel hyn erioed o'r blaen. Dychmygai weld ym mhob twmpath rywun yn gwylio ei symudiadau. Sathrodd frigyn ar ei lwybr a meddyliodd fod rhywun yn ei ddilyn; aeth gam neu ddau yn ôl gan lygadrythu o'i ddeutu. Ond ni chlywodd ac ni welodd ddim. Gwelai'r ffordd yn hir. Cyffroai wrth y sŵn lleiaf. Wrth fynd heibio i graig oedd y naill du i'w lwybr tybiodd glywed twrf troed yn rhygnu ar wyneb y graig. Safodd i wrando. Meddyliodd unwaith am fynd a'r llestr pridd yn ôl a'i guddio o dan lawr ei fwthyn. Ond newidiodd ei feddwl eilwaith. Cododd ac aeth ymlaen. O'r diwedd daeth i'r llecyn dewisedig, cilfach wedi ei gorchuddio â mieri, dan gysgod craig uchel. Wedi sefyllian o gwmpas y lle am ysbaid, ymwthiodd yn ddistaw y tu ôl i'r mieri ac at sawdl y graig.

Bu mor hir yn cloddio twll i'r llestr pridd yn y fan honno ac yn dileu olion y cloddio wedi'r cuddio, ac yr oedd mor ddistaw, fel yr aeth Dic Tafarn y Cwch i ddechrau meddwl bod yr adyn wedi bod yn gyfrwysach nag ef yn y diwedd ac wedi dianc. Cawsai Dic un ddihangfa gyfyng eisoes pan drawsai ei sawdl yn y graig nes peri i Wil sefyll. Meddyliodd yr adeg honno mai sefyll ei dir a fuasai raid iddo: ond nid felly y bu.

Disgwyliodd Dic hanner awr yn hwy. Gwyddai am ystrywiau Wil. O'r diwedd clywodd drwst rhugl y dail a'r brigau yng nghrombil y llwyn. Ar drawiad disgynnodd ar ei bedwar ac ymlusgodd gyda godre'r llwyn nes cyrraedd y cwr pellaf, a gwelodd Wil yn dyfod i'r golwg yn araf a gofalus. Dilynodd Dic ef yn ôl o hirbell, gan ei ddal mewn golwg nes cefnu ar y goedwig. Ac yna, yn ôl grym arferiad, rhaid oedd iddo gael tro o gylch yr ogof cyn mynd adref.

Safodd ennyd wrth yr agen, gan wrando, heb wybod a oedd Madam Wen yno ai peidio. Yr oedd ar ymadael pan glywodd besychiad distaw rhywun yn ei ymyl, mor agos fel y trodd ar ei sawdl yn chwim. Chwarddodd rhywun yn ddistaw, ddistaw.

"Beth yr wyt ti yn ei wneud yn y fan yma, Dic?"

Gosodwyd llaw ar ei ysgwydd, a chyn iddo gael ateb, gwelodd mai Nanni oedd yno wedi ei gwisgo ym mantell a hugan llwyd Madam Wen. Yr oedd Nanni am ddechrau siarad pan sibrydodd Dic, "Ust!"

"Pwy sydd o gwmpas?" gofynnodd Nanni yr un mor ddistaw.

"Wil oedd yma."

"Beth y mae o'n 'i wneud?" Yr oedd rhywbeth yn null y gofyniad a awgrymai na ddisgwyliai hi i Wil fod yno yn gwneud dim ond drygioni.

"Mi ddwedaf wrthyt ryw dro eto. Dywed i mi beth yr wyt ti yn 'i wneud yma ar awr fel hyn?"

"Myfi sy'n gwylio!" meddai Nanni, ac ychwanegodd gyda chwerwder nid ychydig, "Ble mae'r fintai fawr honno a fyddai'n arfer bod mor ffyddlon? Pob un wedi troi ei gefn pryd y mae mwyaf o'i angen!"

"Ni wyddwn i bod Madam Wen yma," meddai Dic. "Ond dywed i mi beth ydyw'r helynt, a pham y mae angen am neb."

"Ni wn i ddim yn hollol fy hunan beth ydyw'r helynt. Anfonwyd Twm Pen y Bont i'm cyrchu yma, a chefais hi ar dorri'i chalon am rywbeth. Gadewais innau fy lle heb yn wybod i neb, a dyma lle'r wyf."

Ni wyddai Dic ar y ddaear pa beth i'w feddwl. Safodd funud heb ddweud gair, ac yna gofynnodd, "A oes ofn Wil arnoch chwi yma?"

"Mae ei ofn arnaf fi!" atebodd Nanni. "A chei di weld bod rhyw amcanion drwg gan Robin a Wil. Mae'r ddau fel dwy dylluan hyd y fan yma. Beth oedd Wil yn ei wneud heno?"

"Cuddio'i arian am wn i," meddai Dic yn gwta. "Felly! Dyna arwydd drwg eto. Ofn Robin sydd arno yrŵan, mae'n debyg gennyf. Dau lofrudd â'u bryd ar fwy o ddrygioni, ac ofn y naill ar y llall."

Chwarddodd Dic. "Mae gennyt ddychymyg byw iawn, Nanni, ofn neu beidio."

"Nid dychymyg mo'r cwbl," meddai hithau.

"Os bydd galw mi wyddost ym mhle i'm cael i," meddai Dic wrth ymadael.

Daeth golau dydd â pheth tawelwch i fynwes Nanni, ond ni chiliodd ei hofnau yn gwbl. Credai mewn rhagargoelion, a mynnai yn awr bod rhywbeth yn dweud wrthi fod rhyw drychineb gerllaw. Ond anodd oedd cael derbyniad i athrawiaeth felly gan un mor glaer ei meddwl â Madam Wen. Gofyn am y prawf a wnâi hi, ac nid oedd gan Nanni yr un prawf i'w roddi.

"Mae'r ddau yn cyniwair o gwmpas ers tair neu bedair noson," meddai Nanni, gan olygu Robin y Pandy a Wil.

Sylwodd hithau'n syml nad oedd dim yn neilltuol yn hynny. Dyna a wnaethai'r ddau am lawer o fisoedd.

"Ie, ond ar ryw berwyl drwg y maent!"

"Wn i ddim beth sy'n peri i ti feddwl hynny amdanynt yn awr mwy na rhyw adeg arall."

Cofiodd Nanni am yr hyn a glywsai gan Dic fel yr oedd Wil wedi mynd allan gefn nos ac wedi cuddio rhywbeth yn y parciau. Gwrandawodd Madam Wen funud wrth glywed hynny.

"Ond sut y gwyddai Dic beth yr oedd Wil yn ei guddio?"

"Wn i ddim sut y gwyddai, ond dyna ddywedodd o."

"Ac os mai cuddio'i arian yr oedd ef, nid yw hynny'n profi dim mwy na bod ar y lladron ofn y naill y llall."

"Mi ddwedais i mai ofn Robin oedd arno," meddai Nanni.

"Ie, a dim mwy na hynny am a wyddom," meddai hithau.

Wedi ei gwthio i gornel, a chan deimlo mai un ddadl bendant, a dim ond un, oedd ganddi, dywedodd Nanni'n derfynol, Ond mae rhywbeth yn dweud wrthyf eu bod ar ryw berwyl drwg!"

Prynhawn drannoeth dychwelai Nanni o neges yn Nhafarn y Cwch, lle nad oedd neb gartref ar y pryd ond Siôn Ifan a'r hen wraig. Yr oedd y syniad bod rhyw ddrwg ar ddigwydd yn parhau yn llond ei meddwl. Pryderai lawer. Dyna un rheswm pam y teimlai demtasiwn i grwydro heibio bwthyn Wil. Hwyrach mai rheswm arall oedd rhyw obaith egwan y canfyddai ar ei thaith rywbeth a fyddai'n "brawf" i Madam Wen, ac a fyddai'n foddion i gadarnhau ei gosodiadau hi ei hun. Sut bynnag, fel y pryf at y gannwyll, aeth Nanni at y bwthyn i edrych beth a welai, ac esgus ganddi wrth law os byddai galw amdano. Mae'n ddiamau y buasai wedi cadw'n ddigon pell petasai'n gwybod bod Robin a Wil yno ers dwyawr, wedi cau'r drws, ac yn trafod mater o bwys.

Dichon nad oedd yn ei bwriad glustfeinio. Beth bynnag am hynny, cafodd hi ei hun yn sefyll o flaen drws caeëdig y bwthyn, ac yn clywed pob gair o'r hyn a ddywedid o'r tu mewn. Ychydig iawn o eiriau oedd yn ddigon i ddangos pa beth oedd ar droed, a phe buasai Madam Wen wrth law y munudau hynny buasai'n ddiamau wedi cael "Oni ddwedais i!" gan Nanni.

Safai wrth y drws mewn ofn; ofn aros ac eto ofn ymadael. Ofnai ddianc er arswydo bod yno. Ni wyddai pa beth i'w wneud.

Ar flaenau ei thraed, â'i llygad ar y drws, cerddodd at y talcen, ac yna trwm-gamodd yn ôl at y drws gan wneud mwy o dwrw nag oedd raid, a churodd ar unwaith yn drystfawr ar y ddôr. Daeth Wil i agor.

Gan gymryd arni ddisgwyl cael mynd i mewn, yr oedd ei throed ar yr hiniog pan dynnodd yntau'r drws i gau o'i ôl yn araf ac mor ddigyffro ag y medrai. "I ble'r 'rwyt ti'n crwydro ffordd yma!" gofynnodd iddi'n dawel.

"Yn Nhafarn y Cwch y bum i," atebodd hithau. "Ac ar fy ffordd i Gymunod yr ydwyf yn awr."

"A chryn gwrs o'r llwybr felly?

"Ie. Siôn Ifan ofynnodd i mi a wnawn i, os gwelwn i di, ddweud wrthyt yr hoffai dy weld pan fydd gennyt gyfle. Heno, os gelli. Mae heb dy weld ers llawer o ddyddiau, medda' fo."

Nid oedd ar Wil awydd cadw Nanni'n hwy nag y dymunai hi, ac yr oedd hithau yn fwy na pharod i fynd i'w ffordd. Wedi rhyw air neu ddau dibwys ymhellach cychwynnodd. Nid oedd wiw meddwl am gymryd cyfeiriad yn y byd ond y llwybr heibio pen gogleddol y llyn, a arweiniai tua Chymunod. Ofnai y byddai llygad drwgdybus Wil arni, ac er cymaint oedd ei hawydd am redeg yn syth i'r parciau i rybuddio Madam Wen, barnodd mai cynllun arall a fyddai'r diogelaf. Ni welodd hi goed Cymunod erioed mor bell o'r llyn ag y mynnent ymddangos y diwrnod hwnnw, a phan oedd allan o olwg y parciau rhedodd tra daliodd ei nerth.

Yr oedd pall yn ei hanadl pan ddaeth o hyd i'w meistr, a heb air o esgus am aros o'i lle am ddyddiau heb unrhyw eglurhad, gofynnodd yn gyffrous, "A fedrwch—chwi—ddyfod i'r parciau—y munud yma?"

"Beth sy'n bod?" gofynnodd yntau'n fyr wrth weld ei chyffro.

Yr oedd cymaint i'w egluro petai'n dechrau gwneud hynny! Y ffordd unionaf oedd dweud bod Madam Wen mewn perygl, a dweud mai Robin y Pandy a Wil oedd yn ei bygwth.

"Dau o'r fintai â'u llaw yn erbyn eu meistres?" gofynnodd yntau, ac ni chymerai hanner digon o sylw i foddio Nanni.

"Dau lofrudd â'u bryd ar fwy o ddrwg," medda' hithau, â'i hamynedd yn fyr. "Hwy oedd y ddau a laddodd y teithiwr hwnnw ar y llaerad."

Cyffrôdd yntau wrth glywed hynny. "A wyddai Madam Wen am yr ysgelerder hwnnw?"

"Siôn Ifan a hithau a ddaliodd y ddau, ac ni fu Madam Wen byth yr un un er y noson honno. A dyna oedd achos gwaeledd Siôn Ifan."

"Ai Madam Wen a'th anfonodd di yma?"

"Nage! Ni wŷr hi ddim am ei pherygl. Clywed y ddau yn cynllunio wnes i. Rhedais yma cyn gynted ag y gallwn. A rhaid i mi redeg yn ôl hefyd."

Nid arhosodd yr yswain i ofyn mwy. Aeth i chwilio am ffrwyn, ac i'r llain i alw Lewys Ddu.

Ni chollodd y lladron amser chwaith. Pan aeth Wil yn ôl yr oedd Robin yn sarrug am gychwyn, a chychwyn fu. Cawsant Madam Wen yn eistedd ar bonc ar fin y llyn yng ngolwg yr ogof, mewn tawelwch, ond wedi ymgolli mewn myfyrdodau nad oeddynt felys. Un cip ar wynebau'r lladron oedd yn ddigon i agor ei llygaid i weld ei pherygl. Braidd heb yn wybod iddi'i hun aeth ei llaw mewn ymchwil frysiog am yr arf yr arferai ei gario, ond er ei dychryn dirfawr nid oedd hwnnw ar gael. Gwnaeth ymdrech egnïol i guddio'r pryder a deimlai o fod mor ddiamddiffyn.

Cyfarchodd hi'r ddau fel y byddai arfer a gwneud. Am Wil, yr oedd yntau ar fedr ei hateb fel y byddai'n arfer, ond dywedodd Robin ar ei draws, "Waeth iti heb na hel dail; dywed dy neges yn eglur, neu mi'i dywedaf fi hi."

"Dywed hi yntau!" atebodd Wil, gyda'r llw a fyddai ar ei fin yn barhaus.

Ar hynny rhoddodd Robin ar ddeall iddi'n fyr mai eu neges oedd cael yr holl eiddo oedd ganddi hi'n guddiedig yn yr ogof. Ac ychwanegodd mai gorau po gyntaf fyddai iddi ddatguddio'r cyfan.

A dweud y gwir nid oedd ond cyfran fechan iawn o'i heiddo hi yn yr ogof, dim gwerth sôn amdano, ond daeth i'w meddwl mai anodd fyddai darbwyllo'r dihirod o hynny. Byddent yn sicr o'i hamau, ac am hynny barnodd nad doeth fyddai dweud wrthynt. Sylweddolai'n llawn mai ymwneud yr oedd hi â dau lofrudd wedi mynd i'r pen mewn anfadrwydd. Ystryw ar ei rhan oedd cymryd arni ofidio oherwydd eu hymddygiad anniolchgar tuag ati. "Yr wyf yn cymryd bygythiad fel hwn yn dra angharedig mewn dau sydd wedi cydweithio â mi mor hir, ac wedi derbyn elw oddi wrth hynny."

"Mae hynny drosodd," meddai Robin.

"Beth sydd i neb erbyn hyn?" gofynnodd Wil.

"Mae i bawb ei ryddid. Os wyf fi'n dewis ymneilltuo mae'r byd yn rhydd, fel o'r blaen, i bawb arall."

"Nid ydi'r byd yn ddim tebyg i'r peth oedd o," meddai Wil, ac aeth ymlaen i ddannod fel yr oedd y fintai wedi ei gwasgaru, a dim siawns cael ceiniogwerth o le'n y byd. Rhoddai'r bai'n bennaf ar ddyfodiad yswain Cymunod i'r fro. Rhegai yswain Cymunod a'i holl wehelyth. Rhegai ef yn echrys, a melltithiai'r gyfathrach yr haerai oedd yn bod rhyngddi hi â'r yswain a'i debyg. Robin a roddodd daw arno trwy ddyfod yn ôl at eu neges. Heb gwmpasu rhoddodd Robin ei dewis iddi rhwng datguddio'r ysbail a chyfarfod gwaeth tynged na cholli hwnnw.

Yr amser honno dywedodd wrthynt nad oedd ganddi eiddo yn yr ogof nac yn unlle arall yn y parciau. Ac ar hynny argyhoeddwyd Robin nad oedd dim cymorth na chyfarwyddyd i'w disgwyl oddi wrthi hi. Yr oedd Wil ac yntau wedi trefnu ymlaen llaw pa fodd i weithredu pa beth bynnag fyddai'r amgylchiadau, a pha un ai yn yr ogof ai allan ohoni y byddent, a pha un a wrthwynebai hi ai peidio. Yr oeddynt wedi bwrw pob traul debygol, ac yn deall ei gilydd. Yr oedd yn eglur iddynt ei bod hi wedi ei dal heb arfau ganddi, ac o gymaint â hynny yr oedd eu gorchwyl hwythau'n haws.

Yng nghwrs eu hymddiddan yr oedd y tri wedi symud yn nes i'r ogof, ac wedi dyfod o fewn rhyw ugain lath i'r agen. Gwingai hi oherwydd ei hamryfusedd yn dyfod allan heb ei llawddryll. Pe cawsai ddim ond mynd ar ryw esgus i'w hogof am funud nid ofnasai gymryd ei siawns yn erbyn y ddau, ac iddynt wneud eu gwaethaf. Symudodd yn araf megis i'w harwain i'r ogof fel y gallent chwilio'r lle eu hunain.

"Arhoswch chwi!" meddai Wil yn hy, "Mi af i i chwilio'r ogof, a chaiff Robin ofalu y byddaf yn cael llonydd."

Ar hyn aeth ef ymlaen, ac i mewn. Safai hithau'n llonydd, a Robin ryw ddegllath o'i hôl â'i lygaid arni. Erbyn hyn sylweddolai hi ei pherygl yn llawn, a gwibiai syniadau rhyfygus drwy ei meddwl. Ofnai nad oedd dim ond brad a chreulondeb i'w disgwyl oddi ar law dau ddihiryn fel y rhain, ac na fyddai gwaeth iddi wneud yr ymgais na pheidio. Â'i llygad ar bob ysgogiad o eiddo Robin, meddyliodd o'r diwedd y gwelai ei chyfle. Llithrodd ymlaen yn ddistaw i gyfeiriad yr agen. Yr oedd hi bron ar y trothwy pan ddeffrôdd synhwyrau Robin. Saethodd, a chwympodd hithau'n llonydd ar y glaswellt.

Cerddodd Robin yn araf i'r fan, heb ddangos cynnwrf yn y byd. Yr oedd wedi ymgaledu. Gwelodd bod ei hwyneb wedi gwelwi. Gafaelodd ynddi a chafodd mai sypyn diymadferth oedd yn ei ddwylo. Gwelodd hefyd fod ei gwisg sidan hardd yn goch gan waed. Y syniad cyntaf a ddaeth i'w feddwl oedd nad oedd angen gwylio yn rhagor, a chan nad oedd ganddo lawer o ffydd yn uniondeb ei gyd-leidr barnodd mai mynd ar ei ôl i'r ogof i weld drosto'i hun a fyddai'r doethaf. A dyna fu.

Er i Morys Williams glywed sŵn ergyd heb fod ymhell, ni ddaeth i'w feddwl y munud hwnnw bod hynny'n arwydd o unrhyw drychineb. Yr oedd wedi prysuro i ddyfod i'r parciau, gan amcanu bod yno rhag y byddai galw, ond nid ystyriai y gallai eisoes fod yn rhy ddiweddar. Dewisodd lecyn agored yn ymyl y llyn, gadawodd Lewys yn pori yno, a cherddodd ei hunan rhagddo. Ond pan ddaeth dros y bryncyn i olwg yr ogof gwelodd rywbeth a barodd iddo gyflymu ei gerddediad; ac ar redeg daeth i'r fan. Gorweddai Madam Wen yn llonydd lle y syrthiasai, a gwelodd yntau mor welw oedd ei gwedd. Gwelodd hefyd fel yr oedd gwaed wedi cochi ei gwisg. Gofidiai ei galon wrth feddwl mai fel hyn y mynnai ffawd iddo ddyfod wyneb yn wyneb â'i gymdoges deg am y tro cyntaf.

Ar ei freichiau cryfion cododd hi'n esmwyth, gan amcanu ei symud i le mwy addas ac allan o dramwyfa amlwg y lladron. Sylwai bod ei hwyneb fel yr eira'n wyn, a'i hamrantau hir-dduon fel llenni o sidan. Druan ohoni, meddyliai, mor hynod o deg, a'i ffyrdd mor galed!

Wrth ei chael mor ddiymadferth yn ei freichiau, ac mor welw, ofnai'r gwaethaf. Gofidiai'n fawr, a theimlai ddicllonedd tuag at ei llofruddion. Gwelodd lannerch a'i bodlonai, a symudodd yn ofalus tuag yno. Edrychodd eilwaith ar ei hwyneb, ac am y tro cyntaf canfu mor debyg i'w Einir oedd hi. Brathodd y syniad ef fel cyllell.

Cafodd gymaint o fraw nes parlysu ei synhwyrau bron. Gwelai ddarlun byw o Einir o flaen ei feddwl, ac ar ei freichiau gorff diymadferth arglwyddes y llyn. Craffai, â'i bwyll megis ar goll. Hir-syllai'n hanner effro, ac ni wyddai bellach pa un oedd y sylwedd a pha un oedd y dychymyg. Fel un mewn llesmair gosododd ei faich i lawr. O'r braidd nad oedd ei lygaid wedi pallu, a'i galon yn unig yn gweld.

Ar ei ddeulin ar y ddaear, syllai mewn anallu mud. Einir! Y byd i gyd iddo ef!

Nanni, wrth ei benelin, a fu'n foddion i'w ddadebru rywfaint. Cododd ar ei draed, a chlywodd hi ei lais, yn ddieithr fel llais un o fyd arall, yn dweud, "Dyma gannwyll fy llygaid i!"

Cymerodd hithau ei le, a'i meddwl yn gliriach o lawer na'r eiddo ef, a'i dwylo'n barotach. Ac wrth ei gweld yno, cerddodd yntau o'r fan yn araf, a thua'r hen ogof dynghedol. O ganol ei phryder cododd Nanni ei golwg, a gwelodd ef yn mynd fel pe rhodiai un o dderwydd cedyrn ei gartref. Ac ni allai hi lai na brawychu wrth feddwl mai ei ymchwil oedd gwaed am waed.

XVI.
Bedd heb ei Gloddio

Ni wyddai Wil pa beth i'w feddwl pan welodd Robin yn dyfod i mewn i'r ogof ei hunan. Ac yn ôl ei arfer, cuchiog a dileferydd oedd Robin. Yr oedd gair garw o lw yn barod ar wefus Wil, ond wrth ganfod yn llygaid y llall olwg afrywiog a hyll barnodd mai diogelach y munud hwnnw fyddai dal ei dafod. O dipyn i beth daeth i ddeall sut yr oedd Robin wedi ei ryddhau ei hun, ond pa un ai byw ai marw oedd Madam Wen ni wyddai Robin, ac ni ofalai chwaith.

Wedi chwilio'r ogof am beth amser yn hwy, a heb ddarganfod dim o werth neilltuol, aeth y ddau yn waeth eu tymer na chynt. Mewn drwg natur aethant i luchio a thaflu, nes gyrru'r lle i anhrefn. Aeth Wil mor bell ag edliw mai ynfydwaith, a dweud y lleiaf, oedd saethu'r unig berson a fedrai ddweud wrthynt ymha le'r oedd yr ysbail i'w gael. Ac yn yr ysbryd hwnnw, ac mewn gobaith cael Madam Wen yn alluog i'w goleuo ar yr hyn y dymunent ei wybod, yr aeth allan; a Robin heb fod ymhell ar ei sodlau.

Pan ddaeth i'r awyr agored a gweld nad oedd hi yn y fan lle y gadawsant hi, cafodd Wil siom. Rhedodd ychydig lathenni yma a thraw o gylch y lle, i edrych a oedd hi wedi peidio ag ymlusgo o'r golwg ac ymguddio. Synnodd Robin hefyd pan welodd ei cholli hi, ond ni thrafferthodd i chwilio. Pan ddaeth Wil ato dangosodd iddo'r llecyn lle y gorweddasai hi, gan awgrymu bod yn rhaid mai wedi dianc yr oedd. Ar hyn daeth ei hen arswyd o'r crocbren dros Wil fel tymestl. Os oedd hi'n wir wedi dianc, nid oedd ei hoedl ef bellach yn werth gronyn o haidd. Am ddau funud gwyllt bu hoedl Robin hefyd yn y fantol, ond treuliodd y storm ei nerth mewn geiriau, ac aeth Wil o'r lle i barhau ei ymchwil, gan adael Robin yn sefyllian o gwmpas yr ogof.

Ni fu Wil yn hir cyn i'w lygaid craff ganfod perygl yn y pellter. Symudai'n wyliadwrus, ar dir cynefin. Heb fod ei hun yn weledig canfu yswain Cymunod yn dynesu fel un o dduwiau dial. Ymgladdodd ar unwaith yn y prysglwyni tewion.

Y pryd hwnnw y daeth i ddeall dirgelwch symudiad Madam Wen. Daeth i'w feddwl hefyd mai brad Nanni oedd i gyfrif am hyn i gyd. Ac yn y lle'r ymguddiai aeth i bwyllog ystyried ei sefyllfa. Yr oedd yn eglur bod pethau wedi dyfod i'r pen yn y parciau, ac y byddai o hyn allan ddylanwadau yn ei erbyn ef na fyddai modd eu hosgoi. Nid rhyfedd oedd iddo ddyfod i'r casgliad cyfrwys mai dianc yn ddioed, a gadael Robin i gymryd ei siawns, a fyddai'r diogelaf iddo ef. Am hynny trodd ei wyneb tua'r môr, a'i gefn ar lyn ac ogof a bwthyn, ac ymlwybrodd yn wyliadwrus ymlaen dan gysgod yr eithin, a chan ddisgwyl nos i guddio'i symudiadau pellach.

Yn ei dro gwelodd Robin hefyd yr yswain yn dynesu, a rhywbeth yn ysgogiad hwnnw yn arwyddo bod ei neges yn un erch. Troes yntau ar ei sawdl, a dechreuodd gerdded ymaith. Yr un adeg gwelodd yr yswain Robin, a dilynodd ef yn bwyllog a didwrw. Ni ddaeth i feddwl y Lleidr i sefyll ei dir, a gwadu'r bai. Cerddodd ymaith, gan gymryd y camwedd arno'i hun fel petai'n ddiarwybod. A theimlai'r yswain ymhob cymal o'i gorff mai llofrudd oedd hwn a symudai o'i flaen.

Yr oedd Robin yn rhy ystyfnig ei natur i fradychu brys, ac am hynny ennill tir a wnâi'r yswain. Hwyrach mai dyna a wnaeth i Robin o'r diwedd droi o'i lwybr a thorri ar draws at fin y gors.

Ar dywydd sych yr oedd llwybr o ryw fath drwy'r gors, â'i ben rywle yn y fan honno. Sarn ydoedd ac heb fod yn hawdd na diogel i'w cherdded, ar ambell garreg ac ar

wreiddiau cryfion yr hesg ac yma ac acw ar foncyffion
hanner pydredig coed, gyda gorffwys yn awr ac eilwaith ar
ddernyn caletach o ddaear. Ond o'r ddeutu, ac ar bob llaw,
yr oedd y donnen ddu, megis heb waelod i'w haflendid.
Llwybr ydoedd y gallai'r cynefin anturio arno ar adeg
briodol, ond magl angheuol i un dieithr ar unrhyw adeg.
Am hwn y chwiliai Robin, gan hyderu cael ymwared felly
o'r hwn a'i hymlidiai.

Gall mai ffwdanu a wnaeth yr adyn, a cholli pen y llwybr
wrth weld yr yswain mor agos ato. Sut bynnag am hynny,
daeth o'r diwedd i'w unfan mewn magl rhwng y siglen
dwyllodrus ag wyneb serth craig o'i flaen. Daeth y llall i'r
fan hefyd, a golau yn ei wyneb yntau a awgrymai'n eglur y
gallai bod awr olaf un o'r ddau wedi dyfod.

Mor dawel oedd diwedd y dydd, heb awel yn symud na
sŵn i'w glywed ond su ambell i wenynen oedd yn hwyr
noswylio. Yr haul ar i waered tua'r mynydd Twr, a'r byd yn
llonydd. Noswaith hafaidd ac amgylchoedd hyfryd, ac eto
nwydau dinistriol yn cyniwair yng nghanol yr hyfrydwch.

Â'i gefn at y gors safodd Robin fel rhyw fwystfil mawr
wedi ei gornelu ac ar fin ymosod, cynddaredd a braw yn ei
edrychiad. Yr oedd yn ddyn corffol; ei gefn yn llydan, a'i
freichiau'n nerthol os yn afrosgo. Ni ddywedodd Morys air,
ond darllenodd Robin ei fwriad, ac aeth ei law i'w logell am
un o law-ddrylliau Madam Wen. O fewn pumllath i'w nod
saethodd. Ond daeth y llall ymlaen gyda naid, fel un a
wawdiai fân deganau diniwed felly. Taflodd Robin y dryll
i'r llawr, ac ymbaratôdd.[*]

Morys oedd y talaf a'r ystwythaf, ond i gyfarfod hynny
yr oedd i Robin ddyrnau fel cerrig a natur mor gignoeth â
dywalgi. A gwastad fu'r ymladdfa am ysbaid, y taro ffyrnig
a'r osgoi deheuig.

---

[*] Un ergyd yn unig a ddaliai llawddrylliau'r cyfnod. Da i ddim
oeddynt wedi'u tanio heb gael llonydd i'w llwytho drachefn.

Un dyrnod deg gan Morys a fuasai'n llorio Robin er lleted ei gefn, a gwyddai yntau hynny'n burion. Yr oedd ei freichiau'n dduon o gleisiau ers meitin. Ymladdai'r yswain gyda gofal neilltuol. Yr oedd wedi taro ar y nesaf i'w hafal mewn nerth braich a welsai erioed, ac yn gwybod hynny. Gwyddai hefyd ei fod yn ymladd â llofrudd, ac mai angau'n unig oedd i roddi pen ar yr ornest o du Robin.

Ni sylwodd yr un o'r ddau mai modfedd wrth fodfedd yr enillai Morys dir ar leithder min y gors. Ac yn ei gyfyngder, a bron yn ddiarwybod iddo'i hun y gafaelodd Robin yn arddwrn ei wrthwynebydd. Am un amrantiad y parhaodd yr afael honno. Ysgydwodd y llall ef ymaith fel pryfyn gwenwynllyd, ac ar drawiad ymsaethodd ei fraich yntau am gefn y lleidr.

Ymhleth mewn gefynnau haearnaidd ymsiglai'r ddau ôl a blaen, heb fantais amlwg i'r un, y naill fel y llall yn ymgais am yr afael orau. Nid oedd yno neb i weld mor agos yr oedd gelyn arall i drechu'r ddau yn ddiwahaniaeth, gan fygwth eu llyncu i'w grombil aflan, heb sôn mwy amdanynt. Robin a gafodd yr afael orau gyntaf. Cododd cyhyrau ei freichiau i fyny fel pelennau pwysfawr o haearn wrth wasgu ei wrthwynebydd, mewn un ymgais fawr derfynol i'w ddifa. Teimlodd Morys ddwy neu dair o'i asennau'n torri fel brigau crin yr eithin. Plannodd yntau ei ddeheulaw yng ngwddf Robin fel un yn cael ei gynnig diwethaf.

A'i anadl ar ddechrau pallu crynhodd Morys ei holl nerth i'w ddeheulaw, oedd yn awr fel gefail o ddur ym mwnwgl y llall. Ac fel y tynhâi ei afael, llaciai breichiau'r lleidr am ei ganol yntau, fel petai'n araf ddiffrwytho. Dechreuodd wyneb Robin dduo, a'i lygaid sefyll allan a dangos ymylon fflamgochion.

Wrth weld y llall yn siglo ar ei draed, a deall nad allai wrthwynebu ymhellach, ciliodd yr awch am ei gosbi o galon Morys, a daeth iddi'r tynerwch oedd gynhenid yno.

"Llofrudd wyt ti, Robin, ond Duw biau dial!" meddai, ac ar hynny gollyngodd ei afael a chiliodd yn ôl, ond mewn anhawster, gan deimlo am y tro cyntaf frath y boen oddi wrth ei asennau drylliedig. Â'i sylw ar hyn, clywodd lw, a phan droes i ailedrych gwelodd Robin at ei geseiliau yn y donnen.

Gan amcanu cynorthwyo'r adyn, er gwaethed oedd, nesaodd at ymyl doredig y donnen, ond wrth geisio ymestyn i afael yn ei law suddodd ei goes yntau hyd at y glin yn y siglen fudr-ddu. Ymdaflodd yntau'n wysg ei gefn a disgynnodd ar lecyn o'r wyneb oedd gryfach, gan wybod yn dda mor gyfyng fu ei ddihangfa.

Gwnaeth frys i ailgynnig, ac erbyn hynny nid oedd ond pen ac ysgwyddau Robin yn y golwg. Ar ei bedwar, ac mewn mawr boen, ymlusgodd Morys yn nes; ond gwelodd na fedrai ei gyrraedd. Â'i wyneb yn ddu-las, ddychrynllyd, taflodd Robin ei freichiau ar led ar wyneb y dom mewn ymgais wallgof i'w gadw ei hun i fyny. Tynnodd Morys ei got, a chan afael mewn un cwr gwnaeth raff ohoni i'w thaflu ato.

Ond methodd Robin â gafael ynddi, ac odditano sugnai'r gors ei hysglyfaeth i'w pherfedd aflan, yn araf, araf. Gyda gwaedd arswydus ymdaflodd Robin eilwaith, gan luchio llaid lathenni o'i gylch.

Pan ddarfu'r gawod laid edrychodd Morys amdano, ond heb ei ganfod. Daliodd i syllu'n hurt ar y fan, gan led-ddisgwyl ei weld yn codi drachefn. Ond er disgwyl ni ddaeth dim i dorri ar lonyddwch wyneb du'r donnen ond rhyw ddwy neu dair o swigod.

Ac wedi eistedd yn y fan honno, daeth Morys i deimlo rhyw oerfel dieithr yn ei aelodau, a chan feddwl mai'r lleithder a achosai hynny, ymlusgodd i dir sych at droed y graig ac eisteddodd yno ar y glaswellt.

Pan amcanodd symud a mynd i chwilio am Lewys, teimlodd ryw ysgafnder yn ei ben, a niwl o flaen ei lygaid, ac yr oedd brathiadau poen yn fwy mynych ac yn fwy miniog nag o'r blaen. Dywedodd wrtho'i hun y deuai'n well yn union, ac yr âi adref wedyn, ond y gorffwysai yn gyntaf.

Yn fuan teimlodd frath rhyw wayw llym nad oedd wedi ei deimlo o'r blaen. Yn ei ystlys yr oedd hwnnw, ac erbyn gweld yr oedd wedi gwaedu llawer. Cofiodd i Robin saethu ato.

Yr oedd yr haul yn tynnu at y gorwel, a'r ddaear yn dechrau gwlitho. Ar y gors cododd tarth fel hugan llwyd i guddio'i hwyneb. Ni welai Morys ddim ohoni nawr heblaw'r pwll y suddodd Robin iddo. Arhosai hwnnw o flaen ei lygaid heb darth i'w guddio, yn llecyn moel i'w atgofio, fel bedd newydd ei gau mewn mynwent las.

"Rhaid i mi godi a mynd," meddai wrtho'i hun fwy na dwywaith, ond bob tro y cynigiai syrthiai'n ôl drachefn fel plentyn heb ddysgu cerdded. Caeodd ei lygaid rhag gweld y donnen.

Ond ni chai orffwystra i gorff na meddwl. Brathai poenau ei gorff yn enbyd. Curiai ei feddwl hefyd. Gwnâi a fynnai, rhuthrai rhyw feddyliau gwylltion terfysglyd drwy ei ben, ac ni fedrai ymdawelu. Ar adegau meddyliai mai breuddwydio yr oedd, ond deuai fflachiadau eraill o ymwybod gwell pan wyddai'n eithaf da ei fod yn effro ac mewn poenau dirfawr. Ni feddyliodd unwaith mai brwydr ffyrnig oedd yno rhwng afiechyd a'i gyfansoddiad cadarn ef ei hun.

Unwaith gwelodd ef ei hun gydag Einir ar ben y Penmaen dyfnder echrydus islaw iddynt, a hithau'n dawnsio mewn rhyfyg chwareus ar ei drothwy. Daeth Robin y Pandy'n llechwraidd o rywle a thaflodd hi dros y dibyn bendramwnwgl o flaen ei lygaid, i lawr, i lawr, i'r eigion creulon islaw—a deffrodd yntau gyda naid! Gwelodd hi eilwaith yn gwingo yng ngafaelion llofruddion yn ymbil arno ef ar iddo ei gwaredu, ac yntau wedi ei glwyfo a'i rwymo a heb nerth i symud. Gwelodd gorff rhyw wyryf deg yn gorwedd ar y glaswellt, ac yntau'n ymdaith y ffordd honno. Ac wrth iddo'n dyner ei chodi, cafodd mai ei anwylyd ef ei hun oedd hi!

Cafodd ysbaid byr o weld yn eglur drachefn, a daeth i wybod ei fod mewn poenau enfawr. Dymunodd gael marw a'i synhwyrau yn ei feddiant, a chyn i nos a'i dychrynfeydd ddyfod drachefn i ffurfafen ei feddwl. Ond daeth nos eilwaith.

Yr oedd Lewys Ddu yn farch ymysg mil am ufudd-dod. Gwyddai am rwymedigaeth i barchu dymuniadau ei berchen i'r eithaf. Yr oedd ganddo feistr teg a charedig, gŵr na fyddai un amser yn trethu amynedd hyd yn oed march yn ormodol. Treuliodd Lewys ddwyawr difyr yn pori yn ymyl y llyn. Yr oedd yno damaid blasus, a swyn newydd-deb ynddo. Ond wrth weld nos yn dynesu, a'i feistr heb ddychwelyd, aeth y ceffyl du'n anesmwyth, a'r borfa'n ddiflas. Ni chaniatâi ei foesau da iddo weryru, er bod awydd gwneud hynny arno.

Wedi disgwyl yn hir iawn anturiodd gerdded i dir oedd uwch, er mwyn gweld y wlad. Ac wedi torri'r garw felly, nid oedd waeth mynd rhagddo bellach. I lawr y bryn, â'i ffroen wrth y llawr, cyflymodd ei gamau. Trwy ryw synnwyr rhyfeddol daeth o hyd i'r llwybr a deithiodd Morys, ac mewn hyder llawn. bod maddeuant i'w gael os oedd wedi troseddu, daeth i'r llecyn wrth sawdl y graig ar fin y gors lle y gorweddai ei arwr.

Ond derbyniad oeraidd a gafodd o edrych arni o safbwynt march o gymeriad gloyw. Aeth gam yn nes rhag digwydd na wyddai ei feistr ei fod yno. Ond ni chafodd na chyfarch cynnes nac chwaith air addfwyn o gerydd, dim ond distawrwydd fel canol y nos. Methai'n lân a deall hynny. Safodd yno'n hir iawn ac yn hynod amyneddgar, ond ni ddeuai golau o unlle ar y dirgelwch. Hyfdra a fuasai llyfu wyneb ei feistr, hwyrach, ond yr oedd blys gwneud hynny arno. Aeth mor bell a ffroeni yn ofalus ac yn hir o gylch ei ben. Ond er hynny ni chafodd eglurhad yn y byd ar ymddygiad anghyffredin ei berchen. Nid oedd dim i'w wneud ond arfer mwy o amynedd. Ac am hynny penododd Lewys ef ei hun yn wyliedydd mud uwchben yr un a garai yn fwy na neb arall.

XVII.
Cyflawni Hen Addewid

Er mai dychryn dirfawr i Nanni oedd cael Madam Wen yn ei gwaed, eto ni phallodd ei hunan-feddiant hi am funud. Da oedd ganddi weld cefn yr yswain drylliog ei deimladau, a chael ei ffordd ei hun i weini arni. Cofiodd fel y daeth Huw Edwart y 'Sgubor ato'i hun wedi bod y drws nesaf i farw pan drodd y drol, ac nid anobeithiodd am funud. A chyn hir cafodd ei gwobr pan welodd ryw gysgod o symudiad yn yr amrantau caeëdig.

Pan ddechreuodd Einir ddadebru, agorodd lygaid mawrion syn, fel un newydd ddyfod yn ôl o fyd arall, ac wedi colli adnabod ar yr hen. Edrychodd o'i hamgylch mewn ymholiad mud, wedi anghofio popeth. Edrychodd ar Nanni, â'i meddwl fel petai'n ymbalfalu am ryw atgof oedd wedi dianc ac yn gwrthod dyfod yn ôl.

O'r diwedd gydag ymdrech egnïol i wenu gofynnodd yn wannaidd, "Beth sy'n bod, Nanni?" Daliwyd Nanni mewn dryswch am ennyd. Ond yr oedd wedi hir ddysgu sut i fod yn amwys. A hwyrach mai hynny oedd y doethaf ar y pryd. Bu'n amwys ac yn dyner iawn, ac yn bur ddeheuig, am ysbaid. Ond yr oedd ei chalon yn llawen fel y dydd, er yr holl ddychryn a gawsai.

Pan farnodd ei bod yn ddiogel i'w gadael am ychydig amser penderfynodd Nanni mai mynd y ffordd unionaf am Dafarn y Cwch i chwilio am gynhorthwy a wnâi, ac aeth ar unwaith. Yn y fan honno cyflwynodd genadwri mor gyffrous mewn byr eiriau nes peri i wyneb Siôn Ifan fynd cyn wyned â chap Catrin Parri. Yr oedd yr hen ŵr am gychwyn yno ar unwaith yn llewys ei grys heb unrhyw baratoad, ond awgrymodd Nanni bod Dic yn sioncach.

Cytunai'r hen ŵr yn ebrwydd, ond ffwdanai lawer gan ddangos mor fawr oedd ei ofal a'i bryder.

Heb golli amser aeth Nanni a Dic ar redeg at lan y llyn. Yr oedd cwch y Dafarn yn barod i'r dŵr ar bob adeg, a'r tro hwn rhwyfodd Dic dan gamp. Wedi glanio, ef a gafodd weini gyntaf ar bendefiges glwyfedig y parciau, a rhoddi prawf iddi o werth brandi Siôn Ifan mewn argyfwng. Ac ni fu amheuaeth am rin y nwydd.

Yr oedd rhai o'r cysgodion wedi cilio o feddwl Einir erbyn hyn, a chofiai mai ei chlwyfo a gawsai mewn ysgarmes â Robin a Wil, ac mai eu hamcan oedd ei hysbeilio. Cofiai mai Robin a saethodd. Mwy ni wyddai, ac ni soniodd air tra y cludai Dic a Nanni hi ar eu breichiau i'w dodi yn y cwch. Ond yr oedd yn fodlon iawn i fynd i Allwyn Ddu yn ôl cynllun Nanni, ac ni ddywedodd lawer ar ei thaith. Wedi dyfod i'r lan yn y cwr draw, cludwyd march o Allwyn Ddu, a rhwng ei hymgeleddwyr, un yn gwarchod ar bob ochr, teithiodd yn ddiogel a heb lawer o boen yr ychydig ffordd oedd oddi yno i fyny'r bryn i gartref Nanni.

Wedi cael amser i chwilio'r clwyf, caed nad oedd cynddrwg ag yr ofnid. Eto cawsai ddihangfa gyfyng. Nid oedd yr archoll ei hun yn bwysig, a deallwyd mai'r ysgytiad a'r braw oedd wedi ei llethu pan syrthiodd. Ond yr oedd wedi gwaedu llawer, ac wedi gwanhau.

Nid oedd pryder y forwyn drosodd eto chwaith. Daeth nos, ac anfonodd hithau air gwyliadwrus o ymholiad i Gymunod, a hysbyswyd hi na ddaethai'r yswain adref. Parodd hyn gryn derfysg ym mynwes Nanni. Beth os digwyddodd rhyw niwed iddo? Ac onid oedd hynny'n ddigon tebyg wrth ymwneud â dihirod fel Wil a Robin? Ac nid oedd hithau wedi sôn gair amdano wrth Madam Wen rhag ei chynhyrfu. Ond ai ni ddylai hi wneud hynny'n awr? A pha faint y dylai hi ei ddweud? Daeth ei eiriau ef yn fyw i feddwl Nanni. "Dyma gannwyll fy llygaid i!"

Er disgwyl oriau ni ddaeth gair o'i hanes o unman. Ac o'r diwedd daeth Nanni i weld yn eglur na allai gelu yn hwy. Byddai raid troi allan i chwilio amdano, a gorau po gyntaf. Gwaith anodd oedd dweud ei hofnau, ond dyna fu raid.

Fel yr ofnai Nanni cododd Einir ar unwaith o ganol y clustogau, a'r hen olau yn ei llygaid, ac am y tro cyntaf ers talm clywyd acenion pendant yr ogof fel y clywsid hwynt yn nyddiau hoender Madam Wen. "Sut na fuaset ti wedi dweud wrthyf yn gynt? Ym mhle mae'r gaseg wen, tybed?"

Gwyddai Nanni bod y gaseg ddeallgar yn y buarth ers dwyawr, ond ni ddywedodd hynny. Gydag amynedd mawr a llawer o ddoethineb llwyddodd i droi'r ferch eiddgar oddi wrth ei bwriad byrbwyll, a threfnwyd bod i Nanni a Dic chwilio am gymdeithion i fynd ar unwaith i ymofyn yr yswain.

Noswaith arw i Einir oedd honno. Wrth grwydro tir a môr mewn llawer cwr o'r byd bu mewn aml i helynt flin heb boeni llawer. Gwelodd flinfyd heb anobeithio. Wynebodd beryglon gan chwerthin yn iach, a daeth trwy lawer awr gyfyng yn ysgafn galon. Ond yn ei gyrfa flin ar ei hyd ni ddaethai o'r blaen i awr mor llawn o ing â hon. Beth na roesai'n awr am ei hoen arferol!

Casglodd Dic fagad o lanciau'r fintai mewn byr amser, ac aeth pawb i'w waith gydag aidd; rhai yma a rhai acw; rhai i hela Wil, eraill at gartref Robin; a rhai i'r parciau. Yno yr aeth Nanni a Dic. Chwiliwyd yr ogof, a gwelwyd yr anhrefn oedd yno, ond nid oedd yno unrhyw arwydd arall o'r lladron nac o'r yswain. Chwiliwyd y llwybrau bob un, ond i ddim pwrpas.

"A oedd ei geffyl ganddo, a ddwedaist ti?"

"Ar ei draed y gwelais i o'n mynd, a Lewys yn pori wrth y llyn."

"Pa le'r oedd y ceffyl du, ynte? Carlamwyd ôl a blaen hyd lwybrau'r parciau unwaith wedyn i chwilio am Lewys Ddu, a'r lloer newydd godi. Ac yn y man clywsant weryriad cyffrous march heb fod ymhell oddi wrthynt. Cododd hyn obaith yn gymysg ag ofn yn eu mynwesau. A'r sŵn yn eu harwain daethant olwg y gors, ac i'r fan lle y culha'r fynedfa rhyngddi â'r creigiau, ac yno daeth Lewys Ddu i'w cyfarfod, gan ddangos anfodlonrwydd amlwg o'u gweld yn nesáu at y llecyn a warchodai ef gyda'r fath eiddigedd. Disgynnodd Nanni ar frys a siaradodd yn garedig â'r ceffyl du. Ciliodd yntau'n ôl yn araf, gan foeli ei glustiau, a dilynodd hithau.

Safodd ennyd heb ddigon o hyder i fynd ymhellach a gwybod y cwbl. Bron na ddeisyfai ar i Dic gymryd ei lle, ac iddi hithau afael yn y meirch.

Yn ôl trefn natur nid difyr i'r glust ydyw sŵn griddfan un mewn poenau. Ond yr oedd natur mewn tymer od y noson honno. Cwyn un oedd yn dioddef poen oedd y sŵn, ond daeth i glustiau Nanni a Dic fel y miwsig pereiddiaf. Ac ar unwaith cafodd Morys yntau ddwylo awyddus yn estynedig i'w helpu allan o'r glyn.

"Dos nerth hoedl dy ferlyn, Dic!" meddai Nanni, ac aeth yntau ar garlam i gasglu at ei gilydd gymaint o'i lanciau ag a fedrai.

Yr oedd Morys yn ddigon o faich i chwech o ddynion cyffredin, ond caed digon o ddwylo parod yn bur fuan. Griddfannai'n enbyd ar ei daith, ac wrth sodlau ei gludwyr cerddai Lewys, yn ddigon drwg ei dymer am y tybiai mai hyfdra o'r mwyaf i'w gymryd ar ei feistr oedd hyn. Wedi cyrraedd adref gosodwyd ef yn ei wely yn yr ystafell hir lle bu "Madam Wen"—dro yn ôl o dan gyfarwyddyd Nanni— yn chwarae cast yr ysgrepan ledr. Ac yno y bu am lawer o nosweithiau digalon.

Dyletswydd nesaf Nanni oedd prysuro i Allwyn Ddu i adrodd yr hanes, ac ni fu erioed y fath ddisgwyl ag oedd yno amdani. Er cilio o'r cymylau duaf pan ddeallwyd ei fod yn fyw, yr oedd yno lawer i'w holi a'i ateb cyn y tawelai Einir. Ac ychydig a wyddai Nanni a phawb arall y noson honno, heblaw bod yr yswain, yn ôl pob arwydd, wedi bod mewn ymladdfa greulon â rhywun ac wedi cael ei anafu'n dost. Daeth ychydig mwy o olau drannoeth pan aeth Dic i chwilio mangre'r frwydr, a chael yno un o arfau Madam Wen ar y glaswellt, a gweld olion yr ymdrech ar fin y gors. Am ddeuddydd bu llawer o ddyfalu yn y cylch cyfrin pa beth a ddaethai o Robin a Wil. Nid oedd Wil ar gael yn ei fwthyn na nos na dydd, ac nid oedd Robin yn y Pandy chwaith, ac ni wyddai'r hen bobl ddim o'i gerdded. Yr yswain oedd yr unig un a fedrai godi'r llen oddi ar ddirgelion y prynhawn hwnnw ar fin y gors, ac ni wnâi ef hyd yma ond griddfan yn boenus rhwng cwsg ac effro.

Ond un hwyrddydd o'r wythnos honno deffrodd yr yswain i'w lawn synhwyrau, ac un o'r pethau cyntaf a wnaeth oedd galw am Twm Pen y Bont. A Thwm fu ei wyliedydd a'i weinidog o'r awr honno tra bu angen un. Yr oedd Nanni yn Allwyn Ddu, ac erbyn hyn heb fod yn gwybod yn sicr ei hunan morwyn pwy ydoedd.

Twm, ar dro byr yn Nhafarn y Cwch, oedd y cyntaf i gyhoeddi hanes diwedd arswydus Robin, a'r un adeg y daeth y stori arall yn gyhoeddus, a phawb oedd o'r hen gymdeithas i wybod mai Robin a Wil oedd llofruddion y teithiwr hwnnw a gollwyd ar y llaerad. Y mae'n debyg mai'r yswain, wrth adrodd pa fodd y diweddodd gyrfa Robin, a ddywedodd wrth Twm am drosedd y llaerad, a hynny heb egluro pwy a'i hysbysodd ef, os cofiai hynny.

Wedi'r holl drafod yr oedd pawb yn unfarn mai da oedd cael gwared o ddau mor waedlyd, ond crynai'r caletaf wrth ystyried y dull ofnadwy y daeth Robin i'w ddiwedd. Am Wil syniai pob un mai i'r crocbren y deuai o'r diwedd er amled ei ystrywiau; ac os oedd yn wir wedi mynd yn ffoadur, ac wedi colli amddiffyniad y goedwig eithin, digon o waith nad dyfod i'r diwedd hwnnw'n fuan a wnâi. A'r wlad yn dyfod i wybod amdano, ni fyddai unrhyw fodd iddo osgoi yn hir.

Yr oedd pwysigrwydd Twm Bach yn rhyfeddol y dyddiau hynny. Parodd ei ymweliad ag Allwyn Ddu un prynhawn gynnwrf nid bychan yn y fan honno. Ac yr oedd yn anodd gwybod pa un ai'r feistres ai'r forwyn oedd mewn mwyaf o ffwdan a ffest oherwydd ei ddyfodiad. Ond gwenu a wnâi Twm, ac ailadrodd, "Dyna ddywedodd yr yswain."

Un o ganlyniadau ymweliad Twm oedd llawer o ymgynghori rhwng Einir a'i morwyn, a bu raic i Nanni fynd dan arholiad ar yr un maes droeon y noswaith honno: am brynhawn oedd wedi mynd heibio y siaradent.

"Beth ddywedaist ti gyntaf pan aethost yno, Nanni?"

"Nid wyf yn cofio'n iawn beth ddywedais gyntaf, ond mi ddywedais wrtho am y perygl yr oeddych ynddo."

"A ddywedaist ti bod ofn arnaf!"

"Na, nid wyf yn meddwl y medrwn ddweud hynny. Ni wyddwn i ddim. Dichon y dwedais bod ofn arnaf fi. Ac yr oedd."

"A ddywedaist ti pam yr oeddit yn mynd ato ef yn dy bryder?"

"Naddo. Ond i ba le arall yr awn?"

"Ond ddywedaist ti mo hynny?"

"Naddo."

"Beth ofynnodd o iti gyntaf? A wyt ti'n cofio?"

"Gyntaf? Nac wyf, am wn i. Os na ofynnodd ef imi ai Madam Wen a'm gyrrodd yno."

"Ai dyna ofynnodd ef gyntaf oll?"

"Yn wir, rhag ofn imi ddweud anwiredd nid wyf yn cofio. Ond rwyf yn siŵr iddo ofyn ai chwi a'm gyrrodd."

"Beth atebaist ti?"

"Dywedais na wyddech chwi ddim am fy nyfod, mwy nag y gwyddech am y perygl oedd yn ymyl."

"A wyt ti'n siŵr iti ddweud hynny?"

"Ydwyf, yn siŵr."

"Beth ddywedodd ef wedyn?"

"'Mi ddof ar unwaith.' Ac mi ddaeth!"

"A welaist ti o'n cychwyn?"

"Aeth heibio i mi ar y ffordd yn gyrru fel y gwynt."

"Nanni! Cofia dy fod ar dy lw yn awr! Beth a ddywedodd yr yswain wrthyt yn y parciau?"

"Af ar fy llw na ddywedodd o'r un gair ond 'Dyma gannwyll fy llygaid i'!'"

"Gan olygu Einir Wyn!" meddai hithau'n frysiog, â'r gwrid yn ymdaenu ar ei gruddiau.

"Gan edrych yn drallodus iawn ar Madam Wen!" meddai'r forwyn yn *sly*.

"Mae'n siŵr mai ei gamddeall ddarfu iti, Nanni!"

"Na—wnes i ddim camddeall! "

"Nanni! Petawn i'n peidio â mynd yno yfory, pa esgus a gawn?"

"Wn i am yr un yn y byd!" meddai Nanni'n bendant.

Ac ni wyddai Einir chwaith.

XVIII.
Gŵyl yr Hydref

Yr oedd rhyw briodoldeb pert mewn cadw gŵyl ar ddydd y nawddsant mewn bro fel Llanfihangel. Nid sant pob plwy a bennai ddydd ei ŵyl gyda'r fath ddoethineb, gan ystyried amgylchiadau tymhorol y rhai oedd o dan ei nodded. Wedi prysurdeb cynhaeaf, ac wedi mis o ddyrnu ar gyfer gaeaf, amheuthun oedd cael gŵyl cyn canol hydref i orffwys ac i ymddifyrru cyn dyfod oer hin Tachwedd.

Ar derfyn tymor da, hawdd oedd llawenhau ac ymdaflu i ysbryd yr ŵyl yn egnïol. Ac os tymor symol a fyddai wedi digwydd, mwyaf yn y byd a fyddai o angen hwyl yr wylmabsant er codi'r galon ac er adnewyddu gobaith am dymor gwell flwyddyn wedyn. Nid oedd fawr neb a fedrai wrthsefyll y demtasiwn i fod mewn tymer dda ar ddiwrnod y "glapsant."

Blwyddyn adfydus a gawsai Siôn Ifan: yr arwaf, fe dybiai, a fu ar ei ben o'r dydd yr ymgymerodd gyntaf â thorri syched cymdogion o dan arwydd y Cwch. Ond wedi ystorm a blinfyd daethai haul ar fryn eilwaith, a llawenhâi Siôn Ifan er mai haul ei hydref oedd.

Un achos llawenydd neilltuol iddo oedd bod ei fab hynaf wedi llwyr ymwadu â'i hen anwadalwch, ac yn awr yn mynd i briodi. Yr oedd Catrin Parri hefyd yn falch ryfeddol o hynny, yn enwedig gan mai Nanni oedd y wraig i fod. A pha wythnos o'r flwyddyn, o ddechrau Ionawr i ddiwedd Rhagfyr a fuasai hanner mor gymwys fel amser priodi ag wythnos yr ŵyl? Yr adeg honno byddai ardal gyfan yn fwy na pharod i gydlawenhau. A dyna mewn rhan pam y trefnwyd priodas Dic y diwrnod o flaen yr wylmabsant. Gwnaed Tafarn y Cwch yn dŷ gwledd y diwrnod hwnnw.

Daeth priodas Dic yn fath o arwyddlun ymysg ei gymdeithion o ddiwedd un oruchwyliaeth a dechrau un newydd. Ef a fu'n ddolen gydiol, fel petai, rhwng arweinwyr y fintai â bechgyn tawelach y fro. Ond daethai amser dewis llwybrau, ac ymwrthod a wnaeth Dic â ffyrdd a llwybrau Wil a Robin, ac felly'r ardal hefyd, gan ddewis yn hytrach ymwadu â'r hen fywyd yn ei holl agweddau na cherdded ffordd y gwaed. Dyna pam y peidiodd y fintai â bod.

Dichon mai naturiol iawn y diwrnod hwnnw oedd i ddychymyg pawb yno ehedeg oddi wrth fwrdd llawen y wledd i brif dre'r sir, ac i'r carchar lle'r eisteddai Wil yn disgwyl am y bore oedd i roddi terfyn sydyn ar ei holl oruchwyliaethau daearol ef. Ond nid oedd y gronyn lleiaf o gydymdeimlad ag ef, mwy na Robin, ym mynwesau'r rhai oedd wedi cydweithio â'r ddau yn yr amser a fu. Ac ni soniwyd gair amdanynt drwy gydol y dydd.

Ddiwrnod y briodas yr oedd y *Wennol* wrth angor yn afon Cymyran, ac yn chwifio baner i ddathlu'r uchelwyl. Ond yr oedd Huw Bifan a'i griw bron i gyd ar y lan ers oriau, ac yn Nhafarn y Cwch, â'u llygaid mor llon â neb oedd yno. Y bore hwnnw y daeth gair i Huw i ddweud bod y *Wennol* wedi newid perchen. Nid fel yr ofnent i ddyfod yn eiddo estron. Cynhysgaeth Nanni oedd hi ar ddydd ei phriodas, rhodd y ferch fonheddig galon-gynnes o'r parciau: ac o hynny allan Dic fyddai piau'r llong las.

Y bore wedi diwrnod priodas Nanni, cododd Twm bach Pen y Bont oriau o flaen yr haul, gan rwgnach wrtho'i hun, er cynhared oedd, ei fod wedi cysgu'n hwyr. "Cychwyn chwech o'r gloch yn ddi-ffael a ddywedodd o," meddai Twm wrtho'i hun, "a dyma hi'n awr a'r haul ar godi!" Wrth weld ei rodres gellid casglu ar unwaith bod rhywbeth a ystyriai'n bwysig ar droed y diwrnod hwnnw. Ni fu erioed y fath ymolchi ac ymdrwsio, y fath ffwdanu a brysio, anghofio a throi'n ôl, ac ailgychwyn ar fwy o ffrwst na chynt. Ond o'r diwedd rhoddwyd clo yn derfynol ar ddrws y bwthyn, ac i ffwrdd â Thwm i fyny'r meysydd tua chartref Morys Williams.

Yno bu raid i Lewys Ddu a'r merlyn melyn fynd o dan driniaeth ofalus, i'w gwneud hwythau'n addas i ymddangos ymhlith rhai pwysig. Yr oedd Twm wedi gorffen paratoi pan ddaeth yr yswain allan yn barod i daith, heb fawr o olion afiechyd arno. Edrychodd tua'r dwyrain, a'r wawr newydd dorri, a dywedodd yn llawen: "Diwrnod braf, Twm!"

A bore hyfryd ydoedd hwythau'n teithio tua chodiad haul ac yn gweld y wawr yn ymledu beunydd. Wrth ddringo ael Penymynydd, daeth i gof yr yswain daith flaenorol Twm ar draws y sir: "Dyma ffordd Biwmares!" meddai, gyda gwên a arwyddai mai ffordd y trybini oedd honno'n fynych.

"Ie, syr!" atebodd Twm, "ond y fi ydyw'r dyn rhydd heddiw!" mewn awgrym llydan nad anghofiai pa beth oedd neges yr yswain yn ninas yr esgob.

Wedi teithio'n hamddenol rhag blino'r meirch, daethant i olwg Menai uwchben Porthaethwy, yr haul erbyn hyn ar i fyny, a gwelsant yr Wyddfa a Charneddau'r tywysogion ar fore clir. Wedi croesi'r afon daeth Lewys Ddu a'r ebol melyn wrth eu pwys i Fangor, ac i westy o dan arweiniad Twm, a'r yswain yn mynd i'w ffordd yntau. Ac wedi darfod ymgeleddu'r meirch, aeth Twm hefyd tua'r eglwys gadeiriol, ac i mewn yn ddistaw i eistedd o'r neilltu, ac i syllu o hirbell ar y cwmni mawreddog oedd yn dechrau ymgasglu yno. Ni welodd yn ei oes y fath rwysg ac ysblander mor agos ato, y fath nifer gyda'i gilydd mewn un lle o "bobol fawr" y wlad. Pe gwybuasai, hufen bonedd Gwynedd oedd yno wedi dyfod i dalu gwrogaeth i ddau o'u gwehelyth oedd hoff ganddynt.

Yn fuan daeth pawb i ddeall bod rhywun oedd bwysicach na neb arall ar ddyfod i mewn. Wrth weld eraill yn troi i edrych tua'r drws, ag yntau'n fyr o gorff, cododd Twm ar ei draed, a gwelodd farwnig y Penrhyn yn dyfod i mewn, ac yn ei fraich—"Nid âi o'r fan yma!" meddai Twm wrtho'i hun, "Madam Wen!"—mewn gwisg ac mewn gwedd yr harddaf o'r holl wyryfon, pendefiges yn wir! O hynny hyd ddiwedd y gwasanaeth prin y gwyddai Twm pa un ai ar ei draed ai ar ei ben y safai. Yr oedd yn llawen y tu hwnt i allu geiriau i ddatgan hynny.

O'r gwesty yn y ddinas aeth Twm i'r Penrhyn, gan arwain y ceffyl du. Yn y castell yr oedd borefwyd wedi ei ddarparu ar gyfer cannoedd, ac ni fu'r dyn bach yn ôl o gyfran werth teithio ugain milltir i'w hymofyn. Ond uchaf hyfrydwch, wedi'r wledd, oedd i arwres hardd y dydd ddyfod ei hunan o ganol y rhwysg i chwilio amdano. I chwilio amdano ef, Twm Pen y Bont, ymysg ugeiniau! Drysodd hynny fwy arno nag amrywiaeth danteithion y byrddau gorlwythog. Ond chwarae teg i Twm, nid ef oedd yr unig un, o lawer, oedd wedi syllu arni'r bore hwnnw mewn edmygedd, yn fud o dan gyfaredd ei thegwch.

"Twm!" meddai wrtho, â'i llygaid yn dawnsio o lawenydd: "A wyt ti ddim am ddymuno'n dda imi ar ddydd fy mhriodas?"

"Ydw!" meddai yntau, gan adael i'w lygaid di-gêl haeru mor bur oedd y dymuniad.

"Dos i Dafarn y Cwch nos yfory, a dywed yr hanes wrth Nanni!"

"Yr ydwyf yn siŵr o fynd!" meddai Twm, ac wrth weld ei bod hi ar ei adael, a heb gael amser i ystyried ai hyfdra ynddo oedd hynny, gofynnodd: "Mi ddowch yn eich ôl i'r ardal?"

Gan hanner troi yn ôl, chwarddodd hithau mewn ateb: "A wyt ti'n meddwl y byddai'n well i mi ddyfod?"

"Wn i ddim beth ddaw ohonom ni heboch chwi!" atebodd yntau o waelod ei galon.

Yn fore drannoeth cychwynnodd Twm tuag adref, ac ar ei ysgwyddau gyfrifoldeb holl dda'r yswain yng

Nghymunod am bythefnos faith. Ym min yr hwyr aeth at Dafarn y Cwch, nid i glywed hanes y "glapsant", ond am y gwyddai fod allwedd clo'r prif ddiddordeb yn ei feddiant ef. Ac ni siomwyd ef yn y croeso a gafodd. Nanni a fynnodd glywed yr hanes i gyd o bant i dalar yn gyntaf a'r hen ŵr yn dianc yno i wrando bob cyfle a gâi. Ond nid oedd hynny ond dechrau adrodd. Twm oedd arwr yr hwyr, wedi diorseddu Dic yn llwyr o'r anrhydedd a enillodd hwnnw ryw ddeuddydd yn gynt trwy briodi Nanni yn eglwys y llan.

*   *   *

Daeth noswaith yn fuan wedyn pan welwyd cynteddau Cymunod o dan eu sang o wahoddedigion, a'r rheini i gyd yn breswylwyr ardal y llynnoedd. Daethant yno i lawenhau, ac i roi croeso i'w chartref newydd i wraig yr yswain.

Yr oedd yno amryw a welai Einir Wyn am y tro cyntaf erioed a mawr y sibrwd oedd yn eu plith, a'r edmygu a'r rhyfeddu at degwch digymar a harddwch y wraig ifanc. Enillodd lawer o galonnau o'r newydd y noswaith honno.

Ond yr oedd yno liaws eraill, â'u cariad diwyro tuag ati wedi gwreiddio'n ddwfn mewn cyfnod a aeth heibio wedi ffynnu trwy flinfyd a thrwy wynfyd blynyddoedd ac yn awr yn derbyn y wobr uchaf wrth ei gweld hi yn wraig ddedwydd un o wŷr unionaf a thirionaf y wlad. Yng ngolwg y rhai hyn yr oedd ei briodas wedi gosod mwy o urddas ar Morys mewn un awr na holl dras a bonedd y Chwaen. Wrth syllu arni, a gweld fel yr addurnai ei chylch newydd, diau i lawer atgof o'r dyddiau a fu wibio drwy eu meddyliau. Ond dyma Siôn Ifan ar ei draed, a gofynnir am osteg.

Y mae'n mynd i ddymuno hir oes a dedwyddyd i'r yswain a'i wraig, ac i gynnig eu iechyd da hwy mewn cwpaned o win. Ofer mwyach fydd hiraethu am yr hen amser. Dyna roddi clo na ddatodir byth ar bob mynwes ffyddlon. Ni ddwedir hynny, wrth reswm. Ond y mae'r cwpan wrth enau llanciau'r ardal, a'r hyn a fu, a fu. Hir oes i wraig yr yswain! Ac ni fydd ond sôn yn y gwynt mwyach am Madam Wen.

DIWEDD

Ar gael hefyd o www.melinbapur.cymru

R. Silyn Roberts

Llio Plas y Nos

"...noson oedd hon i lenwi'r ofnus â braw. Symudai cysgodion y cymylau ar hyd wyneb y ddaear, a newidiai cysgodion brigau'r coed i bob ffurf a llun dan gernodiau ffyrnig gwynt y gorllewin. Awgrymai'r cysgodion ansicr eu dawns bresenoldeb ellyllon a drychiolaethau i'r dychymyg; a swniai'r gwynt trwy'r brigau a'r glaswellt fel rhuthr lleng o ysbrydion anweledig yng ngolau gwan, gwelw'r lloer; cymerai pethau cyffredin ffurfiau annaturiol, a hawdd i feddwl dyn oed llithro i stad freuddwydiol ac ofnus, ac ymlenwi â hanesion dychrynllyd am ffyrdd a llwybrau lle y cyniweiria ysbrydion anesmwyth eu byd."

Ar eu gwyliau yng Nyffryn Llifon, mae Gwynn Morgan a'i gyfaill, y Ffrancwr Ivor Bonnard, yn clywed sibrydion am yr hen adfail rhyfedd, Plas y Nos, ac yn dysgu am hanes arswydus y lle. Wedi iddynt fynd i'w archwilio, mae ar Ivor eisiau gwybod rhagor. Tybed, mewn gwirionedd, ai cyd-ddigwyddiad yw hi eu bod ill dau yno?

Stori ddirgelwch gyffrous sy'n cyfleu elfennau o syniadaeth rhamantaidd ei hawdur, cyhoeddwyd Llio Plas y Nos gyntaf yn 1906 a'i hail-gyhoeddi ddwywaith yn yr 1940au. Mae'r argraffiad newydd hon mewn orgraff ddiwygiedig yn cyflwyno'r nofel o'r newydd i ddarllenwyr heddiw.

Emile Souvestre

Bugail Geifr Lorraine

Cyfieithiad Cymraeg gan R. Silyn Roberts

"Trysori'r tair ceiniog a roddasai Jeanne iddo a wnâi efe, a chadw ei chyngor yn ei gof. Hynny oedd am ei fod yntau hefyd wedi ei fagu ymhlith y gwerinos hyn na feddent ddim namyn mamwlad y dymunent ei chadw; yntau er yn fore wedi arfer caru ei bobl yn well nag ef ei hun, a gasâi â'i holl reddfau iau'r tramorwr, ac a fynnai gadw, â phris ei fywyd o bai raid, bethau hanfodol y genedl, sef y brenin, y faner, a saint gwarcheidiol Ffrainc."

Ffrainc, y 1420au. Mae'r Ffrancod a'r Saeson wedi bod yn brwydro dros oruchafiaeth am ddegawdau, gan droi pob cornel o'r wlad yn faes brwydr. Bugail digon di-nod yw Remy nes i farwolaeth ei dad arwain at ddarganfyddiad annisgwyl am ei orffennol ef ei hun. Gyda'i fentor, y mynach Cyrille, cychwynna Remy ar daith i hawlio'i etifeddiaeth; ar yr un pryd daw sibrydion am yr arwres newydd Jeanne D'Arc, sy'n bwriadu erlid y Saeson o'r wlad unwaith ac am byth.

Cyhoeddwyd Bugail Geifr Lorraine, cyfieithiad Silyn o nofelig hanesyddol Emile Souvestre Le Chevrier de Lorraine, yn wreiddiol yn 1925; mae'r argraffiad newydd hwn mewn orgraff fodern yn cyflwyno'r antur gyffrous hon i ddarllenwyr o'r newydd.

T. Gwynn Jones
Lona

"Dewines, duwies, drychiolaeth, pa beth? Rhywbeth ond geneth gyffredin o gig a gwaed. Bwriodd ei hud drosto hyd na wyddai ef pa beth i'w feddwl amdani. Agorodd ffenestr ei henaid iddo, a dangosodd beth o'r trysor ysblennydd oedd yno, heb yn wybod i neb ond iddi hi ei hun, ac heb ei bod hithau hefyd, o ran hynny, yn gwybod fod ynddo ddim oedd mor brin a rhyfeddol."

Newydd symud i ardal y Minfor yw Merfyn Owen pan, ar siawns, mae'n cwrdd â Lona O'Neil, y Wyddeles brydferth sy'n byw ar gyrion cymdeithas y gymdogaeth. Ond beth fydd goblygiadau eu carwriaeth i safle Merfyn yn y dref - a beth yw cysylltiad teulu Lona â dirgelwch cefndir Merfyn ei hun?

Ar gael yma fel cyfrol am y tro cyntaf ers dros canrif, ac mewn iaith ac orgraff ddiwygiedig, Lona oedd ffefryn T. Gwynn Jones o blith ei nofelau ac hyd heddiw mae'n glasur yn yr iaith.

"Stori serch yw *Lona*, ac mae'n nofel ddarllenadwy hyd y dydd hwn. Mae'r ddeialog a'r naratif yn ystwyth ac yn naturiol."
—*Alan Llwyd*

www.melinbapur.cymru

Dilynwch ni ar:

X (@melinbapur)
Facebook (@melinbapur